民国大师经典书系

郁达夫／著

倾城春色，
终只是繁华过往

北京理工大学出版社

图书在版编目（CIP）数据

倾城春色，终只是繁华过往 / 郁达夫著. — 北京：北京理工大学出版社，2016.4

ISBN 978-7-5682-1833-7

Ⅰ. ①倾… Ⅱ. ①郁… Ⅲ. ①小说集—中国—现代②散文集—中国—现代 Ⅳ. ①I216.2

中国版本图书馆CIP数据核字（2016）第021873号

出版发行 / 北京理工大学出版社有限责任公司
社　　址 / 北京市海淀区中关村南大街 5 号
邮　　编 / 100081
电　　话 / (010) 68914775 (总编室)
(010) 82562903 (教材售后服务热线)
(010) 68948351 (其他图书服务热线)
网　　址 / http: //www.bitpress.com.cn
经　　销 / 全国各地新华书店
印　　刷 / 三河市金元印装有限公司
开　　本 / 889 毫米 × 1194 毫米　1/32
印　　张 / 8.5
字　　数 / 212千字
版　　次 / 2016 年 4 月第 1 版　2016 年 4 月第 1 次印刷
定　　价 / 35.00元

责任编辑 / 王俊洁
文案编辑 / 王俊洁
责任校对 / 周瑞红
责任印制 / 边心超

目录

小说

散文

小说

沉沦

一

他近来觉得孤冷得可怜。

他的早熟的性情，竟把他挤到与世人绝不相容的境地去，世人与他的中间介在的那一道屏障，愈筑愈高了。

天气一天一天的清凉起来，他的学校开学之后，已经快半个月了。那一天正是九月的二十二日。

晴天一碧，万里无云，终古常新的皎日，依旧在她的轨道上，一程一程的在那里行走。从南方吹来的微风，同醒酒的琼浆一般，带着一种香气，一阵阵的拂上面来。在黄苍未熟的稻田中间，在弯曲同白线似的乡间的官道上面，他一个人手里捧了一本六寸长的Words worth的诗集，尽在那里缓缓的独步。在这大平原内，四面并无人影；不知从何处飞来的一声两声的远吠声，悠悠扬扬的传到他耳膜上来。他眼睛离开了书，同做梦似的向有犬吠声的地方看去，但看见了一丛杂树，几处人家，同鱼鳞似的屋瓦上，有一层薄薄的蜃气楼，同轻纱似的，在那里飘荡。

“Oh，you serene gossamer！You beautiful gossamer！”

这样的叫了一声，他的眼睛里就涌出了两行清泪来，他自己也不知道是什么缘故。

呆呆的看了好久，他忽然觉得背上有一阵紫色的气息吹来，息索的一响，道旁的一枝小草竟把他的梦境打破了。他回转头来一看，那枝小草还是颠摇不已，一阵带着紫罗兰气息的和风，温微微的喷到他那苍白的脸上来。在这清和的早秋的世界里，在这澄清透明的以太中，他的身体觉得同陶醉似的酥软起来。他好像是睡在慈母怀里的样子。他好像是梦到了桃花源里的样子。他好像是在南欧的海岸，躺在情人膝上，在那里贪午睡的样子。

他看看四边，觉得周围的草木，都在那里对他微笑。看看苍空，觉得悠久无穷的大自然，微微的在那里点头。一动也不动的向天看了一会，他觉得天空中有一群小天神，背上插着了翅膀，肩上挂着了弓箭，在那里跳舞。他觉得乐极了。便不知不觉开了口，自言自语的说：

“这里就是你的避难所。世间的一般庸人都在那里妒忌你，轻笑你，愚弄你；只有这大自然，这终古常新的苍空皎日，这晚夏的微风，这初秋的清气，还是你的朋友，还是你的慈母，还是你的情人；你也不必再到世上去与那些轻薄的男女共处去，你就在这大自然的怀里，这纯朴的乡间终老了罢。”

这样的说了一遍，他觉得自家可怜起来，好像有万千哀怨，横亘在胸中，一口说不出来的样子。含了一双清泪，他的眼睛又看到他手里的书上去。

Behold her, single in the field,
You solitary Highland lass!

Reaping and singing by herself;
Stop here, or gently pass!
Alone she cuts, and binds the grain,
And sings a melancholy strain;
Oh, listen! for the vale profound
is overflowing with the sound.

看了这一节之后，他又忽然翻过一张来，脱头脱脑的看到那第三节去。

Will no one tell me what she sings?
Perhaps the plaintive numbers flow
For old, unhappy, far-off things,
And battle long ago:
Or is it some more humble lay,
Familiar matter of today?
Some natural sorrow, loss, or pain,
That has been and may be again!

这也是他近来的一种习惯，看书的时候，并没有次序的。几百页的大书，更可不必说了，就是几十页的小册子， 如爱美生的《自然论》（Emerson's "On Nature"），沙罗的《逍遥游》（Thoreau's "Excursion"）之类，也没有完完全全从头至尾的读完一篇过。当他起初翻开一册书来看的时候，读了四行五行或一页二页，他每被那一本书感动，恨不得要一口气把那一本书吞下肚子里去的样子，到读了三页四页之后，他又生起一种怜惜的心来，他心里似乎说：

"像这样的奇书，不应该一口气就把它念完，要留着细细儿的咀嚼才好。一下子就念完了之后，我的热望也就不得不消灭，那时候我就没有好望，没有梦想了，怎么使得呢？”

他的脑里虽然有这样的想头，其实他的心里早有一些儿厌倦起来，到了这时候，他总把那本书收过一边，不再看下去。过几天或者过几个钟头之后，他又用了满腔的热忱，同初读那一本书的时候一样的，去读另外的书去；几日前或者几点钟前那样的感动他的那一本书，就不得不被他遗忘了。

放大了声音把渭迟渥斯的那两节诗读了一遍之后，他忽然想把这一首诗用中国文翻译出来。

《孤寂的高原刈稻者》

他想想看，“The solitary Highland Reaper” 诗题只有如此的译法。

你看那个女孩儿，她只一个人在田里，
你看那边的那个高原的女孩儿，她只一个人冷清清地！
她一边刈稻，一边在那儿唱着不已；
她忽儿停了，忽而又过去了，轻盈体态，风光细腻！
她一个人，刈了，又重把稻儿捆起，
她唱的山歌，颇有些儿悲凉的情味；
听呀听呀！这幽谷深深，
全充满了她的歌唱的清音。

有人能说否，她唱的究竟是什么？
或者她那万千的痴话，
是唱着前代的哀歌，
或者是前朝的战事，千兵万马；

或者是些坊间的俗曲，

便是目前的家常闲说？

或者是些天然的哀怨、必然的丧苦、自然的悲楚。

这些事虽是过去的回思，将来想亦必有人指诉。

他一口气译了出来之后，忽又觉得无聊起来，便自嘲自骂的说：

“这算是什么东西呀，岂不同教会里的赞美歌一样的乏味么？英国诗是英国诗，中国诗是中国诗，又何必译来对去呢！”

这样的说了一句，他不知不觉便微微儿的笑起来。向四边一看，太阳已经打斜了；大平原的彼岸，西边的地平线上，有一座高山，浮在那里，饱受了一天残照，山的周围酝酿成一层朦朦胧胧的岚气，反射出一种紫不紫红不红的颜色来。

他正在那里出神呆看的时候，哼的咳嗽了一声，他的背后忽然来了一个农夫。回头一看，他就把他脸上的笑容改装了一副忧郁的面色，好像他的笑容是怕被人看见的样子。

二

他的忧郁症愈闹愈甚了。

他觉得学校里的教科书，味同嚼蜡，毫无半点生趣。天气清朗的时候，他每捧了一本爱读的文学书，跑到人迹罕至的山腰水畔，去贪那孤寂的深味去。在万籁俱寂的瞬间，在天水相映的地方，他看看草木虫鱼，看看白云碧落，便觉得自家是一个孤高傲世的贤人，一个超然独立的隐者。有时在山中遇着一个农夫，他便把自己当作了Zaratustra，把Zaratustra所说的话，也在心里对那农夫讲了。他的megalomania也同他的hypochondria成了正比例，一天一天的增加起来。在这样的时候，也难怪他不愿意上学校去，去作那同机械一样的工夫去。他竟有接连四五天不上学校去听讲的时候。

有时候到学校里去，他每觉得众人都在那里凝视他的样子。他避来避去想避他的同学，然而无论到了什么地方，他的同学的眼光，总好像怀了恶意，射在他的背脊上面。

上课的时候，他虽然坐在全班学生的中间，然而总觉得孤独得很：在稠人广众之中，感得的这种孤独，倒比一个人在冷清的地方，感得的那种孤独，还更难受。看看他的同学，一个个都是兴高彩烈的在那里听先生的讲义，只有他一个人身体虽然坐在讲堂里头，心思却同飞云逝电一般，在那里作无边无际的空想。

好容易下课的钟声响了！先生退去之后，他的同学说笑的说笑，谈天的谈天，个个都同春来的燕雀似的，在那里作乐；只有他一个人锁了愁眉，舌根好像被千钧的巨石锤住的样子，兀的不作一声。他也很希望他的同学来对他讲些闲话，然而他的同学却都自家管自家的去寻欢作乐去，一见了他那一副愁容，没有一个不抱头奔散的，因此他愈加怨他的同学了。

“他们都是日本人，他们都是我的仇敌，我总有一天来复仇，我总要复他们的仇。”

一到了悲愤的时候，他总这样的想的，然而到了安静之后，他又不得不嘲骂自家说：

“他们都是日本人，他们对你当然是没有同情的，因为你想得他们的同情，所以你怨他们，这岂不是你自家的错误么？”

他的同学中的好事者，有时候也有人来向他说笑的，他心里虽然非常感激，想同那一个人谈几句知心的话，然而口中总说不出什么话来；所以有几个解他的意的人，也不得不同他疏远了。

他的同学日本人在那里欢笑的时候，他总疑他们是在那里笑他，他就一霎时的红起脸来。他们在那里谈天的时候，若有偶然看他一眼的人，他又忽然红起脸来，以为他们是在那里讲他。他同他同学中间的距离，一天一天的远背起来，他的同学都以为他是爱孤独的人，所以谁也不敢来近他的身。

有一天放课之后，他挟了书包，回到他的旅馆里来，有三个日本学生系同他同路的。将要到他寄寓的旅馆的时候，前面忽然来了两个穿红裙的女学生。在这一区市外的地方，从没有女学生看见的，所以他一见了这两个女子，呼吸就紧缩起来。他们四个人同那两个女子擦过的时候，他的三个日本人的同学都问她们说：

“你们上那儿去？”

那两个女学生就作起娇声来回答说：

“不知道！”

“不知道！”

那三个日本学生都高笑起来，好像是很得意的样子；只有他一个人似乎是他自家同她们讲了话似的，害了羞，匆匆跑回旅馆里来。进了他自家的房，把书包用力的向席上一丢，他就在席上躺下了——日本室内都铺的席子，坐也席地而坐，睡也睡在席上的——他的胸前还在那里乱跳，用了一只手枕着头，一只手按着胸口，他便自嘲自骂的说：

“你这卑怯者！

“你既然怕羞，何以又要后悔？

“既要后悔，何以当时你又没有那样的胆量？不同她们去讲一句话？

“Oh，coward，coward！”

说到这里，他忽然想起刚才那两个女学生的眼波来了。

那两双活泼泼的眼睛！

那两双眼睛里，确有惊喜的意思含在里头。然而再仔细想了一想，他又忽然叫起来说：

“呆人呆人！她们虽有意思，与你有什么相干？她们所送的秋波，不是单送给那三个日本人的么？唉！唉！她们已经知道了，已经知道我是支那人了，否则她们何以不来看我一眼呢！复仇复仇，我总要复她们的仇。”

说到这里，他那火热的颊上忽然滚了几颗冰冷的眼泪下来。他是伤心到极点了。这一天晚上，他记的日记说：

我何苦要到日本来，我何苦要求学问。既然到了日本，那自然不得不被他们日本人轻侮的。中国呀中国！你怎么不富强起来，我不能再隐忍过去了。

故乡岂不有明媚的山河，故乡岂不有如花的美女？我何苦要到这东海的岛国里来！

到日本来倒也罢了，我何苦又要进这该死的高等学校。他们留了五个月学回去的人，岂不在那里享荣华安乐么？这五六年的岁月，教我怎么能挨得过去。受尽了千辛万苦，积了十数年的学识，我回国去，难道定能比他们来胡闹的留学生更强么？

人生百岁，年少的时候，只有七八年的光景，这最纯最美的七八年，我就不得不在这无情的岛国里虚度过去，可怜我今年已经是二十一了。

槁木的二十一岁！

死灰的二十一岁！

我真还不如变了矿物质的好，我大约没有开花的日子了。

知识我也不要，名誉我也不要，我只要一个安慰我体谅我的“心”。一副白热的心肠！从这一副心肠里生出来的同情！从同情而来的爱情！

我所要求的就是爱情！

若有一个美人，能理解我的苦楚，她要我死，我也肯的。

若有一个妇人，无论她是美是丑，能真心真意的爱我，我也愿意为她死的。

我所要求的就是异性的爱情！

苍天呀苍天，我并不要知识，我并不要名誉，我也不要那些无用的金钱，你若能赐我一个伊甸园内的“伊扶”，使她的肉体与心灵，全归我有，我就心满意足了。

三

他的故乡，是富春江上的一个小市，去杭州水程不过八九十里。这一条江水，发源安徽，贯流全浙，江形曲折，风景常新：唐朝有一个诗人赞这条江水说“一川如画”。他十四岁的时候，请了一位先生写了这四个字，贴在他的书斋里，因为他的书斋的小窗，是朝着江面的。虽则这书斋结构不大，然而风雨晦明，春秋朝夕的风景，也还抵得过滕王高阁。在这小小的书斋里过了十几个春秋，他才跟了他的哥哥到日本来留学。

他三岁的时候就丧了父亲，那时候他家里困苦得不堪。好容易他长兄在日本W大学卒了业，回到北京，考了一个进士，分发在法部当差，不上两年，武昌的革命起来了。那时候他已在县立小学堂卒了业，正在那里换来换去的换中学堂。他家里的人都怪他无恒性，说他的心思太活；然而依他自己讲来，他以为他一个人同别的学生不同，不能按部就班的同他们同在一处求学的。所以他进了K府中学之后，不上半年又忽然转到H府中学来；在H府中学住了三个月，革命就起来了。H府中学停学之后，他依旧只能回到他那小小的书斋里来。第二年的春天，正是他十七岁的时候，他就进了大学的预科。这大学是在杭州城外，本来是美国长老会捐钱创办的，所以学校里浸润了一种专制的弊风，学生的自由，几乎被缩服得同针眼儿一般的小。礼拜三的晚上有什么祈祷会，礼拜日非但不准出去游玩，并且在家里看别的书也不准的，除了唱赞美诗祈祷之外，只许看新旧约书。每天早晨从九点钟到九点二十分，定要去做礼拜，不去做礼拜，就要扣分数记过。他虽然非常爱那学校近旁的山水景物，然而他的心里，总有些反抗的意思，因为他是一个爱自由的人，对那些迷信的管束，怎么也不甘心服从。住不上半年，那大学里的厨子，托了校长的势，竟打起学生来。学生中间有几个不服的，便去告诉校长，校长反说学生不是。他看看这些情形，实在是太无道理了，就立刻去告了退，仍复回家，到那小小的书斋里去，那时候已经是六月初了。

在家里住了三个多月，秋风吹到富春江上，两岸的绿树，就快凋落的时候，他又坐了帆船，下富春江，上杭州去。恰好那时候石牌楼的W中学正在那里招插班生，他进去见了校长M氏，把他的经历说给了M氏夫妻听，M氏就许他插入最高的班里去。这W中学原来也是一个教会学校，校长M氏，也是一个糊涂的美国宣教师，他看看这学校的内容倒比H大学不如了。与一位很卑鄙的教务长——原来这一位先生就是H大学的卒业生——闹了一场，第二年的春天，他就出来了。出了W中学，他看看杭州的学校，都不能如他的意，所以他就打算不再进别的学校去。

正是这个时候，他的长兄也在北京被人排斥了。原来他的长兄为人正直得很，在部里办事，铁面无私，并且比一般部内的人物又多了一些学识，所以部内上下，都忌惮他。有一天某次长的私人，来问他要一个位置，他执意不肯，因此次长就同他闹起意见来，过了几天他就辞了部里的职，改到司法界去做司法官去了。他的二兄那时候正在绍兴军队里作军官，这一位二兄军人习气颇深，挥金如土，专喜结交侠少。他们弟兄三人，到这时候都不能如意之所为，所以那一小市镇里的闲人都说他们的风水破了。

他回家之后，便镇日镇夜的蛰居在他那小小的书斋里。他父祖及他长兄所藏的书籍，就作了他的良师益友。他的日记上面，一天一天的记起诗来。有时候他也用了华丽的文章做起小说来，小说里就把他自己当作了一个多情的勇士，把他邻近的一家寡妇的两个女儿，当作了贵族的苗裔，把他故乡的风物，全编作了田园的情景；有兴的时候，他还把他自家的小说，用单纯的外国文翻译起来；他的幻想，愈演愈大了，他的忧郁病的根苗，大约也就在这时候培养成功的。

在家里住了半年，到了七月中旬，他接到他长兄的来信说：

"院内近有派予赴日本考察司法事务之意，予已许院长以东行，大约此事不日可见命令。渡日之先，拟返里小住。三弟居家，断非上策，此次当偕伊赴日本也。"

他接到了这一封信之后，心中日日盼他长兄南来，到了九月下旬，他的兄嫂才自北京到家。住了一月，他就同他的长兄长嫂同到日本去了。

到了日本之后，他的 dreams of the romantic age尚未醒悟，模模糊糊的过了半载，他就考入了东京第一高等学校。这正是他十九岁的秋天。

第一高等学校将开学的时候，他的长兄接到了院长的命令，要他回去。他的长兄便把他寄托在一家日本人的家里，几天之后，他的长兄长嫂和他的新生的侄女儿就回国去了。

东京的第一高等学校里有一班预备班，是为中国学生特设的。

在这预科里预备一年，卒业之后，才能入各地高等学校的正科，与日本学生同学。他考入预科的时候，本来填的是文科，后来将在预科卒业的时候，他的长兄定要他改到医科去，他当时亦没有什么主见，就听了他长兄的话把文科改了。

预科卒业之后，他听说N市的高等学校是最新的，并且N市是日本产美人的地方，所以他就要求到N市的高等学校去。

四

他的二十岁的八月二十九日的晚上，他一个人从东京的中央车站乘了夜行车到N市去。

那一天大约刚是旧历的初三四的样子，同天鹅绒似的又蓝又紫的天空里，洒满了一天星斗。半痕新月，斜挂在西天角上，却似仙女的蛾眉，未加翠黛的样子。他一个人靠着了三等车的车窗，默默的在那里数窗外人家的灯火。火车在暗黑的夜气中间，一程一程的进去，那大都市的星星灯火，也一点一点的朦胧起来，他的胸中忽然生了万千哀感，他的眼睛里就忽然觉得热起来了。

“Sentimental，too sentimental！”

这样的叫了一声，把眼睛揩了一下，他反而自家笑起自家来。

“你也没有情人留在东京，你也没有弟兄知己住在东京，你的眼泪究竟是为谁洒的呀！或者是对于你过去的生活的伤感，或者是对你二年间的生活的余情，然而你平时不是说不爱东京的么？

“唉，一年人住岂无情。

“黄莺住久浑相识，欲别频啼四五声！”

胡思乱想的寻思了一会，他又忽然想到初次赴新大陆去的清教徒的身上去。

“那些十字架下的流人，离开他故乡海岸的时候，大约也是悲壮淋漓，同我一样的。”

火车过了横滨，他的感情方才渐渐儿的平静起来。呆呆的坐了一忽，他就取了一张明信片出来，垫在海涅（Heine）的诗集上，用铅笔写了一首诗寄他东京的朋友。

> 峨眉月上柳梢初，又向天涯别故居。
> 四壁旗亭争赌酒，六街灯火远随车。
> 乱离年少无多泪，行李家贫只旧书。
> 夜后芦根秋水长，凭君南浦觅双鱼。

在朦胧的电灯光里，静悄悄的坐了一会，他又把海涅的诗集翻开来看了。

> Ledet wohl, ihr glatten Saele,
> Glatte Herren, glatte Frauen!
> Auf die Berge will ich steigen,
> Lachend auf euch niederschauen!
>
> *Heine's "Harzreise"*

> 浮薄的尘寰，无情的男女，
> 　你看那隐隐的青山，我欲乘风飞去；
> 且住且住，
> 　我将从那绝顶的高峰，笑看你终归何处。

单调的轮声，一声声连连续续的飞到他的耳膜上来，不上三十分钟，他竟被这催眠的车轮声引诱到梦幻的仙境里去了。

早晨五点钟的时候，天空渐渐儿的明亮起来。在车窗里向外一望，他只见一线青天还被夜色包住在那里。探头出去一看，一层薄雾，笼罩着一幅天然的画图，他心里想了一想：

“原来今天又是清秋的好天气，我的福分真可算不薄了。”

过了一个钟头，火车就到了N市的停车场。

下了火车，在车站上遇见了一个日本学生；他看看那学生的制帽上也有两条白线，便知道他也是高等学校的学生。他走上前去，对那学生脱了一脱帽，问他说：

“第X高等学校是在什么地方？”

那学生回答说：

“我们一路去吧。”

他就跟了那学生跑出火车站来，在火车站的前头，乘了电车。

早晨还早得很，N市的店家都还未曾起来。他同那日本学生坐了电车，经过了几条冷清的街巷，就在鹤舞公园前面下了车。他问那日本学生说：

“学校还远得很么？”

“还有二里多路。”

穿过了公园，走到稻田中间的细路上的时候，他看看太阳已经起来了。稻上的露滴，还同明珠似的挂在那里。前面有一丛树林，树林荫里，疏疏落落的看得见几椽农舍。有两三条烟囱筒子，突出在农舍的上面，隐隐约约的浮在清晨的空气里。一缕两缕的青烟，同炉香似的在那里浮动，他知道农家已在那里炊早饭了。

到学校近边的一家旅馆去一问，他一礼拜前头寄出的几件行李，已经到在那里。原来那一家人家是住过中国留学生的，所以主人待他也很殷勤。在那一家旅馆里住下了之后，他觉得前途好像有许多欢乐在那里等他的样子。

他的前途的希望，在第一天的晚上，就不得不被目前的实情嘲弄了。原来他的故里，也是一个小小的市镇。到了东京之后，在人山人海的中间，他虽然时常觉得孤独，然而东京的都市生活，同他幼时的习惯尚无十分龃龉的地方。如今到了这N市的乡下之后，他的旅馆，是一家孤立的人家，四面并无邻舍，左首门外便是一条如发的大道，前后都是稻田，西面是一方池水，并且因为学校还没有开课，别的学生还没有到来，这一间宽旷的旅馆里，只住了他一个客人。白天倒还可以支吾过去，一到了晚上，他开窗一望，四面都是沉沉的黑影，并且因N市的附近是一大平原，所以望眼连天，四面并无遮障之处，远远里有一点灯火，明灭无常，森然有些鬼气。天花板里，又有许多虫鼠，息栗索落的在那里争食。窗外有几株梧桐，微风动叶，飒飒的响得不已，因为他住在二层楼上，所以梧桐的叶战声，近在他的耳边。他觉得害怕起来，几乎要哭出来了。他对于都市的怀乡病（Nostalgia）从未有比那一晚更甚的。

学校开了课，他朋友也渐渐儿的多起来。感受性非常强烈的他的性情，也同天空大地丛林野水融和了。不上半年，他竟变成了一个大自然的宠儿，一刻也离不了那天然的野趣了。

他的学校是在N市外，刚才说过N市的附近是一大平原，所以四边的地平线，界限广大得很。那时候日本的工业还没有十分发达，人口也还没有增加得同目下一样，所以他的学校的近边，还多是丛林空地，小阜低岗。除了几家与学生做买卖的文房具店及菜馆之外，附近并没有居民。荒野的中间，只有几家为学生设的旅馆，同晓天的星影似的，散缀在麦田瓜地的中央。晚饭毕后，披了黑呢的缦斗（斗篷），拿了爱读的书，在迟迟不落的夕照中间，散步逍遥，是非常快乐的。他的田园趣味，大约也是在这Idyllic Wanderings的中间养成的。

在生活竞争不十分猛烈，逍遥自在，同中古时代一样的时候，在风气纯良，不与市井小人同处，清闲雅淡的地方，过日子正如做梦一样。他到了N市之后，转瞬之间，已经有半年多了。

熏风日夜的吹来，草色渐渐儿的绿起来。旅馆近旁麦田里的麦穗，也一寸一寸的长起来了。草木虫鱼都化育起来，他的从始祖传来的苦闷也一日一日的增长起来，他每天早晨，在被窝里犯的罪恶，也一次一次的加起来了。

他本来是一个非常爱高尚爱洁净的人，然而一到了这邪念发生的时候，他的智力也无用了，他的良心也麻痹了，他从小服膺的“身体发肤不敢毁伤”的圣训，也不能顾全了。他犯了罪之后，每深自痛悔，切齿的说，下次总不再犯了，然则到了第二天的那个时候，种种幻想，又活泼泼的到他的眼前来。他平时所看见的“伊扶”的遗类，都赤裸裸的来引诱他。中年以后的妇人的形体，在他的脑里，比处女更有挑拨他情动的地方。他苦闷一场，恶斗一场，终究不得不做她们的俘虏。这样的一次成了两次，两次之后，就成了习惯了。他犯罪之后，每到图书馆里去翻出医书来看，医书上都千篇一律的说，于身体最有害的就是这一种犯罪。从此之后，他的恐惧心也一天一天的增加起来了。有一天他不知道从什么地方得来的消息，好像是一本书上说，俄国近代文学的创设者Gogol也犯这一宗病，他到死竟没有改过来，他想到了Gogol，心里就宽了一宽，因为这《死了的灵魂》的著者，也是同他一样的。然而这不过自家对自家的宽慰而已，他的胸里，总有一种非常的忧虑存在那里。

因为他是非常爱洁净的，所以他每天总要去洗澡一次，因为他是非常爱惜身体的，所以他每天总要去吃几个生鸡子和牛乳；然而他去洗澡或吃牛乳鸡子的时候，他总觉得惭愧得很，因为这都是他的犯罪的证据。

他觉得身体一天一天的衰弱起来，记忆力也一天一天的减退了。他又渐渐儿的生了一种怕见人面的心思，见了妇人女子的时候，他觉得更加难受。学校的教科书，他渐渐的嫌恶起来，法国自然派的小说，和中国那几本有名的诲淫小说，他念了又念，几乎记熟了。

有时候他忽然做出一首好诗来，他自家便喜欢得非常，以为他的脑力还没有破坏。那时候他每对着自家起誓说：

“我的脑力还可以使得，还能做得出这样的诗，我以后决不再犯罪了。过去的事实是没法，我以后总不再犯罪了。若从此自新，我的脑力，还是很可以的。”

然而一到了紧迫的时候，他的誓言又忘了。

每礼拜四五，或每月的二十六七的时候，他索性尽意的贪起欢来。他的心里想，自下礼拜一或下月初一起，我总不犯罪了。有时候正合到礼拜六或月底的晚上，去剃头洗澡去，以为这就是改过自新的记号，然而过几天他又不得不吃鸡子和牛乳了。

他的自责心同恐惧心，竟一日也不使他安闲，他的忧郁症也从此厉害起来了。这样的状态继续了一二个月，他的学校里就放了暑假，暑假的两个月内，他受的苦闷，更甚于平时；到了学校开课的时候，他的两颊的颧骨更高起来，他的青灰色的眼窝更大起来，他的一双灵活的瞳人，变了同死鱼的眼睛一样了。

五

秋天又到了。浩浩的苍空，一天一天的高起来。他的旅馆旁边的稻田，都带起黄金色来。朝夕的凉风，同刀也似的刺到人的心骨里去，大约秋冬的佳日，来也不远了。

一礼拜前的有一天午后，他拿了一本Words worth的诗集，在田塍路上逍遥漫步了半天。从那一天以后，他的循环性的忧郁症，尚未离他的身过。前几天在路上遇着的那两个女学生，常在他的脑里，不使他安静，想起那一天的事情，他还是一个人要红起脸来。

他近来无论上什么地方去，总觉得有坐立难安的样子。他上学校去的时候，觉得他的日本同学都似在那里排斥他。他的几个中国同学，也许久不去寻访了，因为去寻访了回来，他心里反觉得空虚。因为他的几个中国同学，怎么也不能理解他的心理。他去寻访的时候，总想得些同情回来的，然而到了那里，谈了几句以后，他又不得不自悔寻访错了。有时候和朋友讲得投机，他就任了一时的热意，把他的内外的生活都对朋友讲了出来，然而到了归途，他又自悔失言，心里的责备，倒反比不去访友的时候，更加厉害。他的几个中国朋友，因此都说他是染了神经病了。他听了这话之后，对了那几个中国同学，也同对日本学生一样，起了一种复仇的心。他同他的几个中国同学，一日一日的疏远起来。嗣后虽在路上，或在学校里遇见的时候，他同那几个中国同学，也不点头招呼。中国留学生开会的时候，他当然是不去出席的。因此他同他的几个同胞，竟宛然成了两家仇敌。

他的中国同学的里边，也有一个很奇怪的人，因为他自家的结婚有些道德上的罪恶，所以他专喜讲人家的丑事，以掩己之不善，说他是神经病，也是这一位同学说的。

他交游离绝之后，孤冷得几乎到将死的地步，幸而他住的旅馆里，还有一个主人的女儿，可以牵引他的心，否则他真只能自杀了。他旅馆的主人的女儿，今年正是十七岁，长方的脸儿，眼睛大得很，笑起来的时候，面上有两颗笑靥，嘴里有一颗金牙看得出来，因为她自家觉得她自家的笑容是非常可爱，所以她平时常在那里弄笑。

他心里虽然非常爱她，然而她送饭来或来替他铺被的时候，他总装出一种兀不可犯的样子来。他心里虽想对她讲几句话，然而一见了她，他总不能开口。她进他房里来的时候，他的呼吸竟急促到吐气不出的地步。他在她的面前实在是受苦不起了，所以近来她进他的房里来的时候，他每不得不跑出房外去。然而他思慕她的心情，却一天一天的浓厚起来。有一天礼拜六的晚上，旅馆里的学生，都上N市去行乐去了。他因为经济困难，所以吃了晚饭，上西面池上去走了一回，就回到旅舍里来枯坐。

回家来坐了一会，他觉得那空旷的二层楼上，只有他一个人在家。静悄悄的坐了半晌，坐得不耐烦起来的时候，他又想跑出外面去。然而要跑出外面去，不得不由主人的房门口经过，因为主人和他女儿的房，就在大门的边上。他记得刚才进来的时候，主人和他的女儿正在那里吃饭。他一想到经过她面前的时候的苦楚，就把跑出外面去的心思丢了。

拿出了一本G. Gissing的小说来读了三四页之后，静寂的空气里，忽然传了几声搽搽的泼水声音过来。他静静儿的听了一听，呼吸又一霎时的急了起来，面色也涨红了。迟疑了一会，他就轻轻的开了房门，拖鞋也不拖，幽手幽脚的走下扶梯去。轻轻的开了便所的门，他尽兀自的站在便所的玻璃窗口偷看。原来他旅馆里的浴室，就在便所的间壁，从便所的玻璃窗里看去，浴室里的动静了了可见。他起初以为看一看就可以走的，然而到了一看之后，他竟同被钉子钉住的一样，动也不能动了。

那一双雪样的乳峰！

那一双肥白的大腿！

这全身的曲线！

呼气也不呼，仔仔细细的看了一会，他面上的筋肉，都发起痉挛来了。愈看愈颤得厉害，他那发颤的前额部竟同玻璃窗冲击了一下。被蒸气包住的那赤裸裸的“伊扶”便发了娇声问说：

“是谁呀？……”

他一声也不响，急忙跳出了便所，就三脚两步的跑上楼上去了。

他跑到了房里，面上同火烧的一样，口也干渴了。一边他自家打自家的嘴巴，一边就把他的被窝拿出来睡了。他在被窝里翻来覆去，总睡不着，便立起了两耳，听起楼下的动静来。他听听泼水的声音也息了，浴室的门开了之后，他听见她的脚步声好像是走上楼来的样子。用被包着了头，他心里的耳朵明明告诉他说：

“她已经立在门外了。”

他觉得全身的血液，都在往上奔注的样子。心里怕得非常，羞得非常，也喜欢得非常。然而若有人问他，他无论如何，总不肯承认说，这时候他是喜欢的。

他屏住了气息，尖着了两耳听了一会，觉得门外并无动静，又故意咳嗽了一声，门外亦无声响。他正在那里疑惑的时候，忽听见她的声音，在楼下同她的父亲在那里说话。他手里捏了一把冷汗，拚命想听出她的话来，然而无论如何总听不清楚。停了一会儿，她的父亲高声的笑了起来，他把被蒙头的一罩，咬紧了牙齿说：

“她告诉了他了！她告诉了他了！”

这一天的晚上他一睡也不曾睡着。第二天的早晨，天亮的时候，他就惊心吊胆的走下楼来。洗了手面，刷了牙，趁主人和他的女儿还没有起来之先，他就同逃也似的出了那个旅馆，跑到外面来。

官道上的沙尘，染了朝露，还未曾干着。太阳已经起来了。他不问皂白，便一直的往东走去，远远有一个农夫，拖了一车野菜慢慢的走来。那农夫同他擦过的时候，忽然对他说：

“你早啊！”

他倒惊了一跳，那清瘦的脸上，又起了一层红潮，胸前又乱跳起来，他心里想：

“难道这农夫也知道了么？”

无头无脑的跑了好久，他回转头来看看他的学校，已经远得很了。举头看看，太阳也升高了。他摸摸表看，那银饼大的表，也不在身边。从太阳的角度看起来，大约已经是九点钟前后的样子。他虽然觉得饥饿得很，然而无论如何，总不愿意再回到那旅馆里去，同主人和他的女儿相见。想去买些零食充一充饥，然而他摸摸自家的袋看，袋里只剩了一角二分钱在那里。他到一家乡下的杂货店内，尽那一角二分钱，买了些零碎的食物，想去寻一处无人看见的地方去吃。走到了一处两路交叉的十字路口，他朝南的一望，只见与他的去路横交的那一条自北趋南的路上，行人稀少得很。那一条路是向南斜低下去的，两面更有高壁在那里，他知道这路是从一条小山中开辟出来的。他刚才走来的那条大道，便是这山的岭脊，十字路当作了中心，与岭脊上的那条大道相交的横路，是两边低斜下去的。在十字路口迟疑了一会，他就取了那一条向南斜下的路走去。走尽了两面的高壁，他的去路就穿入大平原去，直通到彼岸的市内。平原的彼岸有一簇深林，划在碧空的心里，他心里想：

“这大约就是A神宫了。”

他走尽了两面的高壁，向左手斜面上一望，见沿高壁的那山面上有一道女墙，围住着几间茅舍，茅舍的门上悬着了“香雪海”三字的一方匾额。他离开了正路，走上几步，到那女墙的门前，顺手的向门一推，那两扇柴门竟自开了。他就随随便便的踏了进去。门内有一条曲径，自门口通过了斜面，直达到山上去的。曲径的两旁，有许多老苍的梅树种在那里，他知道这就是梅林了。顺了那一条曲径，往北的从斜面上走到山顶的时候，一片同图画似的平地，展开在他的眼前。这园自从山脚上起，跨有朝南的半山斜面，同顶上的一块平地，布置得非常幽雅。

山顶平地的西面是千仞的绝壁，与隔岸的绝壁相对峙，两壁的中间，便是他刚走过的那一条自北趋南的通路。背临着了那绝壁，有一间楼屋，几间平屋造在那里。因为这几间屋，门窗都闭在那里，他所以知道这定是为梅花开日，卖酒食用的。楼屋的前面，有一块草地，草地中间，有几方白石，围成了一个花园，园子里，卧着一枝老梅，那草地的南尽头，山顶的平地正要向南斜下去的地方，有一块石碑立在那里，系记这梅林的历史的。他在碑前的草地上坐下之后，就把买来的零食拿出来吃了。

吃了之后，他兀兀的在草地上坐了一会。四面并无人声，远远的树枝上，时有一声两声的鸟鸣声飞来。他仰起头来看看澄清的碧空，同那皎洁的日轮，觉得四面的树枝房屋，小草飞禽，都一样的在和平的太阳光里，受大自然的化育。他那昨天晚上的犯罪的记忆，正同远海的帆影一般，不知消失到那里去了。

这梅林的平地上和斜面上，叉来叉去的曲径很多。他站起来走来走去的走了一会，方晓得斜面上梅树的中间，更有一间平屋造在那里。从这一间房屋往东的走去几步，有眼古井，埋在松叶堆中。他摇摇井上的唧筒看，呷呷的响了几声，却抽不起水来。他心里想：

"这园大约只有梅花开的时候，开放一下，平时总没有人住的。"

想到这里，他又自言自语的说：

"既然空在这里，我何妨去问园主人去借住借住。"

想定了主意，他就跑下山来，打算去寻园主人去。他将走到门口的时候，恰好遇见了一个五十来岁的农夫走进园来。他对那农夫道歉之后，就问他说：

"这园是谁的，你可知道？"

"这园是我经管的。"

"你住在什么地方的？"

"我住在路的那面。"

一边这样的说，一边那农民指着道路西边的一间小屋给他看。他向西一看，果然在西边的高壁尽头的地方，有一间小屋在那里。他点了点头，又问说：

"你可以把园内的那间楼屋租给我住住么？"

“可是可以的，你只一个人么？”

“我只一个人。”

“那你可不必搬来的。”

“这是什么缘故呢？”

“你们学校里的学生，已经有几次搬来过了，大约都因为冷静不过，住不上十天，就搬走的。”

“我可同别人不同，你但能租给我，我是不怕冷静的。”

“这样哪里有不租的道理，你想什么时候搬来？”

“就是今天午后罢。”

“可以的，可以的。”

“请你就替我扫一扫干净，免得搬来之后着忙。”

“可以可以，再会！”

“再会！”

六

搬进了山上梅园之后，他的忧郁症（Hypochondria）又变起形状来了。

他同他的北京的长兄，为了一些儿细事，竟生起龃龉来。他发了一封长长的信，寄到北京，同他的长兄绝了交。

那一封信发出之后，他呆呆的在楼前草地上想了许多时候。他自家想想看，他便是世界上最不幸的人了。其实这一次的决裂，是发始于他的。同室操戈，事更甚于他姓之相争，自此之后，他恨他的长兄竟同蛇蝎一样。他被他人欺侮的时候，每把他长兄拿出来作比：

“自家的弟兄尚且如此，何况他人呢！”

他每达到这一个结论的时候，必尽把他长兄待他苛刻的事情，细细回想出来。把各种过去的事迹，列举出来之后，就把他长兄判决是一个恶人，他自家是一个善人。他又把自家的好处列举出来，把他所受的苦处，夸大的细数起来。他证明得自家是一个世界上最苦的人的时候，他的眼泪就同瀑布似的流下来。他在那里哭的时候，空中好像有一种柔和的声音在对他说：

“啊呀，哭的是你么？那真是冤屈了你了。像你这样的善人，受世人的那样的虐待，这可真是冤屈了你了。罢了罢了，这也是天命，你别再哭了，怕伤害了你的身体！”

他心里一听到这一种声音，就舒畅起来。他觉得悲苦的中间，也有无穷的甘味在那里。

他因为想复他长兄的仇，所以就把所学的医科丢弃了，改入文科里去，他的意思，以为医科是他长兄要他改的，仍旧改回文科，就是对他长兄宣战的一种明示。并且他由医科改入文科，在高等学校须迟卒业一年。他心里想，迟卒业一年，就是早死一岁，你若因此迟了一年，就到死可以对你长兄含一种敌意。因为他恐怕一二年之后，他们兄弟两人的感情，仍旧要和好起来；所以这一次的转科，便是帮他永久敌视他长兄的一个手段。

气候渐渐儿的寒冷起来，他搬上山来之后，已经有一个月了。几日来天气阴郁，灰色的层云，天天挂在空中。寒冷的北风吹来的时候，梅林的树叶，每息索息索的飞掉下来。

初搬来的时候，他卖了些旧书，买了许多炊饭的器具，自家烧了一个月饭，因为天冷了，他也懒得烧了。他每天的伙食，就一切包给了山脚下的园丁家包办，所以他近来只同退院的闲僧一样，除了怨人骂己之外，更没有别的事情了。

有一天早晨，他侵早的起来。把朝东的窗门开了之后，他看见前面的地平线上有几缕红云，在那里浮荡。东天半角，反照出一种银红的灰色。因为昨天下了一天微雨，所以他看了这清新的旭日，比平日更添了几分欢喜。他走到山的斜面上，从那古井里汲了水，洗了手面之后，觉得满身的气力，一霎时都回复了转来的样子。他便跑上楼去，拿了一本黄仲则的诗集下来，一边高声朗读，一边尽在那梅林的曲径里，跑来跑去的跑圈子。不多一会，太阳起来了。

从他住的山顶向南方看去，眼下看得出一大平原。平原里的稻田，都尚未收割起。金黄的谷色，以绀碧的天空作了背景，反映着一天太阳的晨光，那风景正同看密来（Millet）的田园清画一般。他觉得自家好像已经变了几千年前的原始基督教徒的样子，对了这自然的默示，他不觉笑起自家的气量狭小起来。

“饶赦了！饶赦了！你们世人得罪于我的地方，我都饶赦了你们罢，来，你们来，都来同我讲和罢！”

手里拿着了那一本诗集，眼里浮着了两泓清泪，正对了那平原的秋色，呆呆的立在那里想这些事情的时候，他忽听见他的近边，有两人在那里低声的说：

“今晚上你一定要来的哩！”

这分明是男子的声音。

“我是非常想来的，但是恐怕……”

他听了这娇滴滴的女子的声音之后，好像是被电气贯穿了的样子，觉得自家的血液循环都停止了。原来他的身边有一丛长大的苇草生在那里，他立在苇草的右面，那一对男女，大约是在苇草的左面，所以他们两个还不晓得隔着苇草，有人站在那里。那男人又说：

“你心真好，请你今晚来罢，我们到如今还没在被窝里睡过觉。”

“…………”

他忽然听见两人的嘴唇，灼灼的好像在那里吮吸的样子。他正同偷了食的野狗一样，就惊心吊胆的把身子屈倒去听了。

“你去死罢，你去死罢，你怎么会下流到这样的地步！”

他心里虽然如此的在那里痛骂自己，然而他那一双尖着的耳朵，却一言半语也不愿意遗漏，用了全副精神在那里听着。

地上的落叶索息索息的响了一下。

解衣带的声音。

男人嘶嘶的吐了几口气。

舌尖吮吸的声音。

女人半轻半重，断断续续的说：

“你！……你！……你快……快××罢。……别……别……别被人……被人看见了。”

他的面色，一霎时的变了灰色了。他的眼睛同火也似的红了起来。他的上腭骨同下腭骨呷呷的发起颤来。他再也站不住了。他想跑开去，但是他的两只脚，总不听他的话。他苦闷了一场，听听两人出去了之后，就同落水的猫狗一样，回到楼上房里去，拿出被窝来睡了。

七

他饭也不吃，一直在被窝里睡到午后四点钟的时候才起来。那时候夕阳洒满了远近。平原的彼岸的树林里，有一带苍烟，悠悠扬扬的笼罩在那里。他踉踉跄跄的走下了山，上了那一条自北趋南的大道，穿过了那平原，无头无绪的尽是向南的走去。走尽了平原，他已经到了神宫前的电车停留处了。那时候恰好从南面有一乘电车到来，他不知不觉就跳了上去，既不知道他究竟为什么要乘电车，也不知道这电车是往什么地方去的。

走了十五六分钟，电车停了，开车的教他换车，他就换了一乘车。走了二三十分钟，电车又停了，他听见说是终点了，他就走了下来。他的面前就是筑港了。

前面一片汪洋的大海，横在午后的太阳光里，在那里微笑。超海而南有一发青山，隐隐的浮在透明的空气里。西边是一脉长堤，直驰到海湾的心里去。堤外有一处灯台，同巨人似的，立在那里。几艘空船和几只舢板，轻轻的在系着的地方浮荡。海中近岸的地方，有许多浮标，饱受了斜阳，红红的浮在那里。远处风来，带着几句单调的话声，既听不清楚是什么话，也不知道是从哪里来的。

他在岸边上走来走去走了一会，忽听见那一边传过了一阵击磬的声来。他跑过去一看，原来是为唤渡船而发的。他立了一会，看有一只小火轮从对岸过来了。跟着了一个四五十岁的工人，他也进了那只小火轮去坐下了。

渡到东岸之后，上前走了几步，他看见靠岸有一家大庄子在那里。大门开得很大，庭内的假山花草，布置得楚楚可爱。他不问是非，就踱了进去。走不上几步，他忽听得前面家中有女人的娇声叫他说：

“请进来呀！”

他不觉惊了一下，就呆呆的站住了。他心里想：

“这大约就是卖酒食的人家，但是我听见说，这样的地方，总有妓女在那里的。”

一想到这里，他的精神就抖擞起来，好像是一桶冷水浇上身来的样子。他的面色立时变了。要想进去又不能进去，要想出来又不得出来；可怜他那同兔儿似的小胆，同猿猴似的淫心，竟把他陷到一个大大的难境里去了。

“进来呀！请进来呀！”里面又娇滴滴的叫了起来，带着笑声。

“可恶东西，你们竟敢欺我胆小么？”

这样的怒了一下，他的面色更同火也似的烧了起来。咬紧了牙齿，把脚在地上轻轻的蹬了一蹬，他就捏了两个拳头，向前进去，好像是对了那几个年轻的侍女宣战的样子。但是他那青一阵红一阵的面色，和他的面上的微微儿在那里震动的筋肉，总隐藏不过。他走到那几个侍女的面前的时候，几乎要同小孩似的哭出来了。

“请上来！”

“请上来！”

他硬了头皮，跟了一个十七八岁的侍女走上楼去，那时候他的精神已经有些镇静下来了。走了几步，经过一条暗暗的夹道的时候，一阵恼人的花粉香气，同日本女人特有的一种肉的香味，和头发上的香油气息合作了一处，哼的扑上他的鼻孔里来。他立刻觉得头晕起来，眼睛里看见了几颗火星，向后边跌也似的退了一步。他再定睛一看，只见他的前面黑暗暗的中间，有一长圆形的女人的粉面，堆着了微笑，在那里问他说：

“你！你还是上靠海的地方去呢？还是怎样？”

他觉得女人口里吐出来的气息，也热和和的喷上他的面来。他不知不觉把这气息深深的吸了一口。他的意识，感觉到他这行为的时候，他的面色又立刻红了起来。他不得已只能含含糊糊的答应她说：

“上靠海的房间里去。”

进了一间靠海的小房间，那侍女便问他要什么菜。他就回答说：

“随便拿几样来吧。”

“酒要不要？”

“要的。”

那侍女出去之后，他就站起来推开了纸窗，从外边放了一阵空气进来。因为房里的空气，沉浊得很，他刚才在夹道中闻过的那一阵女人的香味，还剩在那里，他实在是被这一阵气味压迫不过了。

一湾大海，静静的浮在他的面前。外边好像是起了微风的样子，一片一片的海浪，受了阳光的返照，同金鱼的鱼鳞似的，在那里微动。他立在窗前看了一会，低声的吟了一句诗出来：

“夕阳红上海边楼。”

他向西的一望，见太阳离西南的地平线只有一丈多高了。呆呆的看了一会，他的心思怎么也离不开刚才的那个侍女。她的口里的头上的面上的和身体上的那一种香味，怎么也不容他的心思去想别的东西。他才知道他想吟诗的心是假的，想女人的肉体的心是真的了。

停了一会，那侍女把酒菜搬了进来，跪坐在他的面前，亲亲热热的替他上酒。他心里想仔仔细细的看她一看，把他的心里的苦闷都告诉了她，然而他的眼睛怎么也不敢平视她一眼，他的舌根怎么也不能摇动一摇动。他不过同哑子一样，偷看着她那搁在膝上一双纤嫩的白手，同衣缝里露出来的一条粉红的围裙角。

原来日本的妇人都不穿裤子，身上贴肉只围着一条短短的围裙。外边就是一件长袖的衣服，衣服上也没有纽扣，腰里只缚着一条一尺多宽的带子，后面结着一个方结。她们走路的时候，前面的衣服每一步一步的掀开来，所以红色的围裙，同肥白的腿肉，每能偷看。这是日本女子特别的美处；他在路上遇见女子的时候，注意的就是这些地方。他切齿的痛骂自己，畜生！狗贼！卑怯的人！也便是这个时候。

他看了那侍女的围裙角，心头便乱跳起来。愈想同她说话，但愈觉得讲不出话来。大约那侍女是看得不耐烦起来了，便轻轻的问他说：

“你府上是什么地方？”

一听了这一句话，他那清瘦苍白的面上，又起了一层红色；含含糊糊的回答了一声，他呐呐的总说不出清晰的回话来。可怜他又站在断头台上了。

原来日本人轻视中国人，同我们轻视猪狗一样。日本人都叫中国人作“支那人”，这“支那人”三字，在日本，比我们骂人的“贱贼”还更难听，如今在一个如花的少女前头，他不得不自认说“我是支那人”了。

“中国呀中国，你怎么不强大起来！”

他全身发起抖来，他的眼泪又快滚下来了。

那侍女看他发颤发得厉害，就想让他一个人在那里喝酒，好教他把精神安镇安镇，所以对他说：

“酒就快没有了，我再去拿一瓶来吧？”

停了一会，他听得那侍女的脚步声又走上楼来。他以为她是上他这里来的，所以就把衣服整了一整，姿势改了一改。但是他被她欺骗了。她原来是领了两三个另外的客人，上间壁的那一间房间里去的。那两三个客人都在那里对那侍女取笑，那侍女也娇滴滴的说：

“别胡闹了，间壁还有客人在那里。”

他听了就立刻发起怒来。他心里骂他们说：

“狗才！俗物！你们都敢来欺侮我么？复仇复仇，我总要复你们的仇。世间那里有真心的女子！那侍女的负心东西，你竟敢把我丢了么？罢了罢了，我再也不爱女人了，我再也不爱女人了。我就爱我的祖国，我就把我的祖国当作了情人吧。”

他马上就想跑回去发愤用功。但是他的心里，却很羡慕那间壁的几个俗物。他的心里，还有一处地方在那里盼望那个侍女再回到他这里来。

他按住了怒，默默的喝干了几杯酒，觉得身上热起来。打开了窗门，他看太阳就快要下山去了。又连饮了几杯，他觉得他面前的海景都朦胧起来。西面堤外的灯台的黑影，长大了许多。一层茫茫的薄雾，把海天融混作了一处。在这一层混沌不明的薄纱影里，西方的将落不落的太阳，好像在那里惜别的样子。他看了一会，不知道是什么缘故，只觉得好笑。呵呵的笑了一回，他用手擦擦自家那火热的双颊，便自言自语的说：

“醉了醉了！”

那侍女果然进来了。见他红了脸，立在窗口在那里痴笑，便问他说：

“窗开了这样大，你不冷的么？”

“不冷不冷，这样好的落照，谁舍得不看呢？”

“你真是一个诗人呀！酒拿来了。”

“诗人！我本来是一个诗人。你去把纸笔拿了来，我马上写首诗给你看看。”

那侍女出去了之后，他自家觉得奇怪起来。他心里想：

“我怎么会变了这样大胆的？”

痛饮了几杯新拿来的热酒，他更觉得快活起来，又禁不得呵呵笑了一阵。他听见间壁房间里的那几个俗物，高声的唱起日本歌来，他也放大了嗓子唱着说：

> “醉拍栏杆酒意寒，江湖寥落又冬残。剧怜鹦鹉中州骨，未拜长沙太傅官。一饭千金图报易，几人五噫出关难。茫茫烟水回头望，也为神州泪暗弹。”

高声的念了几遍，他就在席上醉倒了。

八

一醉醒来，他看见自家睡在一条红绸的被里，被上有一种奇怪的香气。这一间房间也不很大，但已不是白天的那一间房间了。房中挂着一盏十烛光的电灯，枕头边上摆着了一壶茶，两只杯子。他倒了二三杯茶，喝了之后，就踉踉跄跄的走到房外去。他开了门，恰好白天的那侍女也跑过来了。她问他说：

“你！你醒了么？”

他点了一点头，笑微微的回答说：

“醒了。便所是在什么地方的？”

“我领你去吧。”

他就跟了她去。他走过日间的那条夹道的时候，电灯点得明亮得很。远近有许多歌唱的声音，三弦的声音，大笑的声音传到他的耳朵里来。白天的情节，他都想出来了。一想到酒醉之后，他对那侍女说的那些话的时候，他觉得面上又发起烧来。

从厕所回到房里之后，他问那侍女说：

“这被是你的么？”

侍女笑着说：

“是的。”

“现在是什么时候了？”

“大约是八点四五十分的样子。”

“你去开了账来罢！”

“是。”

他付清了账，又拿了一张纸币给那侍女，他的手不觉微颤起来。那侍女说：

“我是不要的。”

他知道她是嫌少了。他的面色又涨红了，袋里摸来摸去，只有一张纸币了，他就拿了出来给她说：

“你别嫌少了，请你收了吧。”

他的手震动得更加厉害，他的话声也颤动起来了。那侍女对他看了一眼，就低声的说：

“谢谢！”

他一直的跑下了楼，套上了皮鞋，就走到外面来。

外面冷得非常，这一天大约是旧历的初八九的样子。半轮寒月，高挂在天空的左半边。淡青的圆形天盖里，也有几点疏星，散在那里。

他在海边上走了一回，看看远岸的渔灯，同鬼火似的在那里招引他。细浪中间，映着了银色的月光，好像是山鬼的眼波，在那里开闭的样子。不知是什么道理，他忽想跳入海里去死了。

他摸摸身边看，乘电车的钱也没有了。想想白天的事情看，他又不得不痛骂自己。

“我怎么会走上那样的地方去的，我已经变了一个最下等的人了。悔也无及，悔也无及。我就在这里死了吧。我所求的爱情，大约是求不到的了。没有爱情的生涯，岂不同死灰一样么？唉，这干燥的生涯，这干燥的生涯，世上的人又都在那里仇视我，欺侮我，连我自家的亲兄弟，自家的手足，都在那里挤我到这世界外去。我将何以为生，我又何必生存在这多苦的世界里呢！”

想到这里，他的眼泪就连连续续的滴了下来。他那灰白的面色，竟同死人没有分别了。他也不举起手来揩揩眼泪，月光射到他的面上，两条泪线，倒变了叶上的朝露一样放起光来。他回转头来，看看他自家的那又瘦又长的影子，就觉得心痛起来。

“可怜你这清影，跟了我二十一年，如今这大海就是你的葬身地了。我的身子，虽然被人家欺辱，我可不该累你也瘦弱到这步田地的。影子呀影子，你饶了我罢！”

他向西面一看，那灯台的光，一霎变了红一霎变了绿的，在那里尽它的本职。那绿的光射到海面上的时候，海面就现出一条淡青的路来。再向西天一看，他只见西方青苍苍的天底下，有一颗明星，在那里摇动。

“那一颗摇摇不定的明星的底下，就是我的故国，也就是我的生地。我在那一颗星的底下，也曾送过十八个秋冬。我的乡土吓，我如今再也不能见你的面了。”

他一边走着，一边尽在那里自伤自悼的想这些伤心的哀话。走了一会，再向那西方的明星看了一眼，他的眼泪便同骤雨似的落下来了。他觉得四边的景物，都模糊起来。把眼泪揩了一下，立住了脚，长叹了一声，他便断断续续的说：

“祖国呀祖国！我的死是你害我的！

“你快富起来！强起来吧！

“你还有许多儿女在那里受苦呢！”

一九二一年五月九日改作

（选自《达夫全集·鸡肋集》，上海北新书局1928年版）

春风沉醉的晚上

一

在沪上闲居了半年，因为失业的结果，我的寓所迁移了三处。最初我住在静安寺路南的一间同鸟笼似的永也没有太阳晒着的自由的监房里。这些自由的监房的住民，除了几个同强盗小窃一样的凶恶裁缝之外，都是些可怜的无名文士，我当时所以送了那地方一个Yellow Grub Street的称号。在这Grub Street里住了一个月，房租忽涨了价，我就不得不拖了几本破书，搬上跑马厅附近一家相识的栈房里去。后来在这栈房里又受了种种逼迫，不得不搬了，我便在外白渡桥北岸的邓脱路中间，日新里对面的贫民窟里，寻了一间小小的房间，迁移了过去。

邓脱路的这几排房子，从地上量到屋顶，只有一丈几尺高。我住的楼上的那间房间，更是矮小得不堪。若站在楼板上伸一伸懒腰，两只手就要把灰黑的屋顶穿通的。从前面的衖里踱进了那房子的门，便是房主的住房。在破布洋铁罐玻璃瓶旧铁器堆满的中间，侧着身子走进两步，就有一张中间有几根横档跌落的梯子靠墙摆在那里。用了这张梯子往上面的黑黝黝的一个二尺宽的洞里一接，即能走上楼去。黑沉沉的这层楼上，本来只有猫额那样大，房主人却把它隔成了两间小房，外面一间是一个某某烟公司的女工住在那里，我所租的是梯子口头的那间小房，因为外间的住者要从我的房里出入，所以我的每月的房租要比外间的便宜几角小洋。

我的房主，是一个五十来岁的弯腰老人。他的脸上的青黄色里，映射着一层暗黑的油光。两只眼睛是一只大一只小，颧骨很高，额上颊上的几条皱纹里满砌着煤灰，好像每天早晨洗也洗不掉的样子。他日日于八九点钟的时候起来，咳嗽一阵，便挑了一只竹篮出去，到午后的三四点钟仍旧挑了一只空篮回来，有时挑了满担回来的时候，他的竹篮里便是那些破布破铁器玻璃瓶之类。像这样的晚上，他必要去买些酒来喝喝，一个人坐在床沿上瞎骂出许多不可捉摸的话来。

我与间壁的同寓者的第一次相遇，是在搬来的那天午后。春天的急景已经快晚了的五点钟的时候，我点了一支蜡烛，在那里安放几本刚从栈房里搬过来的破书。先把它们叠成了两方堆，一堆小些，一堆大些，然后把两个二尺长的装画的画架覆在大一点的那堆书上。因为我的器具都卖完了，这一堆书和画架白天要当写字台，晚上可当床睡的。摆好了画架的板，我就朝着了这张由书叠成的桌子，坐在小一点的那堆书上吸烟，我的背系朝着梯子的接口的。我一边吸烟，一边在那里呆看放在桌子上的蜡烛火，忽而听见梯子口上起了响动，回头一看，我只见了一个我自家的扩大的投射影子，什么也辨不出来，但我的听觉分明告诉我说：“有人上来了。”我向暗中凝视了几秒钟，一个圆形灰白的面貌，半截纤细的女人的身体，方才映到我的眼帘上来。一见了她的容貌，我就知道她是我的间壁的同居者了。因为我来找房子的时候，那房主的老人便告诉我说，这屋里除了他一个人外，楼上只住着一个女工。我一则喜欢房价的便宜，二则喜欢这屋里没有别的女人小孩，所以立刻就租定了的。等她走上了梯子，我才站起来对她点了点头说：

“对不起，我是今朝才搬来的。以后要请你照应。”

她听了我这话，也并不回答，放了一双漆黑的大眼，对我深深的看了一眼，就走上她的门口去开了锁，进房去了。我与她不过这样的见了一面，不晓是什么原因，我只觉得她是一个可怜的女子。她的高高的鼻梁，灰白长圆的面貌，清瘦不高的身体，好像都是表明她是可怜的特征。但是当时正为了生活问题在那里操心的我，也无暇去怜惜这还未曾失业的女工，过了几分钟我又动也不动的坐在那一小堆书上看蜡烛光了。

在这贫民窟里过了一个多礼拜，她每天早晨七点钟去上工和午后六点多钟下工回来，只见我呆呆的对着了蜡烛或油灯坐在那堆书上。大约她的好奇心被我那痴不痴呆不呆的态度挑动了。有一天她下了工走上楼来的时候，我依旧和第一天一样的站起来让她过去。她走到了我的身边，忽而停住了脚，看了我一眼，吞吞吐吐好像怕什么似的问我说：

“你天天在这里看的是什么书？”

（她操的是柔和的苏州音，听了这一种声音以后的感觉，是怎么也写不出来的，所以我只能把她的言语译成普通的白话。）

我听了她的话，反而脸上涨红了。因为我天天呆坐在那里，面前虽则有几本外国书摊着，其实我的脑筋昏乱得很，就是一行一句也看不进去；有时候我只用了想象在书的上一行与下一行中间的空白里，填些奇异的模型进去。有时候我只把书里边的插画翻开来看看，就了那些插画演绎些不近人情的幻想出来。我那时候的身体因为失眠与营养不良的结果，实际上已经成了病的状态了。况且又因为我的唯一的财产的一件棉袍子已经破得不堪，白天不能走出外面去散步和房里全没有光线进来，不论白天晚上，都要点着油灯或蜡烛的缘故，非但我的全部健康不如常人，就是我的眼睛和脚力，也局部的非常萎缩了。在这样状态下的我，听了她这一问，如何能够不红起脸来呢？所以我只是含含糊糊的回答说：

“我并不在看书，不过什么也不做呆坐在这里，样子一定不好看，所以把这几本书摊放着的。”她听了这话，又深深的看了我一眼，作了一种不了解的形容，依旧的走到她的房里去了。

那几天里，若说我完全什么事情也不去找，什么事情也不曾干，却是假的。有时候，我的脑筋稍微清新一点，也曾译过几首英法的小诗，和几篇不满四千字的德国的短篇小说，于晚上大家睡熟的时候，不声不响的出去投邮，寄投给某某书局。因为我的各方面就职的希望，早已经完全断绝了，只有这一方面，还能靠了我的枯燥的脑筋，想想法子看。万一中了他们编辑先生的意，把我译的东西登了出来，也不难得着几块钱的酬报。所以我自迁移到邓脱路以后，当她第一次同我讲话的时候，这样的译稿已经发出了三四次了。

二

在乱昏昏的上海租界里住着，四季的变迁和日子的过去是不容易觉得的。我搬到了邓脱路的贫民窟之后，只觉得身上穿在那里的那件破棉袍子一天一天的重起来，热起来，所以我心里想：

“大约春光也已经老透了罢！”

但是囊中很羞涩的我，也不能上什么地方去旅行一次，日夜只是在那暗室的灯光下呆坐。有一天，大约是午后了，我也是这样的坐在那里，间壁的同住者忽而手里拿了两包用纸包好的物件走了上来，我站起来让她走的时候，她把手里的纸包放了一包在我的书桌上说：

“这一包是葡萄浆的面包，请你收藏着，明天好吃的。另外我还有一包香蕉买在这里，请你到我房里来一道吃罢！”

我替她拿住了纸包，她就开了门邀我进她的房里去。共住了这十几天，她好像已经信用我是一个忠厚的人的样子。我见她初见我的时候脸上流露出来的那一种疑惧的形容完全没有了。我进了她的房里，才知道天还未暗，因为她的房里有一扇朝南的窗，太阳反射的光线从这窗里投射进来，照见了小小的一间房，由二条板铺成的一张床，一张黑漆的半桌，一只板箱，和一只圆凳。床上虽则没有帐子，但堆着有二条洁净的青布被褥。半桌上有一只小洋铁箱摆在那里，大约是她的梳头器具，洋铁箱上已经有许多油污的点子了。她一边把堆在圆凳上的几件半旧的洋布棉袄，粗布裤等收在床上，一边让我坐下。我看了她那殷勤待我的样子，心里倒不好意思起来，所以就对她说：

“我们本来住在一处，何必这样的客气。”

“我并不客气，但是你每天当我回来的时候，总站起来让路，我却觉得对不起得很。”

这样的说着，她就把一包香蕉打开来让我吃。她自家也拿了一只，在床上坐下，一边吃一边问我说：

“你何以只住在家里，不出去找点事情做做？”

“我原是这样的想，但是找来找去总找不着事情。”

“你有朋友么？”

“朋友是有的，但是到了这样的时候，他们都不和我来往了。”

“你进过学堂么？”

“我在外国的学堂里曾经念过几年书。”

“你家在什么地方？何以不回家去？”

她问到了这里，我忽而感觉到我自己的现状了。因为自去年以来，我只是一日一日的萎靡下去，差不多把“我是什么人？”“我现在所处的是怎么一种境遇？”“我的心里还是悲还是喜？”这些观念都忘掉了。经她这一问，我重新把半年来困苦的情形一层一层的想了出来。所以听她的问话以后，我只是呆呆的看她，半晌说不出话来。她看了我这样子，以为我也是一个无家可归的流浪人，脸上就立时起了一种孤寂的表情，微微的叹着说：

“唉！你也是同我一样的么？”

微微的叹了这一声之后，她就不说话了。我看她的眼圈上有些潮红起来，所以就想了一个另外的问题问她说：

“你在工厂里做的是什么工作？”

“是包纸烟的。”

“一天作几个钟头工？”

“早晨七点钟起，晚上六点钟止，中午休息一个钟头，每天一共要作十个钟头的工。少作一点钟就要扣钱的。”

“扣多少钱？”

“每月九块钱，所以是三块钱十天，三分大洋一个钟头。”

“饭钱多少？”

“四块钱一月。”

“这样算起来，每月一个钟头也不休息，除了饭钱，可省下五块钱来。够你付房钱买衣服的么？”

“那里够呢！并且那管理人又要……啊啊！……我……我所以非常恨工厂的。你吃烟的么？”

“吃的。”

“我劝你顶好还是不吃。就吃也不要去吃我们工厂的烟。我真恨死它在这里。”

我看看她那一种切齿怨恨的样子，就不愿意再说下去。把手里捏着的半个吃剩的香蕉咬了几口，向四边一看，觉得她的房里也有些灰黑了，我站起来道了谢，回到我自己的房里来。她大约是作工倦了的缘故，每天回来大概是马上就入睡的，只有这一晚上，她在房里好像是直到半夜还没有就寝。从这一回之后，她每天回来，总和我说几句话。我从她自家的口里听得，知道她姓陈，名叫二妹，是苏州东乡人，从小系在上海乡下长大的。她父亲也是纸烟工厂的工人，但是去年秋天死了。她本来和她父亲同住在那间房里，每天同上工厂去的，现在却只剩了她一个人了。她父亲死后的一个多月，她早晨上工厂去也一路哭了去，晚上回来也一路哭了回来的。她今年十七岁，也无兄弟姊妹，也无近亲的亲戚。她父亲死后的葬殓等事，是他于未死之前把十五块钱交给楼下的老人，托这老人包办的。她说：

“楼下的老人倒是一个好人，对我从来没有起过坏心，所以我得同父亲在日一样的去作工；不过工场的一个姓李的管理人却坏得很，知道我父亲死了，就天天的想戏弄我。”

她自家和她父亲的身世，我差不多全知道了，但她母亲是如何的一个人？死了呢还是活在那里？假使还活着，住在什么地方？等等，她却从来还没有说及过。

三

天气好像变了。几日来我那独有的世界，黑暗的小房里的腐浊的空气，同蒸笼里的蒸气一样，蒸得人头昏欲晕。我每年在春夏之交要发的神经衰弱的重症，遇了这样的气候，就要使我变成半狂。所以我这几天来，到了晚上，等马路上人静之后，每出去散步去。一个人在马路上从狭隘的深蓝天空里看看群星，慢慢的向前行走，一边作些漫无涯涘的空想，倒是于我的身体很有利益。当这样的无可奈何，春风沉醉的晚上，我每要在各处乱走，走到天将明的时候才回家里。我这样的走倦了回去就睡，一睡直可睡到第二天的日中，有几次竟要睡到二妹下工回来的前后方才起来。睡眠一足，我的健康状态也渐渐的回复起来了。平时只能消化半磅面包的我的胃部，自从我的深夜游行的练习开始之后，进步得几乎能容纳面包一磅了。这事在经济上虽则是一大打击，但我的脑筋，受了这些滋养，似乎比以前稍能统一。我于游行回来之后，就睡之前，却做成了几篇Allan Poe式的短篇小说，自家看看，也不很坏。我改了几次，抄了几次，一一投邮寄出之后，心里虽然起了些微细的希望，但是想想前几回的译稿的绝无消息，过了几天，也便把它们忘了。

邻住者的二妹，这几天来，当她早晨出去上工的时候，我总在那里酣睡，只有午后下工回来的时候，有几次有见面的机会。但是不晓是什么原因，我觉得她对我的态度，又回到从前初见面的时候的疑惧状态去了。有时候她深深的看我一眼，她的黑晶晶，水汪汪的眼睛里，满含着责备我、规劝我的意思。

我搬到这贫民窟里住后，约摸已经有二十多天的样子。一天午后我正点上蜡烛，在那里看一本从旧书铺里买来的小说，二妹急急忙忙的走上楼来对我说：

“楼下有一个送信的在那里，要你拿了印子去拿信。”

她对我讲这话的时候，她的疑惧我的态度更表示得明显，她好像在那里说：“呵呵，你的事件是发觉了啊！”我对她这种态度，心里非常痛恨，所以就气急了一点，回答她说：

“我有什么信？不是我的！”

她听了我这气愤愤的回答，更好像是得了胜利似的，脸上忽涌出了一种冷笑说：

“你自家去看罢！你的事情，只有你自家知道的！”

同时我听见楼底下门口果真有一个邮差似的人在催着说：

“挂号信！”

我把信取来一看，心里就突突的跳了几跳，原来我前回寄去的一篇德文短篇的译稿，已经在某杂志上发表了，信中寄来的是五元钱的一张汇票。我囊里正是将空的时候，有了这五元钱，非但月底要预付的来月的房金可以无忧，并且付过房金以后，还可以维持几天食料，当时这五元钱对我的效用的扩大，是谁不能推想得出来的。

第二天午后，我上邮局去取了钱，在太阳晒着的大街上走了一会，忽而觉得身上就淋出了许多汗来。我向我前后左右的行人一看，复向我自家的身上一看，就不知不觉的把头低俯下去。我颈上头上的汗珠，更同盛雨似的，一颗一颗的钻出来了。因为当我在深夜游行的时候，天上并没有太阳，并且料峭的春寒，于东方微白的残夜，老在静寂的街巷中留着，所以我穿的那件破棉袍子还觉得不十分与节季违异。如今到了阳和的春日晒着的这日中，我还不能自觉，依旧穿了这件夜游的敝袍，在大街上阔步，与前后左右的和节季同时进行的我的同类一比，我那得不自惭形秽呢？我一时竟忘了几日后不得不付的房金，忘了囊中本来将尽的些微的积聚，便慢慢的走上了闸路的估衣铺去。好久不在天日之下行走的我，看看街上来往的汽车人力车，车中坐着的华美的少年男女，和马路两边的绸缎铺金银铺窗里的丰丽的陈设，听听四面的同蜂衙似的嘈杂的人声，脚步声，车铃声，觉得是身到了大罗天上的样子。我忘记了我自家的存在，也想和我的同胞一样的欢歌欣舞起来，我的嘴里便不知不觉的唱起几句久忘了的京调来了。这一时的涅槃幻境，当我想横越过马路，转入闸路去的时候，忽而被一阵铃声惊破了。我抬起头来一看，我的面前正冲来了一乘无轨电车，车头上站着的那肥胖的机器手，伏出了半身，怒目的大声骂我说：

“猪头三！侬（你）艾（眼）睛勿散（生）咯！跌杀时，叫旺（黄）够（狗）抵侬（你）命噢！”我呆呆的站住了脚，目送那无轨电车尾后卷起了一道灰尘，向北过去之后，不知从何处发出来的感情，忽而禁不住哈哈哈哈的笑了几声。等得四面的人注视我的时候，我才红了脸慢慢的走向了闸路里去。

我在几家估衣铺里，问了些夹衫的价钱，还了他们一个我所能出的数目。几个估衣铺的店员，好像是一个师父教出的样子，都摆下了脸面，嘲弄着说：

“侬（你）寻萨咯（什么）凯（开）心！马（买）勿起好勿要马（买）咯！”

一直问到五马路边上的一家小铺子里，我看看夹衫是怎么也买不成了，才买定了一件竹布单衫，马上就把它换上。手里拿了一包换下的棉袍子，默默的走回家来。我心里却在打算：

“横竖是不够用了，我索性来痛快的用它一下罢。”同时我又想起了那天二妹送我的面包香蕉等物。不等第二次的回想，我就寻着了一家卖糖食的店，进去买了一块钱巧格力香蕉糖蛋糕等杂食。站在那店里，等店员在那里替我包好来的时候，我忽而想起我有一月多不洗澡了，今天不如顺便也去洗一个澡罢。

洗好了澡，拿了一包棉袍子和一包糖食，回到邓脱路的时候，马路两旁的店家，已经上电灯了。街上来往的行人也很稀少，一阵从黄浦江上吹来的日暮的凉风，吹得我打了几个冷痉。我回到了我的房里，把蜡烛点上，向二妹的房门一照，知道她还没有回来。那时候我腹中虽则饥饿得很，但我刚买来的那包糖食怎么也不愿意打开来，因为我想等二妹回来同她一道吃。我一边拿出书来看，一边口里尽在咽唾液下去。等了许多时候，二妹终不回来，我的疲倦不知什么时候出来战胜了我，就靠在书堆上睡着了。

四

二妹回来的响动把我惊醒的时候，我见我面前的一枝十二混司一包的洋蜡烛已经点去了二寸的样子，我问她是什么时候了？她说：

“十点的汽笛刚刚放过。”

“你何以今天回来得这样迟？”

“厂里因为销路大了，要我们作夜工。工钱是增加的，不过人太累了。”

“那你可以不去做的。”

“但是工人不够，不做是不行的。”

她讲到这里，忽而滚了两粒眼泪出来，我以为她是作工作得倦了，故而动了伤感，一边心里虽在可怜她，但一边看了她这同小孩似的脾气，却也感着些儿快乐。把糖食包打开，请她吃了几个之后，我就劝她说：

“初作夜工的时候不惯，所以觉得困倦，作惯了以后，也没有什么的。”

她默默的坐在我的半高的由书叠成的桌上，吃了几个巧克力，对我看了几眼，好像是有话说不出来的样子。我就催她说：

“你有什么话说？”

她又沉默了一会，便断断续续的问我说：

“我……我……早想问你了，这几天晚上，你每晚在外边，可在与坏人作伙友么？”

我听了她这话，倒吃了一惊，她好像在疑我天天晚上在外面与小窃恶棍混在一块。她看我呆了不答，便以为我的行为真的被她看破了，所以就柔柔和和的连续着说：

“你何苦要吃这样好的东西，要穿这样好的衣服。你可知道这事情是靠不住的。万一被人家捉了去，你还有什么面目做人。

过去的事情不必去说它，以后我请你改过了罢。……”

我尽是张大了眼睛张大了嘴呆呆的在看她，因为她的思想太奇突了，使我无从辩解起。她沉默了数秒钟，又接着说：

“就以你吸的烟而论，每天若戒绝了不吸，岂不可省几个铜子。我早就劝你不要吸烟，尤其是不要吸那我所痛恨的××工厂的烟，你总是不听。”

她讲到了这里，又忽而落了几滴眼泪。我知道这是她为怨恨××工厂而滴的眼泪，但我的心里，怎么也不许我这样的想，我总要把它们当作因规劝我而洒的。我静静儿的想了一会，等她的神经镇静下去之后，就把昨天的那封挂号信的来由说给她听，又把今天的取钱买物的事情说了一遍，最后更将我的神经衰弱症和每晚何以必要出去散步的原因说了。她听了我这一番辩解，就信用了我，等我说完之后，她颊上忽而起了两点红晕，把眼睛低下去看看桌上，好像是怕羞似的说：

“噢，我错怪你了，我错怪你了。请你不要多心，我本来是没有歹意的。因为你的行为太奇怪了，所以我想到了邪路里去。你若能好好儿的用功，岂不是很好么？你刚才说的那——叫什么的——东西，能够卖五块钱，要是每天能做一个，多么好呢？”

我看了她这种单纯的态度，心里忽而起了一种不可思议的感情，我想把两只手伸出去拥抱她一回，但是我的理性却命令我说：

“你莫再作孽了！你可知道你现在处的是什么境遇！你想把这纯洁的处女毒杀了么？恶魔，恶魔，你现在是没有爱人的资格的呀！”

我当那种感情起来的时候，曾把眼睛闭上了几秒钟，等听了理性的命令以后，我的眼睛又开了开来，我觉得我的周围，忽而比前几秒钟更光明了。对她微微的笑了一笑，我就催她说：

“夜也深了，你该去睡了罢！明天你还要上工去的呢！我从今天起，就答应你把纸烟戒下来罢。”

她听了我这话，就站了起来，很喜欢的回到她的房里去睡了。

她去之后，我又换上了一枝洋蜡烛，静静儿的想了许多事情：

“我的劳动的结果，第一次得来的这五块钱已经用去了三块了。连我原有的一块多钱合起来，付房钱之后，只能省下二三角小洋来，如何是好呢！

“就把这破棉袍子去当罢！但是当铺里恐怕不要。

“这女孩子真是可怜，但我现在的境遇，可是还赶她不上，她是不想做工而工作要强迫她做，我是想找一点工作，终于找不到。”

“就去作筋肉的劳动罢！啊啊，但是我这一双弱腕，怕吃不下一部黄包车的重力。

“自杀！我有勇气，早就干了。现在还能想到这两个字，足证我的志气还没有完全消磨尽哩！

“哈哈哈哈！今天的那无轨电车的机器手！他骂我什么来？

“黄狗，黄狗倒是一个好名词。

“…………

“…………”

我想了许多零乱断续的思想，终究没有一个好法子，可以救我出目下的穷状来。听见工场的汽笛，好像在报十二点钟了，我就站了起来，换上了白天脱下的那件破棉袍子，仍复吹熄了蜡烛，走出外面去散步去。

贫民窟里的人已经睡眠静了。对面日新里的一排临邓脱路的洋楼里，还有几家点着了红绿的电灯，在那里弹罢拉拉衣加。一声二声清脆的歌音，带着哀调，从静寂的深夜的冷空气里传到我的耳膜上来，这大约是俄国的飘泊的少女，在那里卖钱的歌唱。

天上罩满了灰白的薄云，同腐烂的尸体似的沉沉的盖在那里。云层破处也能看得出一点两点星来，但星的近处黝黝看得出来的天色，好像有无限的哀愁蕴藏着的样子。

十二年七月十五日

（选自《达夫全集·寒灰集》）

迷羊

一

一九××年的秋天，我因为脑病厉害，住在长江北岸的A 城里养病。正当江南江北界线上的这A城，兼有南方温暖的地气和北方亢燥的天候，入秋以后，天天只见蓝蔚的高天，同大圆幕似的张在空中。东北两三面城外高低的小山，一例披着了翠色，在阳和的日光里返射，微凉的西北风吹来，往往带着些秋天干草的香气。我尤爱西城外和长江接着的一个菱形湖水旁边的各小山。早晨起来，拿着几本爱读的书，装满一袋花生水果香烟，我每到这些小山中没有人来侵犯的地方去享受静瑟的空气。看倦了书，我就举起眼睛来看山下的长江和江上的飞帆。有时候深深地吸一口烟，两手支在背后，向后斜躺着身体，缩小了眼睛，呆看着江南隐隐的青山，竟有三十分钟以上不改姿势的时候。有时候伸着肢体，仰卧在和暖的阳光里，看看无穷的碧落，一时会把什么思想都忘记，我就同一片青烟似的不自觉着自己的存在，悠悠的浮在空中。像这样的懒游了一个多月，我的身体渐渐就强壮起来了。

中国养脑病的地方很多，何以庐山不住，西湖不住，偏要寻到这一个交通不十分便利的A城里来呢？这是有一个原因的。自从先君去世以后，家景萧条，所以我的修学时代，全仗北京的几位父执倾囊救助，父亲虽则不事生产，潦倒了一生，但是他交的几位朋友，却都是慷慨好义，爱人如己的君子。所以我自十几岁离开故乡以后，他们供给我的学费，每年至少也有五六百块钱的样子。这一次有一位父亲生前最知己的伯父，在A省驻节，掌握行政全权。暑假之后，我由京汉车南下，乘长江轮船赴上海，路过A城，上岸去一见，他居然留我在署中作伴，并且委了我一个挂名的咨议，每月有不劳而获的两百块钱俸金好领。这时候我刚在北京的一个大学里毕业，暑假前因为用功过度，患了一种失眠头晕的恶症，见他留我的意很殷诚，我也就猫猫虎虎的住下了。

A城北面去城不远，有一个公园。公园的四周，全是荷花水沼。园中的房舍，系杂筑在水荇青荷的田里，天候晴爽，时有住在城里的富绅闺女和苏扬的幺妓，来此闲游。我因为生性孤僻，并且想静养脑病，所以在A地住下之后，马上托人关说，就租定了一间公园的茅亭，权当寓舍，然而人类是不喜欢单调的动物，独居在湖上，日日与清风明月相周旋，也有时要感到割心的不快。所以在湖亭里蛰居了几天，我就开始作汗漫的闲行，若不到西城外的小山丛里去俯仰看长江碧落，便也到城中市上，去和那些闲散的居民夹在一块，寻一点小小的欢娱。

是到A城以后，将近两个月的一天午后，太阳依旧是明和可爱，碧落依旧是澄清高遥，在西城外各处小山上跑得累了，我就拖了很重的脚，走上接近西门的大观亭去，想在那里休息一下，再进城上酒楼去吃晚饭。原来这大观亭，也是A城的一个名所，底下有明朝一位忠臣的坟墓，上面有几处高敞的亭台。朝南看去，越过飞逸的长江，便可看见江南的烟树。北面窗外，就是那个三角形的长湖，湖的四岸，都是杂树低冈，那一天天色很清，湖水也映得格外的沉静，格外的蓝碧。我走上大观亭楼上的时候，正厅及槛旁的客座已经坐满了，不得已就走入间壁的厢厅里，靠窗坐下。在躺椅上躺了一忽，半天的疲乏，竟使我陷入了很舒服的假寐之境。处了不晓多少时候，在似梦非梦的境界上，我的耳畔，忽而打来了几声女孩儿的话声。虽听不清是什么话，然而这话声的主人，的确不是A城的居民，因为语音粗硬，仿佛是淮扬一带的腔调。

我在北京，虽则住了许多年，但是生来胆小，一直到大学毕业，从没有上过一次妓馆。平时虽则喜欢读读小说，画画洋画，然而那些文艺界艺术界里常常听见的什么恋爱，什么浪漫史，却与我一点儿缘分也没有。可是我的身体构造，发育程序，当然和一般的青年一样，脉管里也有热烈的血在流动，官能性器，并没有半点缺陷。二十六岁的青春，时时在我的头脑里筋肉里呈不稳的现象，对女性的渴慕，当然也是有的。并且当出京以前，还有几个医生，将我的脑病，归咎在性欲的不调，劝我多交几位男女朋友，可以消散消散胸中堆积着的忧闷。更何况久病初愈，体力增进，血的循环，正是速度增加到顶点的这时候呢？所以我在幻梦与现实的交叉点上，一听到这异性的喉音，神经就清醒兴奋起来了。

从躺椅上站起，很急速地擦了一擦眼睛，走到隔一重门的正厅里的时候，我看到厅前门外回廊的槛上，凭立着几个服色奇异的年轻的幼妇。

她们面朝着槛外，在看扬子江里的船只和江上的斜阳，背形服饰，一眼看来，都是差不多的。她们大约都只有十七八岁的年纪，下面着的，是刚在流行的大脚裤，颜色仿佛全是玄色，上面的衣服，却不一样。第二眼再仔细看时，我才知道她们共有三人，一个是穿紫色大团花缎的圆角夹衫，一个穿的是深蓝素缎，还有一个是穿着黑华丝葛的薄棉袄的。中间的那个穿蓝素缎的，偶然间把头回望了一望，我看出了一个小小椭圆形的嫩脸，和她的同伴说笑后尚未收敛起的笑容。她很不经意地把头朝回去了，但我却在脑门上受了一次大大的棒击。这清冷的A城内，拢总不过千数家人家，除了几个妓馆里的放荡的幺妓而外，从未见过有这样豁达的女子，这样可爱的少女，毫无拘束地，三五成群，当这个晴和的午后，来这个不大流行的名所，赏玩风光的。我一时风魔了理性，不知不觉，竟在她们的背后，正厅的中间，呆立了几分钟。

茶博士打了一块手巾过来，问我要不要吃点点心，同时她们也朝转来向我看了，我才涨红了脸，慌慌张张的对茶博士说，“要一点！要一点！有什么好吃的？”大约因为我的样子太仓皇了吧？茶博士和她们都笑了起来。我更急得没法，便回身走回厢厅的座里去。临走时向正厅上各座位匆匆的瞥了一眼，我只见满地的花生瓜子的残皮，和几张桌上的空空的杂乱摆着的几只茶壶茶碗，这时候许多游客都已经散了。“大约在这一座亭台里流连未去的，只有我和这三位女子了吧！”走到了座位，在昏乱的脑里，第一着想起来的，就是这一个思想。茶博士接着跟了过来，手里肩上，搭着几块手巾，笑眯眯地又问我要不要什么吃的时候，我心里才镇静了一点，向窗外一看，太阳已经去小山不盈丈了，即便摇了摇头，付清茶钱，同逃也似的走下楼来。

我走下扶梯，转了一个弯走到楼前向下降的石级的时候，举头一望，看见那三位少女，已经在我的先头，一边谈话，一边也在循了石级，走回家去。我的稍稍恢复了一点和平的心里，这时候又起起波浪来了，便故意放慢了脚步，想和她们离开远些，免得受了人家的猜疑。

毕竟是日暮的时候，在大观亭的小山上一路下来，也不曾遇见别的行人。可是一到山前的路上，便是一条西门外的大街，街上行人很多，两旁尽是小店，尽跟在年轻的姑娘们的后面，走进城去，实在有点难看。我想就在路上雇车，而这时候洋车夫又都不知上哪里去了，一乘也没有瞧见；想放大了胆子，索性赶上前去，追过她们的头，但是一想起刚才在大观亭上的那种丑态，又恐被她们认出，再惹一场笑话。心里忐忑不安，诚惶诚恐地跟在她们后面，走进西门的时候，本来是黝暗狭小的街上，已经泛流着暮景，店家就快要上灯了。

西门内的长街，往东一直可通到城市的中心最热闹的三牌楼大街，但我因为天已经晚了，不愿再上大街的酒馆去吃晚饭，打算在北门附近横街上的小酒馆里吃点点心，就出城回到寓舍里去，正在心中打算，想向西门内大街的岔路里走往北去，她们三个，不知怎么的，已经先我转弯，向北走上坡去了。我三国志弯路口，又迟疑了一会，便也打定主意，往北的弯了过去。这时候我因为已经跟她们走了半天了，胆量已比从前大了一点，并且好奇心也在开始活动，有“率性跟她们一阵，看她们到底走上什么地方去”的心思。走过了司下坡，进了青天白日的旧时的道台衙门，往后门穿出，由杨家拐拐往东去，在一条横街的旅馆门口，她们三人同时举起头来对了立在门口的一位五十来岁的姥姥笑着说：“您站在这儿干吗？”这是那位穿黑衣的姑娘说的，的确是天津话。这时候我已走近她们的身边了，所以她们的谈话，我句句都听得很清楚。那姥姥就拉着了那黑衣姑娘说：“台上就快开锣了，老板也来催过，你们若再迟回来一点儿，我就想打发人来找你们哩，快吃晚饭去吧！”啊啊，到这里我才知道她们是在行旅中的髦儿戏子，怪不得她们的服饰，是那样奇特，行动是那样豁达的。天色已经黑了，横街上的几家小铺子里，也久已上了灯火。街上来往的人迹，渐渐的稀少了下去。打人家的门口经过，老闻得出油煎蔬菜的味儿和饭香来，我也觉着有点饥饿了。

说到戏园，这斗大的A城里，原有一个。不过常客很少的这戏园，在A城的市民生活上，从不占有什么重大的位置。有一次，我从北门进城来，偶尔在一条小小的曲巷口，从澄清的秋气中听见了几阵锣鼓声音，顺便踏进去一看，看见了一间破烂的屋里，黑黝黝的聚集了三四十人坐在台前。坐的桌子椅子，当然也是和这戏园相称的许多白木长条。戏园内光线也没有，空气也不通，我看了一眼，心里就害怕了，即便退了出来。像这样的戏园，当然聘不起名角的，来演的顶多大约是些行旅的杂凑班或是平常演神戏的水陆班子。所以我到了A城两个多月，竟没有注意过这戏园的角色戏目。这一回偶然遇到了那三个女孩儿，我心里却起了一种奇异的感想，所以在大街上的一家菜馆里坐定之后，就教伙计把今天的报拿了过来。一边在等着晚饭的菜，一边拿起报来就在灰黄的电灯下看上戏园的广告上去。果然在第二张新闻的后半封面上，用了二号活字，排着“礼聘超等名角文武须生谢月英本日登台，女伶泰斗”的几个字，在同排上还有“李兰香著名青衣花旦”、“陈莲奎独一无二女界黑头”的两个配角。本晚她们所演的戏是最后一出《二进宫》。

我在北京的时候，胡同虽则不去逛，但是戏却是常去听的。那一天晚上一个人在菜馆里吃了一点酒，忽然动了兴致，付账下楼，就决定到戏园里去坐它一坐。日间所见的那几位姑娘，当然也是使我生出这异想来的一个原因。因为我虽在那旅馆门口，听见了一二句她们的谈话，然而究竟她们是不是女伶呢？听说寄住在旅馆里的娼妓也很多，她们或许也是卖笑者流吧？并且若是她们果真是女伶，那么她们究竟是不是和谢月英在一班的呢？若是她们真是谢月英一班的人物，那么究竟谁是谢月英呢？这些无关紧要，没有价值的问题，平时再也不会上我的脑子的问题，这时候大约因为我过的生活太单调了，脑子里太没有什么事情好想了，一路上用牙签括着牙齿，俯倒了头，竟接二连三的占住了我的思索的全部。在高低不平的灰暗的街上走着，往北往西的转了几个弯，不到十几分钟，就走到了那个我曾经去过一次的倒霉的戏园门口。

幸亏是晚上，左右前后的坍败情形，被一盏汽油灯的光，遮掩去了一点。到底是礼聘的名角登台的日子，门前卖票的栅栏口，竟也挤满了许多中产阶级的先生们。门外路上，还有许多游手好闲的第四阶级的民众，张开了口在那里看汽油灯光，看热闹。

我买了一张票，从人丛和锣鼓声中挤了进去，在第三排的一张正面桌上坐下了。戏已经开演了好久，这时候台上正演着第四出的《泗洲城》。那些女孩子的跳打，实在太不成话了，我就咬着瓜子，尽在看戏场内的周围和座客的情形。场内点着几盏黄黄的电灯，正面厅里，也挤满了二三百人的座客。厅旁两厢，大约是二等座位，那是尽是些穿灰色制服的军人。两厢及后厅的上面，有一层环楼，楼上只坐着女眷。正厅的一二三四排里，坐了些年纪很轻，衣服很奢丽的，在中国的无论哪一个地方都有的时髦青年。他们好像是常来这戏园的样子，大家都在招呼谈话，批评女角，批评楼上的座客，有时笑笑，有时互打瓜子皮儿，有时在窃窃作密语。《泗洲城》下台之后，台上的汽油灯，似乎加了一层光，我的耳畔，忽然起了一阵喊声。原来是《小上坟》上台了，左右前后的那些唯美主义者，仿佛在替他们的祖宗争光彩，看了淫艳的那位花旦的一举一动，就拼命的叫噪起来，同时还有许多哄笑的声音。肉麻当有趣，我实在被他们弄得坐不住了，把腰部升降了好几次，想站起来走，但一边想想看，底下横竖没有几出戏了，且咬紧牙齿忍耐着，就等它一等吧！

好容易挨过了两个钟头的光景，台上的锣鼓紧敲了一下，冷了一冷台，底下就是最后的一出《二进宫》了。果然不错，白天的那个穿深蓝素缎的姑娘扮的是杨大人。我一见她出台，就不知不觉的涨红了脸，同时耳畔又起了一阵雷也似的喊声，更加使我头脑昏了起来。她的扮相真不坏，不过有胡须戴在那里，全部的脸子，看不清楚，但她那一双迷人的眼睛，时时往台下横扫的眼睛，实在有使这一班游荡少年惊魂失魄的力量。她嗓音虽不洪亮，但辨字辨得很清，气也接得过来，拍子尤其工稳。在这一个小小的A城里，在这一个坍败的戏园里，她当然是可以压倒一切了。不知不觉的中间，我也受了她的催眠暗示，一直到散场的时候止，我的全副精神，都灌注在她一个人的身上，其他的两个配角，我只知道扮龙国太的，便是白天的那个穿紫色夹衫的姑娘，扮千岁爷的，定是那个穿黑衣黑裤的所谓陈莲奎。

她们三个人中间，算陈莲奎身材高大一点，李兰香似乎太短小了，不长不短，处处合宜的，还是谢月英，究竟是名不虚传的超等名角。

那一天晚上，她的扫来扫去的眼睛，有没有注意到我，我可不知道。但是戏散之后，从戏园子里出来，一路在暗路上摸出城去，我的脑子里尽在转念的，却是这几个名词：

噢！超等名角！
噢！文武须生！
谢月英！谢月英！
好一个谢月英！

二

闲人的闲脑，是魔鬼的工场，我因为公园茅亭里的闲居生活单调不过，也变成了那个小戏园的常客人，诱引的最有力者，当然是谢月英。

这时候节季已经进了晚秋，那一年的A城，因为多下了几次雨，天气已变得很凉冷了。自从那一晚以后，我天天早晨起来，在茅亭的南窗外阶上躺着享太阳，一只手里拿一杯热茶，一只手里拿一张新闻，第一注意阅读的，就是广告栏里的戏目，和那些A地的地方才子（大约就是那班在戏园内拼命叫好的才子罢）所做的女伶的身世和剧评。一则因为太没有事情干，二则因为所带的几本小说书，都已看完了，所以每晚闲来无事，终于还是上戏园去听戏，并且谢月英的唱做，的确也还过得去，与其费尽了脚力，无情无绪地冒着寒风，去往小山上奔跑，倒还不如上戏园去坐坐的安闲。于是在晴明的午后，她们若唱戏，我也没有一日缺过席，这是我见了谢月英之后，新改变的生活方式。

寒风一阵阵的紧起来，四周辽阔的这公园附近的荷花树木，也都凋落了。田塍路上的野草，变成了黄色，旧日的荷花池里，除了几根零残的荷根而外，只有一处一处的潴水在那里迎送秋阳，因为天气凉冷了的缘故，这十里荷塘的公共园游地内，也很少有人来，在淡淡的夕阳影里，除了西飞的一片乌鸦声外，只有几个沉默的佃家，站在泥水中间挖藕的声音。我的茅亭的寓舍，到了这时候，已经变成了出世的幽栖之所，再往下去，怕有点不可能了。况且因为那戏园的关系，每天晚上，到了夜深，要守城的警察，开门放我出城，出城后，更要在孤静无人的野路上走半天冷路，实在有点不便，于是我的搬家的决心，也就一天一天的坚定起来了。

像我这样的一个独身者的搬家问题，当然是很简单，第一那位父执的公署里，就可以去住。第二若嫌公署里繁杂不过，去找一家旅馆，包一个房间，也很容易。可是我的性格，老是因循苟且，每天到晚上从黑暗里摸回家来，就决定次日一定搬家，第二天一定去找一个房间，但到了第二天的早晨。享享太阳，喝喝茶，看看报，就又把这事搁起了。到了午后，就是照例的到公署去转一转，或上酒楼去吃点酒，晚上又照例的到戏园子去，像这样的生活，不知不觉，竟过了两个多星期。

正在这个犹豫的期间里，突然遇着了一个意想不到的机会，竟把我的移居问题解决了。

大约常到戏园去听戏的人，总有这样的经验的吧？几个天天见面的常客，在不知不觉的中间，很容易联成朋友。尤其是在戏园以外的别的地方突然遇见的时候，两个就会老朋友似的招呼起来。有一天黑云飞满空中，北风吹得很紧的薄暮，我从剃头铺里修了面出来，在剃头铺门口，突然遇见一位衣冠很潇洒的青年。他对我微笑着点了一点头，我也笑了一脸，回了他一个礼，等我走下台阶，立着和他并排的时候，他又笑眯眯地问我说："今晚上仍旧去安乐园么？"到此我才想起了那个戏园，——原来这戏园的名字叫安乐园——和在戏台前常见的这一个小白脸。往东的和他走了二三十步路，同他谈了些女伶做唱的评话，我们就在三岔路口分散了。那一天晚上，在城里吃过晚饭，我本不想再去戏园，但因为出城回家，北风刮得很冷，所以路过安乐园的时候，便也不自意识地踏了进去，打算权坐一坐，等风势杀一点后再回家去。谁知一入戏园，那位白天见过的小白脸跑过来和我说话了。他问了我的姓名职业住址后，对我就恭维起来，我听了虽则心里有点不舒服，但遇在这样悲凉的晚上，又处在这样孤冷的客中，有一个本地的青年朋友，谈谈闲话，也算不坏，所以就也和他说了些无聊的话。等到我告诉他一个人独离在城外的公园，晚上回去——尤其是像这样的晚上——真有些胆怯的时候，他就跳起来说："那你为什么不搬到谢月英住的那个旅馆里去呢？那地方去公署不远，去戏园尤其近。今晚上戏散之后，我就同你去看看，好么？顺便也可去看看月英和她的几个同伴。"

他说话的时候，很有自信，仿佛谢月英和他是很熟似的。我在前面也已经说过，对于逛胡同，访女优，一向就没有这样的经验，所以听了他的话，竟红起脸来。他就嘲笑不像嘲笑，安慰不像安慰似的说：

“你在北京住了这许多年，难道这一点经验都没有么？访问访问女戏子，算什么一回事？并不是我在这里对你外乡人吹牛皮，识时务的女优到这里的时候，对我们这一辈人，大约总不敢得罪的。今晚上你且跟我去看看谢月英在旅馆里的样子罢！”

他说话的时候，很表现着一种得意的神情，我也不加可否，就默笑着，注意到台上的戏上去了。

在戏园子里一边和他谈话，一边想到戏散之后，究竟还是去呢不去的问题，时间却过去得很快，不知不觉的中间，七八出戏已经演完，台前的座客便嘈嘈杂杂的立起来走了。

台上的煤气灯吹熄了两张。只留着中间的一张大灯，还在照着杂役人等的扫地，叠桌椅。这时候台前的座客也走得差不多了，锣鼓声音停后的这破戏园内的空气，变得异常的静默萧条。台房里那些女孩子们嘻嘻叫唤的声气，在池子里也听得出来。

我立起身来把衣帽整了一整，犹豫未决地正想走的时候，那小白脸却拉着我的手说：

“你慢着，月英还在后台洗脸哩，我先和你上后台去瞧一瞧罢！”

说着他就拉了我爬上戏台，直走到后台房里去。台房里还留着许多扮演末一出戏的女孩们，正在黄灰灰的电灯光里卸装洗手脸。乱杂的衣箱，乱杂的盔帽，和五颜六色的刀枪器具，及花花绿绿的人头人面衣裳之类，与一种杂谈声，哄笑声紧挤在一块，使人一见便能感到一种不规则无节制的生活气氛来。我羞羞涩涩地跟了这一位小白脸，在人丛中挤过了好一段路，最后在东边屋角尽处，才看见了陈莲奎、谢月英等的卸装地方。

原来今天的压台戏是《大回荆州》，所以她们三人又是在一道演唱的。谢月英把袍服脱去，只穿了一件粉红小袄，在朝着一面大镜子擦脸。她腰里紧束着一条马带，所以穿黑裤子的后部，突出得很高。在暗淡的电灯光里，我一看见了她这一种形态，心里就突突的跳起来了，又哪里经得起那小白脸的一番肉麻的介绍呢？他走近了谢月英的身后，拿了我的右手，向她的肩上一拍，装着一脸纯肉感的嬉笑对她说：

“月英！我替你介绍一位朋友。这一位王先生，是我们省长舒先生的至戚，他久慕你的盛名了，今天我特地拉他来和你见见。”

谢月英回转头来，“我的妈吓”的叫了一声，佯嗅假喜的装着惊恐的笑容，对那小白脸说：

“陈先生，你老爱那么的动手动脚，骇死我了。”

说着，她又回过眼来，对我斜视了一眼，口对着那小白脸，眼却瞟着我说：

“我们还要你介绍么？天天在台前头见面，还怕不认得么？”我因为那所谓陈先生拿了我的手拍上她的肩去之后，一面感着一种不可名状的电气，心里同喝醉了酒似的在起混乱，一面听了她那一句动手动脚的话，又感到了十二分的羞愧。所以她的频频送过来的眼睛，我只涨红了脸，伏倒了头，默默的在那里承受。既不敢回看她一眼，又不敢说出一句话来。

一边在髦儿戏房里特别闻得出来的那一种香粉香油的气味，不知从何处来的，尽是一阵阵的扑上鼻来，弄得我吐气也吐不舒服。

我正在局促难安，走又不是，留又不是的当儿，谢月英仿佛想起了什么似的，和在她边上站着，也在卸装梳洗的李兰香咬了一句耳朵。李兰香和她都含了微笑，对我看了一眼。谢月英又朝李兰香打了一个招呼，仿佛是在促她承认似的。李兰香笑了笑，点了一点头后，谢月英就亲亲热热的对我说：

“王先生，您还记得么？我们初次在大观亭见面的那一天的事情？”说着她又笑了起来。

我涨红的脸上又加了一阵红，也很不自然地装了脸微笑，点头对她说：

“可不是吗？那时候是你们刚到的时候吧？”

她们听了我的说话声音，三个人一齐朝了转来，对我凝视。那高大的陈莲奎，并已放了她同男人似的喉音，问我说：

“您先生也是北京人吗？什么时候到这儿来的？”

我嗫嚅地应酬了几句，实在觉得不耐烦了——因为怕羞得厉害——所以就匆匆地促那一位小白脸的陈君，一道从后门跑出到一条狭巷里来，临走的时候，陈君又回头来对谢月英说：

“月英，我们先到旅馆里去等你们，你们早点回来，这一位王先生要请你们吃点心哩！”

手里拿了一个包袱，站在月英等身旁的那个姥姥，也装着笑脸对陈君说：

“陈先生！我的白干儿，你别忘记啦！”

陈君也呵呵呵呵的笑歪了脸，斜侧着身子，和我走了出来。一出后门，天上的大风，还在呜呜的刮着，尤其是漆黑漆黑的那狭巷里的冷空气，使我打了一个冷痉。那浓艳的柔软的香温的后台的空气，到这里才发生了效力，使我生出了一种后悔的心思，悔不该那么急促地就离开了她们。

我仰起来看看天，苍紫的寒空里澄练得同冰河一样，有几点很大很大的秋垦，似乎在风中摇动。近边有一只野犬，在那里迎着我们鸣叫。又乌乌的劈面来了一阵冷风，我们却摸出了那条高低不平的狭巷，走到了灯火清荧的北门大街上了。

街上的小店，都已关上了门，间着很长很远的间隔，有几盏街灯，照在清冷寂静的街上。我们踏了许多模糊的黑影，向南的走往那家旅馆里去，路上也追过了几组和我们同方向走去的行人。这几个人大约也是刚从戏园子里出来，慢慢的走着，一边他们还在评论女角的色艺，也有几个在幽幽地唱着不合腔的皮簧的。

在横街上转了弯，走到那家旅馆门口的时候，旅馆里的茶房，好像也已经被北风吹冷，躲在棉花被里了。我们在门口寒风里立着，两个都默默的不说一句话，等茶房起来开大门的时候，只看见灰尘积得很厚的一盏电灯光，照着了大新旅馆的四个大字，毫无生气，毫无热意的散射在那里。

那小白脸的陈君，好像真是常来此地访问谢月英的样子。他对了那个放我们进门之后还在擦眼睛的茶房说了几句话，那茶房就带我们上里进的一间大房里去了。这大房当然是谢月英她们的寓房，房里纵横叠着些衣箱洗面架之类。朝南的窗下有一张八仙桌摆着，东西北三面靠墙的地方，各有三张床铺铺在那里，东北角里，帐子和帐子的中间，且斜挂着一道花布的帘子。房里头收拾得干净得很，桌上的镜子粉盒香烟罐之类，也整理得清清楚楚，进了这房，谁也感得到一种闲适安乐的感觉。尤其是在这样的晚上，能使人更感到一层热意的，是桌上挂在那里的一盏五十支光的白热的电灯。

陈君坐定之后，叫茶房过来，问他有没有房间空着了。他抓抓头想了一想，说外进还有一间四十八号的大房间空着，因为房价太大，老是没人来住的。陈君很威严的吩咐他去收拾干净来，一边却回过头来对我说：

“王君！今晚上风刮得这么厉害，并且吃点点心，谈谈闲话，总要到一两点钟才能回去。夜太深了，你出城恐怕不便，还不如在四十八号住它一晚，等明天老板起来，顺便就可以和他办迁居的交涉，你说怎么样？”

我这半夜中间，被他弄得昏头昏脑，尤其是从她们的后台房里出来之后，又走到了这一间娇香温暖的寝房，正和受了狐狸精迷的病人一样，自家一点儿主张也没有了，所以只是点头默认，由他在那里摆布。

他叫我出去，跟茶房去看了一看四十八号的房间，便又命茶房去叫酒菜。我们走回到后进谢月英的房里坐定之后，他又翻来翻去翻了些谢月英的扮戏照相出来给我看。一张和李兰香照的《武家坡》，似乎是在A地照的，扮相特别的浓艳，姿势也特别的有神气。我们正在翻看照相，批评她们的唱做的时候，门外头的车声杂谈声，哄然响了一下，接着果然是那个姥姥，背着包袱，叫着跑进屋里来了。

“陈先生！你们候久了吧？那可气的皮车，叫来叫去都叫不着，我还是走了回来的呢！她们倒还是我快，你说该死不该死？”

说着，她走进了房，把包袱藏好在东北角里的布帘里面，以手往后面一指说：

“她们也走进门来了！”

她们三人一进房来之后，房内的空气就不同了。陈君的笑话，更是层出不穷，说得她们三个，个个都弯腰捧肚的笑个不了。还有许多隐语，我简直不能了解的，而在她们，却比什么都还有趣。陈君只须开口题一个字，她们的正想收敛起来的哄笑，就又会勃发起来。后来弄得送酒菜来的茶房，也站着不去，在边上凑起热闹来了。

这一晚说说笑喝喝酒，陈君一直闹到两点多钟，方才别去，我就在那间四十八号的大房里，住了一晚。第二天起来，和账房办了一个交涉，我总算把我的迁居问题，就这么的在无意之中解决了。

三

这一间房间，倒是一间南房，虽然说是大新旅馆的最大的客房，然而实际上不过是中国旧式的五开间厅屋旁边的一个侧院，大约是因旅馆主人想省几个木匠板料的钱，所以没有把它隔断。我租定了这间四十八号房之后，心里倒也快活得很，因为在我看来，也算是很麻烦的一件迁居的事情，就可以安全简捷地解决了。

第二天早晨十点钟前后，从夜来的乱梦里醒了过来，看看房间里从阶沿上射进来的阳光，听听房外面时断时续的旅馆里的茶房等杂谈行动的声音，心里却感着一种莫名其妙的喜悦。所以一起来之后，我就和旅馆老板去办交涉，请他低减房了金，预付了他半个月的房钱，便回到城外公园的茅亭里去把衣箱书箱等件，搬移了过来。

这一天是星期六，安乐园午后本来是有日戏的，但我因为昨晚上和她们胡闹了一晚，心里实在有点害羞，怕和她们见面，终于不敢上戏园里去了，所以吃完中饭以后，上公署去转了一转，就走回了旅馆，在房间里坐着呆想。

晚秋的晴日，真觉得太挑人爱，天井里窥俯下来的苍空，和街市上小孩们的欢乐的噪声，尽在诱动我的游思，使我一个人坐在房里，感到了许多压不下去的苦闷。勉强的想拿出几本爱读的书来镇压放心，可是读不了几页，我的心思，就会想到北门街上的在太阳光里来往的群众，和在那戏台前头紧挤在一块的许多轻薄少年的光景上去。

在房里和囚犯似的走来走去的走了半天，我觉得终于是熬忍不过去了，就把桌上摆着的呢帽一拿，慢慢的踱出旅馆来。出了那条旅馆的横街，在丁字路口，正在计算还是往南呢往北的中间，后面忽而来了一支手，在我肩上拍了两拍，我骇了一跳，回头来一看，原来就是昨晚的那位小白脸的陈君。

他走近了我的身边，向我说了几句恭贺乔迁的套话以后，接着就笑说：

"我刚上旅馆去问过，知道你的行李已经搬过来了，真敏捷啊！从此你这近水楼台，怕有点危险了。"

呵呵呵呵的笑了一阵，我倒被他笑得红起脸来了，然而两只脚却不知不觉的竟跟了他走向北去。

两人谈着，沿了北门大街，在向安乐园去的方面走了一段，将到进戏园去的那条狭巷口的时候，我的意识，忽而回复了转来，一种害羞的疑念，又重新罩住了我的心意，所以就很坚决的对陈君说：

"今天我可不能上戏园去，因为还有一点书籍没有搬来，所以我想出城再上公园去走一趟。"

说完这话，已经到了那条巷口了，锣鼓声音也已听得出来，陈君拉了我一阵，劝我戏散之后再去不迟，但我终于和他分别，一个人走到了北门，走到那荷田中间的公园里去。

大约因为是星期六的午后的原因，公园的野路上，也有几个学生及绅士们在那里游走。我背了太阳光走，到东北角的一间茶楼上去坐定之后，眼看着一碧的秋空，和四面的野景，心里尽在跳跃不定，仿佛是一件大事，将要降临到我头上来的样子。

卖茶的伙计，因为住久相识了，过来说了几句闲话之后，便自顾自的走下楼去享太阳去了，我一个人就把刚才那小白脸的陈君所说的话从头细想了一遍。

说到我这一次的搬家，实在是必然的事实，至于搬上大新旅馆去住，也完全是偶然的结果。谢月英她们的色艺，我并没有怎么样的倾倒佩服，天天去听她们的戏，也不过是一种无聊时的解闷的行为，昨天晚上的去访问，又不是由我发起，并且戏散之后，我原是想立起来走的。想到了这种种否定的事实，我心里就宽了一半，刚才那陈君说的笑话，我也以这几种事实来作了辩护。然而辩护虽则辩了，而心里的一种不安，一种想到戏园里去坐它一二个钟头的渴望，仍复在燃烧着我的心，使我不得安闲。

我从茶楼下来，对西天的斜日迎走了半天，看看公园附近的农家在草地上堆叠干草的工作，心里终想走回安乐园去，因为这时候谢月英她们恐怕还在台上，记得今天的报上登载在那里的是李兰香和谢月英的末一出《三娘教子》。

一边在作这种想头，一边竟也不自意识地一步一步走进了城来。沿北门大街走到那条巷口的时候，我竟在那里立住了。然而这时候进戏园去，第一更容易招她们及观客们的注意，第二又觉得要被那位小白脸的陈君取笑，所以我虽在巷口呆呆立着，而进的决心终于不敢下，心里却在暗暗抱怨陈君，和一般有秘密的人当秘密被人家揭破时一样。

在巷口立了一阵，走了一阵，又回到巷口去了一阵，这中间短促的秋日，就苍茫地晚了。我怕戏散之后，被陈君捉住，又怕当谢月英她们出来的时候，被她们看见，所以就急急的走回到旅馆里来。这时候，街上的那些电力不足的电灯，也已经黄黄的上了火了。

在旅馆里吃了晚饭，我几次的想跑到后进院里去看她们回来了没有，但终被怕羞的心思压制了下去。我坐着吸了几支烟，上旅馆门口去装着闲走无事的样子走了几趟，终于见不到她们的动静，不得已就只好仍复照旧日的课程，一个人慢慢从黄昏的街上走到安乐园去。

究竟是星期六的晚上，时候虽则还早，然而座客已经在台前挤满了。我在平日常坐的地方托茶房办了一个交涉插坐了进去，台上的戏还只演到了第三出。坐定之后，向四边看了一看，陈君却还没有到来，我一半是喜欢，喜欢他可以不来说笑话取笑我。一半也在失望，恐怕他今晚上终于不到这里来，将弄得台前头叫好的人少去一个，致谢月英她们的兴致不好。

戏目一出一出的演过了，而陈君终究不来，到了最后的一出《逼宫》将要上台的时候，我心里真同洪水暴发时一样，同时感到了许多羞惧，喜欢，懊恼，后悔等起伏的感情。

然而谢月英、陈莲奎终究上台了，我涨红了脸，在人家喝彩的声里瞪着两眼，在呆看她们的唱做。谢月英果然对我瞟了几眼，我这时全身就发了热，仿佛满院子的看戏的人都已经识破了我昨晚的事情在凝视我的样子，耳朵里嗡嗡的响了起来。锣鼓声杂噪声和她们的唱戏的声音都从我的意识里消失了过去，我只在听谢月英问我的那句话，“王先生，您还记得么。我们初次在大观亭见面的那一天的事情？”接着又昏昏迷迷的想起了许多昨晚上她的说话，她的动作，和她的着服平常的衣服时候的声音笑貌来。覃覃覃覃的一响，戏演完了，我正同做了一场热病中的乱梦之后的人一样，急红了脸，夹着杂乱，一立起就拼命的从人丛中挤出了戏院的门。“她们今晚上唱的是什么？我应当走上什么地方去？现在是什么时候了？”的那些观念，完全从我的意识里消失了，我的脑子和痴呆者的脑子一样，已经变成了一个一点儿皱纹也没有的虚白的结晶。

在黑暗的街巷里跑来跑去不知跑了多少路，等心意恢复了一点平稳，头脑清醒一点之后，摸走回来，打开旅馆的门，回到房里去睡的时候，近处的雄鸡，的确有几处在叫了。

说也奇怪，我和谢月英她们在一个屋顶下住着，并且吃着一个锅子的饭，而自我那一晚在戏台上见她们之后，竟有整整的三天，没有见到她们。当然我想见她们的心思是比什么都还要热烈，可是一半是怕羞，一半是怕见了她们之后，又要兴奋得同那晚从戏园子里挤出来的时候一样，心里也有点恐惧，所以故意的在避掉许多可以见到她们的机会。自从那一晚后，我戏园里当然是不去了，那小白脸的陈君，也奇怪得很，在这三天之内，竟绝迹的没有上大新旅馆里来过一次。

自我搬进旅馆去后第四天的午后两点钟的时候，我吃完午饭，刚想走到公署里去，忽而在旅馆的门口遇到了谢月英。她也是一个人在想往外面走，可是有点犹豫不决的样子，一见了我，就叫我说：

“王先生！你上哪儿去呀？我们有几天不见了，听说你也搬上这儿来住了，真的么？”

我因为旅馆门口及厅上有许多闲杂人在立着呆看，所以脸上就热了起来，尽是含糊嗫嚅的回答她说“是！是！”她看了我这一种窘状，好像是很对我不起似的，一边放开了脚，向前走出门来，一边还在和我支吾着说话，仿佛是在教我跟上去的意思。我跟着她走出了门，走上了街，直到和旅馆相去很远的一处巷口转了弯，她才放松了脚步，和我并排走着，一边很切实地对我说：

“王先生！我想上街上买点东西，姥姥病倒了，不能和我出来，你有没有时间，可以和我一道去？”

我的被搅乱的神志，到这里才清了一清，听了她这一种切实的话，当然是非常喜欢的。所以走出巷口，就叫了两乘洋车，陪她一道上大街上去。

正是午后刚热闹的时候，大街上在太阳光里走着的行人也很拥挤，所以车走得很慢。我在车上，问了她想买的是什么，她就告诉说：

“天气冷了，我想新做一件皮袄。皮是带来了，可是面子还没有买好。偏是姥姥病了，李兰香也在发烧，是和姥姥一样的病，所以没有人和我出来，莲奎也不得不在家里陪她们。”

说着我们的车，已经到了A城最热闹的那条三牌楼大街了。在一家绸缎洋货铺门口下了车，我给车钱的时候，她回过头来对我很自然地呈了一脸表示感谢的媚笑。我从来没有陪了女人上铺子里去买过东西，所以一进店铺，那些伙计们挤拢来的时候，我又涨红了脸。

她靠住柜台，和伙计在说话，我一个人尽是红了脸躲在她的背后不敢开口。直到缎子拿了出来，她问我关于颜色的花样等意见的时候，我才羞羞缩缩地挨了上去，和她并排地立着。

剪好了缎子，步出店门，我问她另外有没有什么东西买的时候，她又侧过脸来，对我斜视了一眼，笑着对我说：

“王先生！天气这么的好，你想上什么地方去玩去不想？我这几天在房里看她们的病可真看得闷起来了。”

听她的话，似乎李兰香和姥姥，已经病了两三天了，病症仿佛是很重的流行性感冒。我到此地才想起了这几天报上不见李兰香配戏的事情，并且又发见了到大新旅馆以后三天不曾见她们面的原委。两人在热闹的大街上谈谈走走，不知不觉竟走到了出东门去的那条大街的口上，一直走出东门，去城一二里路，有一个名刹迎江寺立着，是A城最大的一座寺院，寺里并且有一座宝塔凭江，可以拾级攀登，也算是A城的一个胜景。我于是乎就约她一道出城，上这一个寺里去逛去。

四

迎江寺的高塔，返映着炫目的秋阳，突出了黄墙黑瓦的几排寺屋，倒影在浅淡的长江水里。无穷的碧落，因这高塔的一触，更加显出了它面积的浩荡，悠闲自在，似乎在笑视地上人世的经营，在那里投散它的无微不至的恩赐。我们走出东门后，改坐了人力车，在寺前阶下落车的时候，早就感到了一种悠游的闲适气分，把过去的愁思和未来的忧苦，一切都抛在脑后了。谢月英忘记了自己是一个女优，一个以供人玩弄为职业的妇人，我也忘记了自己是为人在客。从石级上一级一级走进山门去的中间，我们竟向两旁坐在石级上行乞的男女施舍了不少的金钱。

走进了四天王把守的山门，向朝江的那位布袋佛微微一笑，她忽而站住了，贴着我的侧面，轻轻的仰视着我问说：

“我们香也不烧，钱也不写，像这样的白进来逛，可以的么？”

“那怕什么！名山胜地，本来就是给人家游逛的地方，怕它干吗！”

穿过了大雄宝殿，走到后院的中间，那一座粉白的宝塔上部，就压在我们的头上了，月英同小孩子似的跳了起来，嘴里叫着，“我们上去吧！我们上去吧！”一边她的脚却向前跳跃了好几步。

塔院的周围，有几个乡下人在那里膜拜。塔的下层壁上，也有许多墨笔铅笔的诗词之类，题在那里。壁龛的佛像前头，还有几对小蜡烛和线香烧着，大约是刚由本地的善男信女们烧过香的。

塔弄得很黑，一盏终年不熄的煤油灯光，照不出脚下的行路来，我在塔前买票的中间，她似乎已经向塔的内部窥探过了，等我回转身子找她进塔的时候，她脸上却装着了一脸疑惧的苦笑对我说：

“塔的里头黑得很，你上前吧！我倒有点怕！”

向前进了几步，在斜铺的石级上，被黑黝黝的空气包住，我忽然感到了一种异样的感情。在黑暗里，我觉得我的脸也红了起来，闷声不响，放开大步向前更跨了一步，拍塔的一响，我把两级石级跨作了一级，踏了一脚空，竟把身子斜睡下来了。“小心！”的叫了一声，谢月英抢上来把我挟住，我的背靠在她的怀里，脸上更同火也似的烧了起来。把头一转，我更闻出了她“还好么？还好么？”在问我的气息。这时候，我的意识完全模糊了，一种羞愧，同时又觉得安逸的怪感情，从头上散行及我的脚上。我放开了一只右手，在黑暗里不自觉的摸探上她的支在我胸前的手上去。一种软滑的，同摸在面粉团似的触觉，又在我的全身上通了一条电流。一边斜靠在壁上，一边紧贴上她的前胸，我默默的呆立了一二分钟。忽儿听见后面又有脚步声来了，把她的手紧紧地一捏，我才立起身来，重新向前一步一步的攀登上塔。走上了一层，走了一圈，我也不敢回过头来看她一眼，她也默默地不和我说一句话，尽在跟着我跑，这样的又是一层，又走了一圈。一直等走到第五层的时候，觉得后面来登塔的人，已经不跟在我们的后头了，我才走到了南面朝江的塔门口去站住了脚。她看我站住了，也就不跟过来，故意留在塔的外层，在朝西北看A城的烟户和城外的乡村。

太阳刚斜到了三十度的光景，扬子江的水面，颜色绛黄，绝似一线着色的玻璃，有许多同玩具似的帆船汽船，在这平稳的玻璃上游驶，过江隔岸，是许多同发也似的丛林，树林里也有一点一点的白色红色的房屋露着。在这些枯林房屋的背后，更有几处淡淡的秋山，纵横错落，仿佛是被毛笔画在那里的样子。包围在这些山影房屋树林的周围的，是银蓝的天盖，澄清的空气，和饱满的阳光。抬起头来也看得见一缕两缕的浮云，但晴天浩大，这几缕微云对这一幅秋景，终不能加上些儿阴影。从塔上看下来的这一天午后的情景，实在是太美满了。

我呆立了一会，对这四围的风物凝了一凝神，觉得刚才的兴奋渐渐儿的平静了下去。在塔的外层轻轻走了几步，侧眼看看谢月英，觉得她对了这落照中的城市烟景也似乎在发痴想。等她朝转头来，视线和我接触的时候，两人不知不觉的笑了一笑，脚步也自然而然地走了拢来。到了相去不及一二尺的光景，同时她也伸出了一只手来，我也伸出了一只手去。

在塔上不知逗留了多少时候，只见太阳愈降愈低了，俯看下去，近旁的村落里，也已经起了炊烟。我把她胛下夹在那里的一小包缎子拿了过来，挽住她的手，慢慢的走下塔来的时候，塔院里早已阴影很多，是仓皇日暮的样子了。

在迎江寺门前，雇了两乘人力车，走回城里来的当中，我一路上想了许多想头：

“已经是很明白的了，我对她的热情，当然是隐瞒不过去的事实。她对我也绝不似寻常一样的游戏般的播弄。好，好，成功，成功。啊啊！这一种成功的欢喜，我真想大声叫唤出来。”

车子进城之后，两旁路上在暮色里来往的行人，大约看了我脸上的笑容，也有点觉得奇怪，有几个竟立住了脚，在呆看着我和走在我前面的谢月英。我这时候羞耻也不怕，恐惧也没有，满怀的秘密，只想叫车夫停住了车，跳下来和他们握手，向他们报告，报告我这一回在塔上和谢月英两个人消磨过去的满足的半天，我觉得谢月英，已经是我的掌中之物了。我想对那一位小白脸的陈君，表示我在无意之中得到了他所想得而得不到的爱的左券。我更想在戏台前头，对那些拚命叫好的浮滑青年，夸示谢月英的已属于我。请他们不必费心。想到了这种种满足的想头，我竟忘记了身在车上，忘记了日暮的城市，忘记了我自己的同游尘似的未定的生活。等车到旅馆门口的时候，我才同从梦里醒过来的人似的回到了现实的世界，而谢月英又很急的从门口走了进去，对我招呼也没有招呼，就在我的面前消失了。手里捏了一包她今天下午买来的皮袄材料，我却和痴了似的又不得不立住了脚。想跟着送进去，只恐怕招李兰香她们的疑忌，想不送进去，又怕她要说我不聪明，不会侍候女人。在乱杂的旅馆厅上迟疑了一会，向进里进去的门口走进走出的走了几趟，我终究没有勇气，仍复把那一包缎子抱着，回到了我自己的房里。

电光已经亮了，伙计搬了饭菜进去。我要了一壶酒，在灯前独酌，一边也在作空想，“今天晚上她在台上，看她有没有什么表示。戏散之后，我应该再到她的戏房里去一次。……啊啊，她那一只柔软的手！”坐坐想想，我这一顿晚饭，竟吃了一个多钟头。因为到戏园子去还早，并且无论什么时候去，座位总不会没有的，所以我吃完晚饭之后，就一个人踱出了旅馆，打算走上北面城墙附近的一处空地里去，这空地边上有一个小池，池上也有一所古庙，庙的前后，却有许多杨柳冬青的老树生着，斗大的这A城里，总算这一个地方比较得幽僻点，所以附近的青年男女学生，老是上这近边来散步的。我因为今天日里的际遇实在好不过，一个人坐在房里，觉得有点可惜，所以想到这一个清静的地方去细细里的享乐我日里的回想。走出了门，向东走了一段，在折向北去的小弄里，却遇见了许多来往的闲人。这一条弄，本来是不大有人行走的僻弄，今天居然有这许多人来往，我心里正在奇怪，想，莫非有什么事情发生了么？一走出弄，果然不错，前面弄外的空地里，竟有许多灯火，和小孩老妇，挤着在寻欢作乐。沿池的岸上，五步一堆，十步一集，铺着些小摊，布篷和杂耍的围儿，在高声的邀客。池岸的庙里，点得灯火辉煌，仿佛是什么菩萨的生日的样子。

走近了庙里去一看，才晓得今天是旧历的十一月初一，是这所古庙里的每年的谢神之日。本来是不十分高大的这古庙廊下，满挂着了些红纱灯彩，庙前的空地上，也堆着了一大堆纸帛线香的灰火，有许多老妇，还拱了手，跪在地上，朝这一堆香火在喃喃念着经咒。

我挤进了庙门，在人丛中争取了一席地，也跪下去向上面佛帐里的一个有胡须的菩萨拜了几拜，又立起来向佛柜上的签筒里抽了一支签出来。

香的烟和灯的焰，熏得我眼泪流个不住，勉强立起，拿了一支签，摸向东廊下柜上去对签文的时候，我心里忽而起了一种不吉的预感，因为被人一推，那支签竟从我的手时掉落了。拾起签来，到柜上去付了几枚铜货，把那签文拿来一读，果然是一张不大使人满意的下下签：

宋勒李使君灵签第八十四签　　下下

银烛一曲太娇娇　　肠断人间紫玉箫

漫向金陵寻故事　　啼鸦衰柳自无聊

我虽解不通这签诗的辞句，但看了末结一句“啼鸦衰柳自无聊”，总觉得心里不大舒服。虽然是神鬼之事，大都含糊两可，但是既然去求问了它，总未免有一点前因后果。况且我这一回的去求签，系出乎一番至诚之心，因为今天的那一场奇遇，太使我满意了，所以我只希望得一张上上大吉的签，在我的兴致上再加一点锦上之花，到此刻我才觉得自寻没趣了。

怀了一个不满的心，慢慢的从人丛中穿过了那池塘，走到戏园子去的路上，我疑神疑鬼的又追想了许多次在塔上的她的举动。——她对我虽然没有什么肯定的表示，但是对我并没有恶意，却是的的确确的。我对她的爱，她是可以承受的一点，也是很明显的事实。但是到家之后，她并不对我打一个招呼，就跑了进去，这又是什么意思呢？——想来想去想了半天，结果我还是断定这是她的好意，因为在午后出来的时候，她曾经看见了我的狼狈的态度的缘故。

想到了这里，我的心里就又喜欢起来了，签诗之类，只付之一笑，已经不在我的意中。放开了脚步，我便很急速地走到戏园子里去。

在台前头坐下，当谢月英没有上台的两三个钟头里面，我什么也没有听到，什么也没有看见，只在追求今天日里的她的幻想。

她今天穿的是一件银红的外国呢的长袍，腰部做得很紧，所以样子格外的好看。头上戴着一顶黑绒的鸭舌女帽，是北方的女伶最喜欢戴的那一种帽子。长圆的脸上，光着一双迷人的大眼，双重眼睑上挂着的有点斜吊起的眉毛，大约是因为常扮戏的原因吧？嘴唇很弯很曲，颜色也很红。脖子似乎太短一点，可是不碍，因为她的头本来就不大，所以并没有破坏她全身的均称的地方。啊啊，她那一双手，那一双轻软肥白，而又是很小的手！手背上的五个指脊骨上的小孔。

我一想到这里，日间在塔上和她握手时那一种战栗，又重新逼上我的身来，摇了一摇头，举起眼来向台上一看，好了好了，是末后倒过来的第二出戏了，这时候台上在演的，正是陈莲奎的《探阴山》，底下就是谢月英的《状元谱》。我把那些妄念辟了一辟清，把头上的长发用手理了一理，正襟危坐。重把注意的全部，设法想倾注到戏台上去，但无论如何，谢月英的那双同冷泉井似的眼睛，总似在笑着招我，别的物事，总不能印到我的眼帘上来。

最后是她的戏了，她的陈员外上台了，台前头起了一阵叫声。她的眼睛向台下一扫，扫到了我的头上，果然停了几秒钟。眼睛又扫向东边去了。东边就又起了一阵狂噪声。我脸涨红了，急等她再把眼睛扫回过来，可是等了几分钟，终究不来，我急起来了，听了那东边的几个浮薄青年的叫声，心里只是不舒服，仿佛是一锅沸水在肚里煎滚。那几个浮薄青年尽是叫着不已，她也眼睛只在朝他们看，这时候我心里真想把一只茶碗，丢掷过去。可是生来就很懦弱的我，终于不敢放开喉咙来叫唤一声，只是张着怒目，在注视台上，她终于把眼睛回过来了，我一霎时就把怒容收起，换了一副笑容。像这样的悲哀喜乐，起伏交换了许多次数，我觉得心的紧张，怎么也持续不了了，所以不等她的那出戏演完，就站起来走出了戏园。

门外头依旧是寒冷的寒夜，微微的凉风吹上我的脸来，我才感觉到因兴奋过度而涨得绯红的两颊。在清冷的巷口，立了几分钟，我终于舍不得这样的和她别去，所以就走向了北，摸到通后台的那条狭巷里去。

在那条漆黑漆黑的狭巷里，果然遇见了几个下台出来的女伶，可是辨不清是谁，就匆匆的擦过了。到了后台房的门口，两扇板门只是虚掩在那里。门中间的一条狭缝，露出一道灯光来，那些女孩子们在台房里杂谈叫噪的声音，也听得很清。我几次想伸手出去，推开门来，可是终于在门上摸了一番，仍旧将双手缩了回来。又过了几分钟，有人自里边把门开了。我骇了一跳，就很快的躲开，走向西去。这时候我心里的一种愤激羞惧之情，比那天自戏园出来，在黑夜的空城里走到天亮的晚上，还要压制不住。不得已只好在漆黑不平的路上，摸来摸去，另寻了一条狭路，绕道走上了通北门的大道。绕来绕去，不知白走了多少路，好容易寻着了那大街，正拐了弯想走到旅馆中去的时候，后面一阵脚步声，接着就来了几乘人力车。我把身子躲开，让车过去，回转头来一看，在灰黄不明白的街灯光里，又看见了她——谢月英的一个侧面来。

本来我是打算今晚上于戏散之后把白天的那包缎子送去，顺便也去看看姥姥李兰香她们的病的，可是在这一种兴奋状态之下，这事情却不可能了，因为兴奋之极，在态度上言语上，不免要露出不稳的痕迹来的。所以我虽则心里只在难过，只在妄想，再去见她一面，而一双已经走倦了的脚，只在冷清的长街上慢步，慢慢的走回旅馆里去。

五

大约是几天来的睡眠不足，和昨晚上兴奋之后的半夜深夜游行的结果，早晨醒转来的时候，觉得头有点昏痛，天井里的淡黄的日光，已经射上格子窗上来了。鼻子往里一吸，只有半个鼻孔，还可以通气，其他的部分，都已塞得紧紧，和一只铁锈住的唧筒没有分别。朝里床翻了一个身，背脊和膝盖骨上下都觉得酸痛得很，到此我晓得是已经中了风寒了。

午前的这个旅馆里的空气，静寂得非常，除了几处脚步声和一句两句断续的话声以外，什么响动也没有。我想勉强起来穿着衣服，但又翻了一个身，觉得身上遍身都在胀痛，横竖起来也没有事情，所以就又昏昏沉沉的睡着了。非常不安稳的睡眠，大约隔一二分钟就要惊醒一次，在半睡半醒的中间，看见的尽是些前后不接的离奇的幻梦。我看见已故的父亲，在我的前头跑，也看见庙里的许多塑像，在放开脚步走路，又看见和月英两个人在水边上走路，月英忽而跌入了水里。直到旅馆的茶房，进房搬中饭脸水来的时候，我总算完全从睡眠里脱了出来。

头脑的昏痛，比前更加厉害了，鼻孔里虽则呼吸不自在，然而呼出来的气，只觉得烧热难受。

茶房叫醒了我，撩开帐子来对我一望，就很惊恐似的叫我说：

“王先生！你的脸怎么会红得这样？”

我对他说，好像是发烧了，饭也不想吃，叫他就把手巾打一把给我。他介绍了许多医生和药方给我，我告诉他现在还想不吃药，等晚上再说，我的和他说话的声气也变了，仿佛是一面敲破的铜锣，在发哑声，自家听起来，也有点觉得奇异。

他走出去后，我把帐门钩起，躺在枕上看了一看斜射在格子窗上的阳光，听了几声天井角上一棵老树上的小鸟的鸣声，头脑倒觉得清醒了一点。可是想起了昨天的事情，又有点糊涂懵懂，和谢月英的一道出去，上塔看江，和戏院内的种种情景。上面都像有一层薄纱蒙着似的，似乎是几年前的事情。咳嗽了一阵，想伸出头去吐痰，把眼睛一转，我却看见了昨天月英买的那一包材料，还搁在我的枕头边上。

比较得清楚地，再把昨天的事情想了一遍，我又不知几时昏昏的睡着了。

在半醒半睡的中间，我听见有人在外边叫门。起来开门出去，却看见谢月英含了微笑，说要出去。我硬是不要她出去，她似乎已经是属于我的人了。她就变了脸色，把嘴唇突了起来，我不问皂白，就一个嘴巴打了过去。她被我打后，转身就往外跑，我也拼命的在后边追。外边的天气，只是暗暗的，仿佛是十三四的晚上，月亮被云遮住的暗夜的样子。外面也清静得很，只有她和我两个在静默的长街上跑。转弯抹角，不知跑了多少时候，前面忽而来了一个人不是人，猿不像猿的野兽。这野兽的头包在一块黑布里，身上什么也不穿，可是长得一身的毛。它让月英跳过去后，一边就扑上我的身来。我死劲的挣扎了一回，大声的叫了几声，张开眼睛来一看，月英还是静悄悄的坐在我的床面前。

“啊！你还好么？”

我擦了一擦眼睛，很急促地问了她一声。身上脸上，似乎出了许多冷汗，感觉得异常的不舒服。她慢慢的朝了转来，微笑着问我说：

“王先生，你刚才做了梦了吧！我听你在呜呜的叫着呢！”

我又举起眼睛来看了看房内的光线，和她坐着的那张靠桌摆着的方椅，才把刚才的梦境想了过来，心里着实觉得难为情。完全清醒以后，我就半羞半喜的问她什么时候进这房里来的？她们的病好些了么？接着就告诉她，我也感冒了风寒，今天不愿意起来了。

“你的那块缎子。”我又断续着说，“你这块缎子，我昨天本想送过来的，可是怕被她们看见了要说话，所以终于不敢进来。”

“嗳嗳，王先生，真对不起，昨儿累你跑了那么些个路，今天果然跑出病来了。我刚才问茶房来着，问他你的住房在哪一个地方，他就说你病了。觉得艰难受么？”

“谢谢，这一忽儿觉得好得多了，大约也是伤风吧。刚才才出了一身汗，发烧似乎不发了。”

“大约是这一忽儿的流行病吧，姥姥她们也就快好了，王先生，你要不要那一种白药片儿吃？”

“是阿斯必林片不是？”

“好像是的，反正是吃了要发汗的药。”

“那恐怕是的，你们若有，就请给我一点，回头我好叫茶房照样的去买。”

“好，让我去拿了来。”

“喂，喂，你把这一包缎子顺便拿了去吧！”

她出去之后，我把枕头上罩着的一块干毛巾拿了起来，向头上身上盗汗未干的地方擦了一擦，神志清醒得多了。可是头脑总觉得空得很，嘴里也觉得很淡很淡。

月英拿了阿斯必林片来之后，又坐落了，和我谈了不少的天，到此我才晓得她是李兰香的表妹，是皖北的原籍，像生长在天津的，陈莲奎本来是在天津搭班的时候的同伴，这一回因为一在汉口和恩小枫她们合不来伙，所以应了这儿的约，三个人一道拆出来上A地来的。包银每人每月贰百块。那姥姥是她们——李兰香和她——的已故的师傅的女人，她们自己的母亲——老姊妹两人，还住在天津。另外还有一个管杂务等的总管，系住在安乐园内的，是陈莲奎的养父，她们三人的到此地来，亦系由他一个人介绍交涉的，包银之内他要拿去二成。她们的合同，本来是三个月的期限，现在园主因为卖座卖得很多，说不定又要延长下去。但她很不愿意在这小地方久住，也许到了年底，就要和李兰香上北京去的，因为北京民乐茶园也在写信来催她们去合班。

在苦病无聊的中间，听她谈了些这样的天，实在比服药还要有效，到了短日向晚的时候，我的病已经有一大半忘记了。听见隔墙外的大挂钟堂堂的敲了五点，她也着了急，一边立起来走，一边还咕噜着说：

“这天真黑得快，你瞧，房里头不已经有点黑了么？啊啊，今天的废话可真说得太久了，王先生，你总不至于讨嫌吧？明儿见！”

我要起来送她出门，她却一定不许我起来，说：

“您躺着吧，睡两天病就可以好的，我有空再来瞧你。”

她出去之后，房里头只剩了一种寂寞的余温和将晚的黑影，我虽则躺在床上，心里却也感到了些寒冬日暮的悲哀。想勉强起来穿衣出去，但门外头的冷空气实在有点可怕，不得已就只好合上眼睛，追想了些她今天说话时的神情风度，来伴我的孤独。

她今天穿的，是一件酱色的棉袄，底下穿的，仍复是那条黑的大脚棉裤。头部半朝着床前，半侧着在看我壁上用图钉钉在那里的许多外国画片。我平时虽在戏台上看她的面形看得很熟，但在这样近的身边，这样仔细长久的得看她卸装后的素面，这却是第一回。那天晚上在她们房里，因为怕羞的原故，不敢看她，昨天在塔上，又因为大自然的烟景迷人，也没有看她仔细，今天的半天观察，可把她面部的特征都读得烂熟了。

她的有点斜挂上去的一双眼睛，若生在平常的妇人的脸上，不免要使人感到一种淫艳恶毒的印象。但在她，因为鼻梁很高，在鼻梁影下的两只眼底又圆又黑的原故，看去觉得并不奇特。尤其是可以融和这一种感觉的，是她鼻头下的那条短短的唇中，和薄而且弯的两条嘴唇，说话的时候，时时会露出她的那副又细又白的牙齿来。张口笑的时候，左面大齿里的一个半藏半露的金牙，也不使人讨嫌。我平时最恨的是女人嘴里的金牙，以为这是下劣的女性的无趣味的表现，而她的那颗深藏不露的金黄小齿，反足以增加她嬉笑时的妩媚。从下嘴唇起，到喉头的几条曲线，看起来更耐人寻味，下嘴唇下是一个很柔很曲的新月形，喉头是一柄圆曲的镰刀背，两条同样的曲线，配置得很适当的重叠在那里。而说话的时候，这镰刀新月线上，又会起水样的微波。

她的说话的声气，绝不似一个会唱皮簧的歌人，因为声音很舒缓，很幽闲，一句话和一句话的中间，总有一脸微笑，和一眼斜视的间隔。你听了她平时的说话，再想起她在台上唱快板时的急律，谁也会惊异起来，觉得这二重人格，相差太远了。

经过了这半天的昵就，又仔细观察了她这一番声音笑貌的特征，我胸前伏着的一种艺术家的冲动，忽而激发了起来。我一边合上双眼，在追想她的全体的姿势所给予我的印象，一边心里在决心，想于下次见她面的时候，要求她为我来坐几次，我好为她画一个肖像。

电灯亮起来了，远远传过来的旅馆前厅的杂沓声，大约是开晚饭的征候。我今天一天没有取过饮食，这时候倒也有点觉得饥饿了，靠起身坐在被里，放了我叫不响的喉咙叫了几声，打算叫茶房进来，为我预备一点稀饭，这时候隔墙的那架挂钟，已经敲六点了。

六

本来以为是伤风小病，所以药也不服，万想不到到了第二天的晚上，体热又忽然会增高来的。心神的不快，和头脑的昏痛，比较第一日只觉得加重起来，我自家心里也有点惧怕。

这一天是星期六，安乐园照例是有日戏的，所以到吃晚饭的时候止，谢月英也没有来看我一趟。我心里虽则在十二分的希望她来坐在我的床边陪我，然而一边也在原谅她，替她辩解，昏昏沉沉的不晓睡到了什么时候了。我从睡梦中听见房门开响。

插起了上半身，把帐门撩起来往外一看，黄冷的电灯影里，我忽然看见了谢月英的那张长圆的笑脸，和那小白脸的陈君的脸相去不远。她和他都很谨慎的怕惊醒我的睡梦似的在走向我的床边来。

“喔，戏散了么？”我笑着问他们。

“好久不见了，今晚上上这里来，听月英说了，我才晓得了你的病。”

“你这一向上什么地方去了？”

“上汉口去了一趟。你今天觉得好些么？”

我和陈君在问答的中间，谢月英尽躲在陈君的背后在凝视我的被体热蒸烧得水汪汪的两只眼睛。我一边在问陈君的话，一边也在注意她的态度神情。等我将上半身伏出来，指点桌前的凳子请他们坐的时候，她忽而忙着对我说：

“王先生，您睡吧，天不早了，我们明天日里再来看你。您别再受上凉，回头倒反不好。”

说着她就翻转身轻轻的走了，陈君也说了几句套话，跟她走了出去。这时候我的头脑虽已热得昏乱不清，可是听了她的那：“我们明天日里再来看你”的“我们”，和看了陈君跟她一道走出房门去的样子，心里又莫名其妙的起一种怨愤，结果弄得我后半夜一睡也没有睡着。

大约是心病和外邪交攻的原因，我竟接连着失了好几夜的眠，体热也老是不退。到了病后第五日的午前，公署里有人派来看我的病了。他本来是一个在会计处办事的人，也是父执辈的一位远戚。看了我的消瘦的病容，和毫没有神气的对话，他一定要我去进病院。

这A城虽则也是一省城，但病院却只有由几个外国宣教师所立的一所。这所病院地处在A城的东北角一个小高岗上，几间清淡的洋房，和一丛齐云的古树，把这一区的风景，烘托得简洁幽深，使人经过其地，就能够感出一种宗教气味来。那一位会计科员，来回往复费了半日的工夫，把我的身体就很安稳的放置在圣保罗病院的一间特等房的床上了。

病房是在二层楼的西南角上，朝西朝南，各有两扇玻璃窗门，开门出去，是两条直角相遇的回廊。回廊槛外，西面是一个小花园，南面是一块草地，沿边种着些外国梧桐，这时候树叶已经凋落，草色也有点枯黄了。

进病院之后的三四天内，因为热度不退，终日躺在床上，倒也没有感到病院生活的无聊，到了进院后将近一个礼拜的一天午后，谢月英买了许多水果来看了我一次之后，我身体也一天一天的恢复原状起来，病院里的生活也一天一天的觉得寂寞起来了。

那一天午后，刚由院长的汉医生来诊察时，他看看我的体温表，听听我胸前背后的呼吸，用了不大能够了解的中国话对我说：

“我们，要恭贺你，恭贺你不久，就可以出去这里了。”

我问他可不可以起来坐坐走走，他说，“很好很好”，我于他出去之后，就叫看护生过来扶我坐起，并且披了衣裳，走出到玻璃门口的一张躺椅上坐着，在看回廊栏杆外面树梢上的太阳。坐了不久，就听见楼下有女人在说话，仿佛是在问什么的样子。我以病人的纤敏的神经，一听见就直觉的知道这是来看我的病的，因为这时候天气凉冷，住在这一所特等病房里的病人没有几个，我所以就断定这一定是来看我的。不等第二回的思索，我就叫看护生去打个招呼，陪她进来。等到来一看，果然是她，是谢月英。

她穿的仍复是那件外国呢的长袍，颈项上围着一块黑白的丝围巾，黑绒的鸭舌帽底下，放着闪闪的两眼，见了我的病后的衰容，似乎是很惊异的样子。进房来之后，她手里捧着了一大包水果，动也不动的对我呆看了几分钟。

“啊啊，真想不到你会上这里来的！”

我装着笑脸，举起头来对她说。

“王先生，怎么，怎么你会瘦得这一个样儿？”

她说这一句话的时候，脸上的那脸常漾着的微笑也没有了，两只眼睛，尽是直盯在我的脸上。像这一种严肃的感伤的表情，我就是在戏台上当她演悲剧的时候，也还没有看见过。

我朝她一看，为她的这一种态度所压倒，自然而然的也收起了笑容，噤住了说话，对她看不上两眼，眼里就扑落落的滚下了两颗眼泪来。

她也呆住了，说了那一句感叹的话之后，仿佛是找不着第二句话的样子。两人沉默了一会，倒是我觉得难过起来了，就勉强的对她说：

“月英！我真对你不起。”

这时候看护生不在边上，我说着就摇摇颤颤的立起来想走到床上去。她看了我的不稳的行动，就马上把那包水果丢在桌上，跑过来扶我。我靠住了她的手，一边慢慢的走着，一边断断续续的对她说：

“月英！你知不知道，我这病，这病的原因，一半也是，也是为了你呀！”

她扶我上了床，帮我睡进了被窝，一句话也不讲的在我床边上坐了半天。我也闭上了眼睛，朝天的睡着，一句话也不愿意讲，而闭着的两眼角上，尽是流冰冷的眼泪。这样的沉默了不知多少一种重压。我和麻醉了似的，从被里伸出了两只手来，把她的头部抱住了。

两个紧紧的抱着吻着，我也不打开眼睛来看，她也不说一句话，动也不动的又过了几分钟，忽而门外面脚步声响了。再拼命的吸了她一口，我就把两手放开，她也马上立起身来很自在的对我说：

“您好好的保养吧，我明儿再来瞧你。”

等看护生走到我床面前送药来的时候，她已经走出房门，走在回廊上了。

自从这一回之后，我便觉得病院里的时刻，分外的悠长，分外的单调。第二天等了她一天，然而她终于不来，直到吃完晚饭以后，看见寒冷的月光，照到清淡的回廊上来了，我才闷闷的上床去睡觉。

这一种等待她来的心思，大约只有热心的宗教狂者，盼望基督再临的那一种热望，可以略比得上，我自从她来过后的那几日的情意，简直没有法子能够形容出来。但是残酷的这谢月英，我这样热望着的这谢月英，自从那一天去后，竟绝迹的不来了。一边我的病体，自从她来了一次之后，竟恢复得很快，热退后不上几天，就能够吃两小碗的干饭，并且可以走下楼来散步了。

医生许我出院的那一天早晨，北风刮得很紧，我等不到十点钟的会计课的出院许可单来，就把行李等件包好，坐在回廊上守候。挨一刻如一年的过了四五十分钟，托看护生上会计课去催了好几次，等出院许可单来，我就和出狱的罪囚一样，三脚两步的走出了圣保罗医院的门。坐人力车到大新旅馆门口的时候，我像同一个女人约定密会的情人赶赴会所去的样子，胸腔里心脏跳跃得厉害，开进了那所四十八号房，一股密闭得很久的房间里的闷气，迎面的扑上我的鼻来，茶房进来替我扫地收拾的中间，我心里虽则很急，但口上却吞吞吐吐地问他，“后面的谢月英她们起来了没有？”他听了我的问话，地也不扫了，把屈了的腰伸了一伸，仰起来对我说：

“王先生，你大约还没有晓得吧？这几天因为谢月英和陈莲奎吵嘴的原因，她们天天总要闹到天明才睡觉，这时候大约她们睡得正热火哩！”

我又问他，她们为什么要吵嘴。他歪了一歪嘴，闭了一只眼睛，作了一副滑稽的形容对我说：

“为什么呢！总之是为了这一点！”

说着，他又以左手的大指和二指捏了一个圈给我看。依他说来，似乎是为了那小白脸的陈君。陈君本来是捧谢月英的，但是现在不晓怎么的风色一转，却捧起陈莲奎来了。前几天，陈君为陈莲奎从汉口去定了一件绣袍来，这就是她们吵嘴的近因。听他的口气，似乎这几天谢月英的颜色不好，老在对人说要回北京去，要回北京去。可是合同的期间还没有满，所以又走不脱身。听了这一番话，我才明白了前几天她上病院里来的时候的脸色，并且又了解了她所以自那一天后，不再来看我的原因。

等他扫好了地，我简单地把房里收拾了一下，心里忐忑不安地朝桌子坐下来的时候，桌上靠壁摆着的一面镜子，忽而毫不假借地照出了我的一副消瘦的相貌来。我自家看了，也骇了一跳。我的两道眉毛，本来是很浓厚美丽的，而在这一次的青黄的脸上竖着，非但不能加上我以些须男性的美观，并且在我的脸上影出了一层死沉沉的阴气。眼睛里的灼灼的闪光，在平时原可以表示一种英明的气概的，可是在今天看起来，仿佛是特别的在形容颜面全部的没有生气了，鼻下嘴角上的胡影，也长得很黑，我用手去摸了一摸。觉得是杂杂粒粒的有声音的样子。失掉了第二回再看一眼的勇气，我就立起身来把房门带上。很急的出门雇车到理发铺里去。

理完了发，又上公署前的澡堂去洗了一个澡，看看太阳已经直了，我也便不回旅馆，上附近的菜馆去喝了一点酒，吃了一点点心，有意的把脸上醉得微红。我不待酒醒，就急忙的赶回到旅馆里来。进旅馆里，正想走进自己的房里去再对镜看一看的时候，那茶房却迎了上来，又歪了歪嘴，含着有意的微笑对我说：

“王先生，今天可修理得很美了。后面的谢月英也刚起来吃过了饭，我告诉她你已经回来，她也好像急急乎要见你似的。哼，快去快去，快把这新修的白面去给她看看！”

我被他那么一说，心里又喜又气，在平时大约要骂他几句，就跑回到家里去躲藏着，不敢再出来，可是今天因为那几杯酒的力量，竟把我的这一种羞愧之心驱散，朝他笑了一脸，轻轻骂了一句“混蛋”，也就公然不客气地踏进了里进的门，去看谢月英去了。

七

进了谢月英她们的房里去一看，她们三人中间的空气，果然险恶得很。那一回和陈君到她们房里来的时候，我记得她们是有说有笑，非常融和快乐的，而今朝则月英还是默默的坐在那里托姥姥梳辫，陈莲奎背朝着床外斜躺在床上。李兰香一个人呆坐在对窗的那张床沿上打呵欠，看见我进去了，倒是如第一个立起来叫我，陈莲奎连身子也不朝过来。我看见了谢月英的梳辫的一个侧面，心里已经是混乱了，嘴里虽则在和李兰香攀谈些闲杂的天，眼睛却尽在向谢月英的脸上偷看。

我看见她的侧面上，也起了一层红晕，她的努力侧斜过来的视线，也对我笑了一脸。

和李兰香姥姥应答了几句，等我坐定了一忽，她的辫子也梳好了。回转身来对我笑了一脸，她第一句话就说：

“王先生，几天不看见，你又长得那么丰满了，和那一天的相儿，要差十岁年纪。”

“嗳嗳，真对不起，劳你的驾到病院里来看我，今天是特地来道谢的。”

那姥姥也插嘴说：

“王先生，你害了一场病，倒漂亮得多了。”

“真的么？那么让我来请你们吃晚饭吧，好作一个害病的纪念。”

我问她们几点钟到戏园里去，谢月英说今晚上她因为嗓子不好想告假。

在那里谈这些闲话的中间，我心里只在怨另外的三人，怨她们不识趣，要夹在我和谢月英的中间，否则我们两人早好抱起来亲一个嘴了。我以眼睛请求了她好几次，要求她给我一个机会，好让我们两个人尽情的谈谈衷曲。她也明明知道我这意思，可是和顽强不听话的小孩似的，她似乎故意在作弄我，要我着一着急。

问问她们的戏目，问问今天是礼拜几，我想尽了种种方法，才在那里勉强坐了二三十分钟，和她们说了许多前后不接的杂话，最后我觉得再也没有话好说了，就从座位里立了起来，打算就告辞出去。大约谢月英也看得我可怜起来了，她就问我午后有没有空，可不可以陪她出去买点东西。我的沉下去的心，立时跳跃了起来，就又把身子坐下，等她穿换衣服。

她的那件羊皮袄，已经做好了，就穿了上去，底下穿的，也是一条新做的玄色的大绸的大脚棉裤。那件皮袄的大团花的缎子面子，系我前次和她一道去买来的，我觉得她今天的特别要穿这件新衣，也有点微妙的意思。

陪她在大街上买了些化妆品类，毫无情绪的走了一段，我就提议请她去吃饭，先上一家饭馆去坐它一两个钟头，然后再着人去请李兰香她们来。我晓得公署前的一家大旅馆内，有许多很舒服的房间，是可以请客坐谈的，所以就和她走转了弯，从三牌楼大街，折向西去。

上大旅馆去择定了一间比较宽敞的餐室，我请她上去，她只在忸怩着微笑，我倒被她笑得难为情起来了，问她是什么意思。她起初只是很刁乖的在笑，后来看穿了我的真是似乎不怪她的意思，她等茶房走出去之后，才走上我身边来拉着我的手对我说：

“这不是旅馆么？男女俩，白天上旅馆来干什么？”

我被她那么一说，自家觉得也有点不好意思，可是因为她说话的时候，眼角上的那种笑纹太迷人了，就也忘记了一切，不知不觉的把两手张开来将她的上半身抱住。一边抱着，一边我们两个就自然而然的走向上面的炕上去躺了下来。

几分钟的中间，我的身子好像掉在一堆红云堆里，把什么知觉都麻醉尽了。被她紧紧的抱住躺着，我的眼泪尽是止不住的在涌流出来。她和慈母哄孩子似的一边哄着，一边不知在那里幽幽的说些什么话。

最后的一重关突破了，我就觉得自己的一生，今后是无论如何和她分离不开了，我的从前的莫名其妙在仰慕她的一种模糊的观念，方才渐渐的显明出来，具体化成事实的一件一件，在我的混乱的脑里旋转。

她诉说这一种艺人生活的苦处，她诉说A城一班浮滑青年的不良，她诉说陈莲奎父女的如何欺凌侮辱她一个人，她更诉说她自己的毫无寄托的半生。原来她的母亲，也是和她一样的一个行旅女优，谁是她的父亲，她到现在还没有知道。她从小就跟了她的师傅在北京天津等处漂流。先在天桥的小班里吃了五六年的苦，后来就又换上天津来登场。她师傅似乎也是她母亲的情人中的一个，因为当他未死之前，姥姥是常和她母亲吵嘴相打的。她师傅死后的这两三年来，她在京津汉口等处和人家搭了几次班，总算博了一点名誉，现在也居然能够独树一帜了，她母亲和姥姥等的生活，也完全只靠在她一个人的身上。可是她只是一个女孩子，这样的被她们压榨，也实在有点不甘心。况且陈莲奎父女，这一回和她寻事，姥姥和李兰香胁于陈老儿的恶势，非但不出来替她说一句话，背后头还要来埋怨她，说她的脾气不好。她真不想再过这样的生活了，想马上离开A地到别处去。

我被她那么一说，也觉得气愤不过，就问她可愿意和我一道而去。她听了我这一句话，就举起了两只泪眼，朝我呆视了半天，转忧为喜的问我说：

“真的么？”

“谁说谎来？我以后打算怎么也和你在一块儿住。”

“那你的那位亲戚，不要反对你么？”

“他反对我有什么要紧。我自问一个人就是离开了这里，也尽可以去找事情做的。”

“那你的家里呢？”

“我家里只有我的一个娘，她跟我姊姊住在姊夫家里，用不着我去管的。”

“真的么？真的么？那我们今天就走吧！快一点离开这一个害人的地方。”

“今天走可不行，哪里有那么简单，你难道衣服铺盖都不想拿了走么？”

“几只衣箱拿一拿有什么？我早就预备好了。”

我劝她不要那么着急，横竖是预备着走，且等两三天也不迟，因为我也要向那位父执去办一个交涉。这样的谈谈说说，窗外头的太阳，已经斜了下去，市街上传来的杂噪声，也带起向晚的景象来了。

那茶房仿佛是经惯了这一种事情似的，当领我们上来的时候，沏了一壶茶，打了两块手巾之后，一直到此刻，还没有上来过。我和她站了起来，把她的衣服辫发整了一整，拈上了电灯，就大声的叫茶房进来，替我们去叫菜请客。

她因为已经决定了和我出走，所以也并不劝止我的招她们来吃晚饭。可是写请客单子写到了陈莲奎的名字的时候，她就变了脸色叱着说：

“这一种人去请她干吗！”

我劝她不要这样的气量狭小，横竖是要走了，大家欢聚一次，也好留个纪念。一边我答应她于三天之内，一定离开A地。

这样的两人坐着在等她们来的中间，她又跑过来狂吻了我一阵，并且又切切实实地骂了一阵陈莲奎她们的不知恩义。等不上三十分钟，她们三人就一道的上扶梯来了。

陈莲奎的样子，还是淡淡漠漠的，对我说了一声“谢谢”，就走往我们的对面椅子上去坐下了。姥姥和李兰香，看了谢月英的那种喜欢的样子，也在感情上传染了过去，对我说了许多笑话。

吃饭喝酒喝到六点多钟，陈莲奎催说要去要去，说了两次。谢月英本说要想临时告假的，但姥姥和我，一道的劝她勉强去应酬一次，若要告假，今晚上去说，等明天再告假不迟。结果是她们四人先回大新旅馆，我告诉她们今晚上想到衙门去一趟办点公事，所以就在公署前头和她们分了手。

从黑阴阴的几盏电灯底下，穿过了三道间隔得很长的门道，正将走办公室中去的时候，从里面却走出了那位前次送我进病院的会计科员来。他认明是我，先过来拉了我的手向我道贺，说我现在的气色很好了。我也对他说了一番感谢的意思，并且问他省长还在见客么？他说今天因为有一所学校，有事情发生了，省长被他们学生教员纠缠了半天，到现在还没有脱身。我就问他可不可以代我递一个手折给他，要他马上批准一下。他问我有什么事情，我就把在此地仿佛是水土不服，想回家去看一看母亲。并且若有机会，更想到外洋去读几年书，所以先想在这里告了一个长假，临去的时候更要预支几个月薪水，要请他马上批准发给我才行等事情说了一说。我说着他就引我进去见了科长，把前情转告了一遍，科长听了，也不说什么，只叫我上电灯底下去将手折缮写好来。

我在那里端端正正的写了一个多钟头，正将写好的时候，窗外面一声吆喝，说，省长来了。我正在喜欢这机会来得凑巧，手折可以自家亲递给他了，但等他进门来一见，觉得他脸上的怒气，似乎还没有除去。他对科长很急促的说了几句话后，回头正想出去的时候，眼睛却看见了在旁边端立着的我。问了我几句关于病的闲话，他一边回头来又问科长说：

“王咨议的薪水送去了没有？”

说着他就走了。那最善逢迎的科长，听了这一句话，就当作了已经批准的面谕一样，当面就写了一张支票给我。

我拿了支票，写了一张收条，和手折一同留下，临走时并且对他们谢了一阵，出来走上寒空下的街道的时候，心里又莫名其妙的起了一种感慨。我觉得这是我在A城衙门口走着的最后一次了，今后的飘泊，不知又要上什么地方去寄身。然而一想到日里的谢月英的那一种温存的态度，和日后的能够和她一道永住的欢情，心里同时又高跳了起来。

故意人力车也不坐，我慢慢的走着，一边在回想日里的事情，一边就在打算如何的和谢月英出奔，如何的和她偷上船去，如何的去度避世的生活，一种喜欢作恶的小孩子的爱秘密的心理，使我感到了加倍的浓情，加倍的满足，我觉得世界上的幸福，将要被我一个人来享尽的样子。

八

萧条的寒雨，凄其滴答，落满了城中。黄昏的灯火，一点一点的映在空街的水潴里，仿佛是泪人儿神瞳里的灵光。以左手张着了一柄洋伞，右手紧紧地抱住月英，我跟着前面挑行李的夫子，偷偷摸摸，走近了轮船停泊着的江边。

这一天午后，忙得坐一坐，说一句话的工夫都没有，乘她们三人不在的中间，先把月英的几只衣箱，搬上了公署前的大旅馆内。问定了轮船着岸的时刻，我便算清了大新旅馆的积帐，若无其事的走出了大旅馆去。和月英约好了地点，叫她故意示以宽舒的态度，和她们一道吃完晚饭，等她们饭后出去，仍复上戏园去的时候，一个人悠悠自在的走出到大街上来等候。

我押了两肩行李，从省署前的横街里走出，在大街角上和她合成了一块。

因为路上怕被人瞥见，所以洋伞擎得特别的低，脚步也走得特别的慢，到了江边码头船上去站住，料理进舱的时候，我的额上却急出了一排冷汗。

嗡嗡扰扰，码头上的人夫的怒潮平息了。船前信号房里，丁零零零下了一个开船的命令，水夫在呼号奔走，船索也起了旋转的声音，汽笛放了一声沉闷的大吼。

我和她关上了舱门，向小圆窗里，头并着头的朝岸上看了些雨中的灯火，等船身侧过了A城市外的一条横山，两人方才放下了心，坐下来相对着作会心的微笑。

“好了！”

“可不是么？真急死了我，吃晚饭的时候，姥姥还问我明天上不上台哩！”

“啊啊，月英……”

我叫还没有叫完，就把身子扑了过去，两人抱着吻着摸索着，这一间小小的船舱，变了地上的乐园，尘寰的仙境，弄得连脱衣解带，铺床叠被的余裕都没有。船过大通港口的时候，我们的第一次的幽梦，还只做了一半。

说情说意，说誓说盟，又说到了“这时候她们回到了大新旅馆，不晓得在那里干什么？”“那小白脸的畜生，好抱了陈莲奎在睡觉了吧？”“那姥姥的老糊涂，只配替陈莲奎烧烧水了。”我们的兴致愈说愈浓，不要说船窗外的寒雨，不能够加添我们的旅愁，即便是明天天会不亮，地球会陆沉，也与我们无干无涉。我只晓得手里抱着的是谢月英的养了十八年半的丰肥的肉体，嘴上吮吸着的，是能够使凡有情的动物都会风靡麻醉的红艳的甜唇，还有底下，还有底下……啊啊，就是现在教我这样的死了，我的二十六岁，也可以算不是白活。人家只知道是千金一刻，呸呸，就是两千金，万万金，要想买这一刻的经验，也哪里能够？

那一夜，我们似梦非梦，似睡非睡的闹到天亮，方才抱着了合了一合眼。等轮船的机器声停住，窗外船舷上人声嘈杂起来的时候，听说船已经到了芜湖了。

上半天云停雨停，风也毫末不起，我和她只坐在船舱里从那小圆窗中在看江岸的黄沙枯树，天边的灰云层下，时时有旅雁在那里飞翔。这一幅苍茫黯淡的野景，非但不能够减少我们闲眺的欢情，我并且希望这轮船老是在这一条灰色的江上，老是像这样的慢慢开行过去，不要停着，不要靠岸，也不要到任何的目的地点，我只想和她，和谢月英两个，尽是这样的漂流下去，一直到世界的尽头，一直到我俩的从人世中消失。

江行如梦，通过了许多曲岸的芦滩，看见了一两堆临江的山寨，船过采石矶头，已经是午后的时刻了。茶房来替我们收拾行李，月英大约是因为怕被他看出是女伶的前身，竟给了他五块钱的小账。

从叫嚣杂乱的中间，我俩在下关下了船。因为自从那一天决定出走到如今，我和她都还没有工夫细想到今后的处置，所以诸事不提暂且就到瀛台大旅社去开了一个临江的房间住下。

这是我和她在岸上旅馆内第一次的同房，又过了荒唐的一夜。第二天天放晴了，我们睡到吃中饭的时候，方才蓬头垢面的走出床来。

她穿了那件粉红的小棉袄，在对镜洗面的时候，我一个人穿好了衣服鞋袜，仍复仰躺在波纹重叠的那条被上，茫茫然在回想这几天来的事情的经过。一想到前晚在船舱里，当小息的中间，月英对我说的那句“这时候她们回到了大新旅馆，不晓得在那里干什么？”的时候，我的脑子忽然清了一清，同喝醉酒的人，忽然吃到了一杯冰淇淋一样，一种前后联络，理路很清的想头，就如箭也似的射上我的心来了。我急遽从床上立了起来，突然的叫了一声：

“月英！”

“喔唷，我的妈呀，你干吗？骇死我啦！”

“月英，危险危险！”

她回转头来看我尽是对她张大了两眼的叫危险危险，也急了起来，就收了脸上的那脸常在漾着的媚笑催着我说：

“什——么呀？你快说啊！”

我因为前后连接着的事情很多，一句话说不清楚，所以愈被她催，愈觉得说不出来，又叫了一声“危险危险”。她看了我这一副空着急而说不出话来的神气，忽而嗤的一声笑了出来。一只手里还拿着那块不曾绞干的手巾，她忽而笑着跳着，走近了我的身边，抱了我的头吻了半天，一边吻一边问我，究竟是为了什么？

“喂，月英，你说她们会不会知道你是跟了我跑的？”

“知道了便怎么啦？”

“知道了她们岂不是要来追么？”

“追就由她们来追，我自己不愿意回去，她们有什么法子？”

“那就多么麻烦哩！”

“有什么麻烦不麻烦，我反正不愿意随她们回去！”

“万一她们去告警察呢！”

“那有什么要紧！她们能够管我么？”

“你老说这些小孩子的话，我可就没有那么简单，她们要说我拐了你走了。”

“那我就可以替你说，说是我跟你走的。”

“总之，事情是没有那么简单，月英，我们还得想一个法子才行。”

“好，有什么法子你想吧！”

说着她又走回到镜台前头去梳洗去了。我又躺了下去，呆呆想了半天，等她在镜子前头自己把半条辫子梳好的时候，我才坐起来对她说：

“月英，她们发见了你我的逃走，大约总想得到是坐下水船上这里来的，因为上水船要到天亮边才过A地，并且我们走的那一天，上水船也没有。”

她头也不朝传来，一边梳着辫，一边答应了我一声“嗯”。

“那么她们若要赶来呢，总在这两天里了。”

“嗯。”

“我们若住在这里，岂不是很危险么？”

“嗯，你底下名牌上写的是什么名字？”

“自然是我的真名字。”

“那叫他们去改了就对了啦！”

“不行不行！”

“什么不行哩？”

“在这旅馆里住着，一定会被她们瞧见的，并且问也问得出来。”

“那我们就上天津去吧！”

“更加不行。”

“为什么更加不行哩？”

“你的娘不在天津么？她们在这里找我们不着，不也就要追上天津去的么？经她们四五个人一找，我们哪里还躲得过去？”

“那你说怎么办哩？”

“依我吓，月英，我们还不如搬进城去吧。在这儿店里，只说是过江去赶火车去的，把行李搬到了江边，我们再雇一辆马车进城去，你说怎么样？”

“好吧！”

这样的决定了计划，我们就开始预备行李了。两人吃了一锅黄鱼面后，从旅馆里出来把行李挑上江边的时候，太阳已经斜照在江面的许多桅船汽船的上面。午后的下关，正是行人拥挤，满呈着活气的当儿。前夜来的云层，被阳光风热吞没了去，清淡的天空，深深的覆在长江两岸的远山头上。隔岸的一排洋房烟树，看过去像西洋画里的背景，只剩了狭长的一线，沉浸在苍紫的晴空气里。我和月英坐进了一辆马车，打仪凤门经过，一直的跑进城去，看看道旁的空地疏林，听听车前那只瘦马的得得得得有韵律的蹄声，又把一切的忧愁抛付了东流江水，眼前只觉得是快乐，只觉得是光明，仿佛是走上了上天的大道了。

九

进城之后，最初去住的，是中正街的一家比较得干净的旅馆。因为想避去和人的见面，所以我们拣了一间那家旅馆的最里一进的很谨慎的房间，名牌上也写了一个假名。

把衣箱被铺布置安顿之后，几日来的疲倦，一时发足了，那一晚，我们晚饭也不吃，太阳还没有落尽的时候，月英就和我上床去睡了。

快晴的天气，又连续了下去，大约是东海暖流混入了长江的影响吧，当这寒冬的十一月里，温度还是和三月天一样，真是好个江南的小春天气。进城住下之后我们就天天游逛，夜夜欢娱，竟把人世的一切经营俗虑，完全都忘掉了。

有一次我和她上鸡鸣寺去，从后殿的楼窗里，朝北看了半天斜阳衰草的玄武湖光。从古同泰寺的门楣下出来，我又和她在寺前寺后台城一带走了许多山路。正从寺的西面走向城堞上去的中间，我忽而在路旁发见一口枯草丛生的古井。

“啊！这或者是胭脂井吧！”

我叫着就拉了她的手走近了井栏圈去。她问我什么叫胭脂井，我就同和小孩子说故事似的把陈后主的事情说给她听：

“从前哪，在这儿是一个高明的皇帝住的，他相儿也很漂亮，年纪也很轻，做诗也做得很好。侍候他的当然有许多妃子，可是这中间，他所最爱的有三四个人。他在这儿就造了许多很美很美的宫殿给她们住。万寿山你去过了吧？譬如同颐和园一样的那么的房子，造在这儿，你说好不好？”

“好自然好的。”

“嗳，在这样美，这样好的房子里头啊，住的尽是些像你——”

说到了这里，我就把她抱住，咬上她的嘴去。她和我吮吸了一回，就催着说：

“住的谁呀？”

“住的啊，住的尽是些像你这样的小姑娘——”

我又向她脸上摘了一把。

“她们也会唱戏的么？”

这一问可问得我喜欢起来了，我抱住了她，一边吻一边说：

“可不是么？她们不但唱戏，还弹琴舞剑，做诗写字来着。”

“那皇帝可真有福气！”

“可不是么？他一早起来呀，就这么着一边抱一个，喝酒，唱戏，做诗，尽是玩儿。到了夜里哩，大家就上火炉边上去，把衣服全脱啦，又是喝酒，唱戏的玩儿，一直的玩到天明。”

“他们难道不睡觉的么？”

“谁说不睡来着，他们在玩儿的时候，就是在那里睡觉的呀！”

“大家都在一块儿的？”

“可不是么？”

“她们倒不怕羞？”

“谁敢去羞她们？这是皇帝做的事情，你敢说一句么？说一句就砍你的脑袋！”

“啊唷喝！”

“你怕么？”

“我倒不怕，可是那个皇帝怎么会那样能干儿？整天的和那么些姑娘睡觉，他倒不累么？”

“他自然是不累的，在他底下的小百姓可累死了。所以到了后来呀——”

“后来便怎么啦？”

“后来么，自然大家都起来反对他了啦，有一个韩擒虎带了兵就杀到了这里来。”

“可是南阳关的那个韩擒虎？”

“我也不知道，可是那韩擒虎杀到了这里，他老先生还在和那些姑娘们喝酒唱戏哩！”

“啊唷！”

“韩擒虎来了之后，你猜那些妃子们就怎么办啦？”

“自然是跟韩擒虎了啦！”

我听了她这一句话，心口头就好像被钢针刺了一针。噤住了不说下去，我却张大了眼对她呆看了许多时候。她又哄笑了起来，催问我“后来怎么啦？”我实在没有勇气说下去了，就问她说：

“月英！你怎么会腐败到这一个地步？”

“什么腐败呀？那些妃子们干的事情，和我有什么相干？”

“那些妃子们，却比你高得多，她们都跟了皇帝跳到这一口井里去死了。”

她听了我的很坚决的这一句话，却也骇了一跳，“啊——呀”的叫了一声，撇开了我的围抱住她的手，竟踉踉跄跄的倒退了几步，离开了那个井栏圈，向后跑了。

我追了上去，又围抱住了她，看了她那惊恐的相貌，便也不知不觉的笑了起来，轻轻的慰扶着她的肩头对她说：

"你这孩子！在这样的青天白日的底下，你还怕鬼么？并且那个井还不知道是不是胭脂井哩！"

像这样的野外游行，自从我们搬进城去以后，差不多每天没有息过。南京的许多名山胜地如燕子矶、明孝陵、扫叶楼、莫愁湖等处，简直处处都走到了，所以觉得时间过去得很快，在城里住了一个礼拜，只觉得是过了二天三天的样子。

到了十一月也将完了的几天前，忽然吹来了几阵北风，阴森的天气，连续了两天，旧历的十二月初一，落了一天冷雨，到半夜里，就变了雪珠雪片了。

我们因为想去的地方都已经去过了，所以就在房里生了一盆炭火，打算以后就闭门不出，像这样的度过这个寒冬。头几天，为了北风凉冷，并且房里头炭火新烧，两个人围炉坐坐谈谈，或在被窝里歇歇午觉，觉得这室内的生活，也非常的有趣。可是到了五六天之后，天气老是不晴，门外头老是走不出去，月英自朝到晚，一点儿事情也没有，只是缩着手坐着，打着哈欠，在那里呆想，我看过去，她仿佛是在感着无聊的样子。

我所最怕看的，是她于午饭之后，呆坐在围炉边上，那一种拖长的冷淡的脸色，叫她一声，她当然还是装着微笑，抬起头来看我，可是她和我上船前后的那一种热情的紧张的表情，一天一天的稀薄下去了。

尤其是上床和我睡觉的时候，从前的那种燃烧，那种兴奋，那种热力，变成了一种做作的，空虚的低调和播动，我在船上看见的她的那双黑宝石似的放光的眼睛，和她的同起了剧甚的痉挛似的肢体，不知消散到哪里去了。

我当阴沉的午后，在围炉边上，看她呆坐在那里，心里就会焦急起来，有一次我因为隐忍不过去了，所以就叫她说：

"月英啊！你觉得无聊得很吧？我们出去玩儿去吧？"

她对我笑着，回答我说：

“天那么冷，出去干吗？倒还不如在房里坐着烤火的好。这样下雨的天，上什么地方去呢？”

我闷闷的坐着，一个人就想来想去的想，想想出一个法子来使她高兴。晚上又只好老早的上床，和她胡闹了一晚，一边我又在想各种可以使她满足的方法。

第二天早晨她还睡在那里的时候，我一个人爬出了床，冒了寒风微雨，上大街上去买了一架留声机器来。

买的片子，当然都是合她的口味的片子，以老谭汪雨田等的为主，中间也有几张刘鸿声、孙菊仙、汪笑侬的。

这一种计策，果然成功了，初买来的两天之中，她简直一停也不停地摇转了两天。到了第三天，她要我跟了片子唱。我以粗笨的喉音，不合拍的野调，竟哄她笑了一天。后来到了我也唱得有点合拍起来的时候，她却听厌了似的尽在边上袖手旁观，只看我拼命的在那里摇转，拼命的在那里跟唱。有的时候，当唱片里的唱音很激昂的高扬一次之后，她虽然也跟着把那颓拖下去的句子唱一二句，可是前两天的她那一种热情，又似乎没有了。

在玩这留声机器的把戏的当中，天气又变了晴正。寒气减退了下去，日中太阳出来的中间，刮风的时候很少，我们于日斜的午后，有时也上夫子庙前或大街上去走走。这一种街市上的散步，终究没有野外游行的有趣，大抵不过坐了黄包车去跑一两个钟头，回来就顺便带一点吃的物事和新的唱片回来，此外也一无所得。

过了几天，她脸上的那种倦怠的形容，又复原了，我想来想去，就又想出了一个方法来，就和她一道坐轻便火车出城去到下关去听戏。

下关的那个戏园，房屋虽则要比A地的安乐园新些，可是，唱戏的人，实在太差了，不但内行的她，有点听不进去，就是不十分懂戏的我，听了也觉得要身上起粟。

我一共和她去了两趟，看了她临去的时候的兴高采烈，和回来的时候的意气消沉，心里又觉得重重的对她不起，所以于第二次自下关回来的途中，我因为想对她的那种委靡状态，给一点兴奋的原因，就对她说了一句笑话：

“月英，这儿的戏实在太糟了，你要听戏，我们就上上海去吧，到上海去听它两天戏来，你说怎么样？”

这一针兴奋针，实在打得有效，她的眼睛里，果然又放起那种射人的光来了。在灰暗的车座里，她也不顾旁边的有人没有人，把屁股紧紧的向我一挤，一只手又狠命的捏了我一把，更把头贴了过来，很活泼的向我斜视着，媚笑着，轻轻的但又很有力量的对我说：

“去吧，我们上上海去住它两天吧，一边可以听戏，一边也可以去买点东西。好，决定了，我们明天的早车就走。”

这一晚我总算又过了沉醉的一晚，她也回复了一点旧时的热意与欢情，因为睡觉的时候，我们还在谈着大都会的舞台里的名优的放浪和淫乱。

十

第二天又睡到日中才起来，她也似乎为前夜的没有节制的结果乏了力，我更是一动也不愿意动。

吃了午饭，两人又只是懒洋洋的躺着，不愿意起身，所以上海之行，又延了一日。

晚上临睡的时候，先和茶房约定，叫他于火车开前的一个半钟头就来叫醒我们，并且出城的马车，也叫他预先为我们说好。

月英的性急，我早已知道了，又加以这次是上上海去的寻快乐的旅行，所以于早晨四点钟的时候，她就发着抖，起来在电灯底下梳洗，等她来拉我起来的时候，东天也已经有点茫茫的白了。

忍了寒气，从清冷的长街上被马车拖出城来，我也感到了一种鸡声茅店的晓行的趣味。

买票上车，在车上也没有什么障碍发生，沿火车道两旁的晴天野景，又添了我们许多行旅的乐趣。车过苏州城外的时候，她并且提议，当我们于回去的途中，在苏州也下车来玩它一天，因为前番接连几天在南京的胜地巡游的结果，这些野游的趣味已经在她的脑里留下了很深的印象了。

十二点过后，车到了北站，她虽则已经在上海经过过一次，可是短短的一天耽搁，上海对她，还是同初到上海来的人一样，处处觉得新奇，事事觉得和天津不同。她看见道旁立着的高大的红头巡捕，就在马车里拉了我的手轻轻的对我笑着说：

“这些印度巡捕的太太，不晓得怎么样的？”

我暗暗的在她腿上摘了一把，她倒哈哈的大笑了起来。到四马路一家旅馆里住定了身，我们不等午饭的菜蔬搬来，就叫茶房去拿了一份报来，两人就抢着翻看当日的戏目。因为在南京的时候，除吃饭睡觉时，我们什么报也不看，所以现在上海有哪几个名角在登台，完全是不晓得的。

看报的结果，我们非但晓得了上海各舞台的情形，并且晓得洋冬至已到，大马路四川路口的几家外国铺子，正在卖圣诞节的廉价。月英于吃完午饭之后，就要我陪她去买服饰用品去，我因为到上海来一看，看了她的那种装饰，也有点觉得不大合时宜了，所以马上就答应了她，和她一道出去。

在大马路上跑了半天，结果她买了一顶黑绒的法国女帽，和四周有很长很软的鸵鸟毛缝在那里的北欧各国女人穿的一件青呢外套。因为她的身材比外国女人矮小，所以在长袍子上穿起来，这外套正齐到脚背。她的高高的鼻梁，和北方人里面罕有的细白的皮色上，穿戴了这些外国衣帽，看起来的确好看，所以我就索性劝她买买周全，又为她买了几双肉色的长筒丝袜和一双高底的皮鞋。穿高底皮鞋，这虽还是她的第一次，但因为舞台上穿高底靴穿惯的原因，她穿着笞笞的在我前头走回家来，觉得一点儿也没有不自然，一点儿也没有勉强的地方。

这半天来的购买，我虽则花去了一百多元钱，可是看了她很有神气的在步道上笞笞的走着，两旁的人都回过头来看她的光景，我心坎里也感到不少的愉快和得意，她自然更加不必说了，我觉得自从和她出奔以后，除了船舱里的一天一晚不算外，她的像这样喜欢满足的样子，这要算是第一次。

我和她走回旅馆里来的时候，旅馆里的茶房，也看得奇异起来了，他打脸汤水来之后，呆立着看了一忽对我说：

“太太穿外国衣服的时候真好看！”

我听了这一句话，心理更是喜欢得不得了，所以于茶房走出去后，就扑上她的身去，又和她吻了半天。

匆忙吃了一点晚饭，我先叫茶房去丹桂第一台定了两个座儿，晚饭后，又叫茶房去叫了梳头的人来，为月英梳了一个上海正在流行的头。

我们进戏院去的时候，时间虽则还早，但座儿差不多已经满了。幸而是先叫茶房来打过招呼的，我们上楼去问了按目，就被领到了第一排的花楼去就座。这中间月英的那双笞笞的高底皮鞋，又出了风头，前后的看戏者的眼睛，一时都射到她的身上脸上来，她和初出台被叫好的时候一样，那双灵活的眼睛，也对大家扫了一扫，我看了她脸上的得意的媚笑，心里同时起了一种满足的嫉妒的感情。

那一晚最叫座的戏，是小楼的《安天会》，可是不懂戏的上海的听者，看小培和梅兰芳下台之后，就纷纷的散了。在这中间，因为花楼的客座里起了动摇，池子里的眼睛，一齐转向了上来，我觉得这许多眼睛，似乎多在凝视我们，在批评我和美丽的月英的相称不相称。一想到此我倒也觉得有点难为情，觉得脸上仿佛也红了一红。

戏散之后，我们上酒馆去吃了一点酒菜点心，从寒冷空洞，有许多电灯照着的长街上背月走回旅馆来，路上也遇见了许多坐包车的高等妓女。我私下看看她们，又回头来和月英一比，觉得月英的风格要比她们高数倍。

到了旅馆里，我洗了手脸，觉得一天的疲倦，都积压上来了，所以不等着月英，就先上床睡去。后来月英进被来摇我醒来，已经是在我睡了一觉之后，我看了她的灵闪的眼睛，知道她还没有睡过，“可怜你这乡下小丫头，初到城里来见了这繁华世界，就兴奋到这一个地步！”我一边这样的取笑她，一边就翻身转来，压上她的身去。

在上海住了三天，小楼等的戏接连听了两晚，到了第三天的早晨，我想催她回南京去了，可是她还似乎没有看足，硬要我再住几天。

我们就一天换一个舞台的更听了几天，是决定明天一定要回南京去的前一夜，因为月色很好，我就和她走上了×世界的屋顶，去看上海的夜景。

灯塔似的S. W两公司的尖顶，照耀在中间，附近尽是些黑黝黝的屋瓦和几条纵横交错的长街。满月的银光，寒冷皎洁的散射在这些屋瓦长街之上。远远的黄浦滩头，有几处高而且黑的崛起的屋尖，像大海里的远岛，在指示黄浦江流的方向。

月英登了这样的高处，看了这样的夜景，又举起头来看看千家同照的月华，似乎想起了什么心事，在屋顶上动也不动响也不响的立了许多时候。我虽则捏了她的手，站在她的边上，但从她的那双凝望远处的视线看来，她好像是已经把我的存在忘记了的样子。

一阵风来，从底下吹进了几声哀切的弦管声音到我们的耳里，她微微的抖了一抖，我就用一只手拍上她的肩头，一只手围抱着她说：

“月英！我们下去吧，这儿冷得很。底下还有坤戏哩，去听她们一听，好么？”

寻到了楼下的坤戏场里，她似乎是想起了从前在舞台上的时候的荣耀的样子，脸上的筋肉，又松懈欢笑了开来。本来我只想走一转就回旅馆去睡的，可是看了她的那种喜欢的样儿，又不便马上就走，所以就挨上台前头去拣了两个座位来坐下。

戏目上写在那里的，尽是些胡子的戏，我们坐下去的时候，一出半场的《别窑》刚下台，底下是《梅龙镇》了，扮正德的戏单上的名字是小月红。她看了这名字，用手向月字上一指，戏我笑着说：

“这倒好像是我的师弟。”

等这小月红上台的时候，她用两手把我的手捏了一把，身子伏向前去，脱出了两只眼睛看了个仔细，同时又很惊异的轻轻叫了一声：

“啊，还不是夏月仙么？”

她的这一种惊异的态度，触动了四边的看戏的人的好奇心，大家都歪了头，朝她看起来了，因而台上的小月红，也注意到了她。小月红的脸上，也一样的现了一种惊异的表情，向我们看了几眼，后来她们俩居然微微的点头招呼起来了。

她惊喜得同小孩子似的把上半身颠了几颠。一边笑着招呼着，一边也捏紧了我的两手尽在告诉我说：

“这夏月仙，是在天桥儿的时候，和我合过班的。真奇怪，真奇怪，她怎么会改了名上这儿来的呢？”

“噢！和你合过班的？真是他乡遇故知了，你可以去找她去。等她下台的时候，你去找她去吧！”

我也觉得奇怪起来，奇怪她们这一次的奇遇，所以又问她说：

"你说在天桥儿的时候是和她在一道的，那不已经是四五年前的事情了么？"

"可不是么？怕还不止四五年来着。"

"倒难得你们都还认得！"

"她简直是一点儿也没有改，还是那么小个儿的。"

"那么你自己呢？"

"那我可不知道。"

"大约总也改不了多少吧？她也还认得你。可是，月英，你和我的在一块儿，被她知道了，会不会有什么事情出来？"

"不碍，不碍，她从前和我是很要好的，叫她不说，她决不会说出去的。"

这样的谈着笑着，她那出《梅龙镇》也竟演完了，我就和月英站了起来，从人丛中挤出，绕到后台房里去看夏月仙去。月英进后台房去的时候，我立在外面候着，只听见了几声她俩的惊异的叫声。候了不久，那卸装的小月红，就穿着一件青布的罩袍，后面跟着一个跟包的小女孩，和月英一道走出台房来了。

走到了我的面前，月英就嬉笑着为我们两人介绍了一下，我因为和月英的这一番结识的结果，胆子也很大了，所以就叫月英请小月红到我们的旅馆里去坐去。出了×世界的门，她就和小月红坐了一乘车，我也和那跟包的小孩合坐了一乘车，一道的回到旅馆里来。

十一

那本名夏月仙的小月红，相貌也并不坏，可是她那矮小的身材，和不大说话，老在笑着的习惯，使我感到了一层畏惧。匆匆在旅馆里的一夕谈话，我虽看不出她的品性思虑来，可是和月英高谈一阵之后，又戚促戚促的咬耳朵私笑的那种行为，我终究有点心疑。她坐了二十多分钟，我请她和那跟包的小孩吃了些点心，就告辞走了。月英因此奇遇，又要我在上海再住一天，说明天早晨，她要上夏月仙家去看她，中午更想约她来一道吃饭。

第二天午前，太阳刚晒上我们的那间朝东南的房间窗上，她就起来梳了一个头。梳洗完后，她因为我昨夜来的疲劳未复，还不容易起来，所以就告诉我说，她想一个人出去，上夏月仙家去。并且拿了一支笔过来，要我替她在纸上写一个地名，她叫人看了，教她的路。夏月仙的住址，是爱多亚路三多里的十八号。

她出去之后，房间里就静悄悄地的死寂了下去。我被这沉默的空气一压，心里就感到了一种莫名其妙的恐怖，“万一她出去了之后，就此不回来了，便怎么办呢？”因为我和她，在这将近一个月的当中，除上便所的时候分一分开外，行住坐卧，一刻也没有离开过。今朝被她这么的一去，起初还带有几分游戏性质的这一种幻想，愈想愈觉得可能。愈觉得可怕了。本来想乘她出去的中间，安闲的睡它一觉的，然而被这一个幻想来一搅，睡魔完全被打退了。

“不会的，不会的，哪里会有这样的事情呢？”像这样的自家的宽慰一番，自笑自的解一番嘲，回头那一个幻想又忽然会变一个形状，很切实的很具体的迫上心来。在被窝里躺着，像这样的被幻想扰恼，横竖是睡不着觉的，并且自月英起来以后，被窝也变得冰冷冰冷了，所以我就下了一个决心，走出床来，起来洗面刷牙。

洗刷完后，点心也不想吃，一个人踱着坐着，也无聊赖，不得已就叫茶房去买了一份报来读。把国内外的政治电报翻了一翻，眼睛就注意到了社会记事的本埠新闻上去。拢总只有半页的这社会新闻里，“背夫私逃”、“叔嫂通奸”、“下堂妾又遇前夫”等关于男女奸情的记事，竟有四五处之多。我一条一条的看了之后，脑里的幻想，更受了事实的衬托，渐渐儿的带起现实味来了。把报纸一丢，我仿佛是遇了盗劫似的帽子也不带便赶出了门来。出了旅馆的门，跳上了门前停在那里兜买卖的黄包车，我就一直的叫他拉上爱多亚路的三多里去。可是拉来拉去，拉了半天，他总寻不到这三多里的方向。我气得急了，就放大了喉咙骂了他几句，叫他快拉上×世界的近旁，向行人一问，果然知道了三多里就离此不远了。

到了三多里的那条狭小的弄堂门口，我从车上跳了下来。一边喘着气，按着心脏的跳跃，一边又寻来寻去的寻了半天第十八号的门牌。

在一间一楼一底的龌龊的小楼房门口，我才寻见了两个淡黑的数目18，字写在黄沙粉刷的墙上。急急的打门进去，拉住了一个开门出来的中老妇人，我就问她："这儿可有一个姓夏的人住着？"她坚说没有。我问了半天，告诉她这姓夏的是女戏子，是在×世界唱戏的，她才点头笑说："你问的是小月红吧？她住在二楼上，可是她刚看见我同一位朋友走出去了。"我急得没法，就问她："楼上还有人么？"她说："她们是住在亭子间里的，和小月红同住的，还有一位她的师傅和一个小女孩的妹妹。"

我从黝黑的扶梯弄里摸了上去，向亭子间的朝扶梯开着的房门里一看，果然昨天那小女孩，还坐在对窗的一张小桌子边上吃大饼。这房里只有一张床。灰尘很多的一条白布帐子，还放落在那里。那小女孩听见了我的上楼来的脚步声音，就掉过头来，朝立在黑暗的扶梯跟前的我睇视了一回，认清了是我，她才立起来笑着说：

"姊姊和谢月英姊姊一道出去了，怕是上旅馆里去的，您请进来坐一忽儿吧！"

我听了这一句话，方才放下了心，向她点了一点头，旋转身就走下扶梯，奔回到旅馆里来。

跑进了旅馆门，跑上了扶梯，上我们的那间房门口去一看，房门还依然关在那里，很急促的对拿钥匙来开门的茶房问了一声："女人回来了没有？"茶房很悠徐的回答说："太太还没有回来。"听了他这一句话，我的头上，好像被一块铁板击了一下。叫他仍复把房门锁上，我又跳跑下去，到马路上去无头无绪的奔走了半天。走到S公司的前面，看看那个塔上的大麦，长短针已将叠住在十二点钟的字上了，只好又同疯了似的走回到旅馆里来。跑上楼去一看，月英和夏月仙却好端端的坐在杯盘摆好的桌子面前，尽在那里高声的说笑。

"啊！你上什么地方去了？"

我见了月英的面，一种说不出来的喜欢和一种马上变不过来的激情，只冲出了这一句问话来，一边也在急喘着气。

她看了我这感情激发的表情，止不住的笑着问我说：

"你怎么着？为什么要跑了那么快？"

我喘了半天的气，拿出手帕来向头上脸上的汗擦了一擦，停了好一会，才回复了平时的态度，慢慢的问她说：

"你上什么地方去了？我怕你走失了路，出去找你来着。月英啊月英，这一回我可真上了你的当了。"

"又不是小孩子，会走错路走不回来的。你老爱干那些无聊的事情。"

说着她就斜嗔了我一眼，这分明是卖弄她的媚情的表示，到此我们三人才含笑起来了。

月英叫的菜是三块钱的和菜，也有一斤黄酒叫在那里，三个人倒喝了一个醉饱。夏月仙因为午后还要去上台，所以吃完饭后就匆匆的走了。我们告诉她搭明天的早车回南京去，她临走就说明儿一早就上北站来送我们。

下午上街去买了些香粉雪花膏之类的杂用品后，因为时间还早，又和月英上半淞园去了一趟。

半淞园的树木，都已凋落了，游人也绝了迹。我们进门去后，只看见了些坍败的茶棚桥梁，和无人住的空屋之类。在水亭里走了一圈，爬上最高的假山亭去的中间，月英因为着的是高底鞋的原因，在半路上拌跌了一次，结果要我背了似的扶她上去。

毕竟是高一点儿的地方多风，在这样阳和的日光照着的午后，高亭上也觉得有点冷气逼人。黄浦江的水色，金黄映着太阳，四边的芦草滩弯曲的地方，只有静寂的空气，浮在那里促人的午睡。西北面老远的空地里，也看得见一两个人影，可是地广人稀，仍复是一点儿影响也没有。黄浦江里，远远的更有几只大轮船停着，但这些似乎是在修理中的破船，烟囱里既没有烟，船身上也没有人在来往，仿佛是这天生的大物，也在寒冬的太阳光里躺着，在那里假寐的样子。

月英向周围看了一圈，听枯树林里的小鸟宛转啼叫了两三声，面上表现着一种枯寂的形容，忽儿靠上了我的身子，似乎是情不自禁的对我说：

“介成！这地方不好，还没有×世界的屋顶上那么有趣。看了这里的景致，好像一个人就要死下去的样子，我们走吧。”

我仍复扶背了她，走下那小土堆来。更在半淞园的上山北面走了一圈，看了些枯涸了的同沟儿似的泥河和几处不大清洁的水渚，就和她走出园来，坐电车回到了旅馆。

若打算明天坐早车回南京，照理晚上是应该早睡的，可是她对上海的热闹中枢，似乎还没有生厌，吃了晚饭之后，仍复要我陪她去看月亮，上×世界去。

我也晓得她的用意，大约她因为和夏月仙相遇匆匆，谈话还没有谈足，所以晚上还想再去见她一面，这本来是很容易的事情，我所以也马上答应了她，就和她买了两张门票进去。

晚上小月红唱的是《珠帘寨》里的配角，所以我们走走听听，直到十一点钟才听完了她那出戏。戏下台后，月英又上后台房去邀了她们来，我们就在×世界的饭店里坐谈了半点多钟，吃了一点酒菜，谈次并且劝小月红明天不必来送。

月亮仍旧是很好，我们和小月红她们走出了×世界叙了下次再会的约话，分手以后，就不坐黄包车步行踏月走了回来。

月英俯下头走了一程，忽而举起头来，眼看着月亮，嘴里却轻轻的对我说：

"介成，我想……"

"你想怎么啦？"

"我想……，我们，我们像这样的下去，也不是一个结局，……"

"那怎么办呢？"

"我想若有机会，仍复上台去出演去。"

"你不是说那种卖艺的生活，是很苦的么？"

"那原是的，可是像现在那么的闲荡过去，也不是正经的路数。况且……"

我听到了此地，也有点心酸起来了。因为当我在A地于无意中积下来一点储蓄，和临行时向A省公署里支来的几个薪水，也用得差不多了，若再这样的过去一月，那第二个月的生活就要发生问题，所以听她讲到了这一个人生最切实的衣食问题，我也无话可说，两人都沉默着，默默的走了一段路。等将到旅馆门口的时候，我就靠上了她的身边，紧紧捏住了她的手，用了很沉闷的声气对她说：

"月英，这一句话，让我们到了南京之后，再去商量吧。"

第二天早晨我们虽则没有来时那么的兴致，但是上了火车，也很满足的回了南京，不过车过苏州，终究没有下车去玩。

十二

从上海新回到南京来的几日当中，因为那种烦剧的印象，还粘在脑底，并且月英也为了新买的衣裳用品及留声机器唱片等所惑乱，旁的思想，一点儿也没有生长的余地，所以我们又和上帝初创造我们的时候一样，过了几天任情的放纵的生活。

几天过后月英更因为想满足她那一种女性特有的本能，在室内征服了我还不够，于和暖晴朗的午后，时时要我陪了她上热闹的大街上，或可以俯视钓鱼巷两岸的秦淮河上的茶楼去显示她的新制的外套，新制的高跟皮鞋，和新学来的化妆技术。

她辫子不梳了，上海正在流行的那一种均称不对，梳法奇特的所谓维奴斯——爱神——头，被她学会了。从前面看过去，左侧有一剪头发蓬松突起，自后面看去，也没有一个突出的圆球，只是稍为高一点的中间，有一条斜插过去的深纹的这一种头，看起来实在也很是好看。尤其是当外国女帽除下来后，那一剪左侧的头发，稍微下向，更有几丝乱发，从这里头拖散下来的一种风情，我只在法国的画集里，看见过一两次，以中国的形容词来说，大约只有“太液芙蓉未央柳”的一句古语，还比较得近些。

本来对东方人的皮肤是不大适合的一种叫“亚媲贡”的法国香粉，淡淡的扑上她的脸上，非但她本来的那种白色能够调活，连两颊的那种太姣艳的红晕，也受了这淡红带黄的粉末的辉映，会带起透明的情调来。

还有这一次新买来的黛螺，用了小毛刷上她的本来有点斜挂上去的眉毛上，和黑子很大的鼻底眼角上一点染，她的水晶晶的两只眼睛，只教转动一动，你就会从心底里感到一种要耸起肩骨来的凉意。

而她的本来是很曲很红的嘴唇里，这一回又被她发见了一种同郁金香花的颜色相似的红中带黑的胭脂。这一种胭脂用在那里的时候，从她口角上流出来的笑意和语浪，仿佛都会带着这一种印度红的颜色似的，你听她讲话，只须看她的这两条嘴唇的波动，即使不听取语言的旋律，也可以了解她的真意。

我看了她这种种新发明的装饰，对她的肉体的要求，自然是日渐增高，还有一种从前所没有的既得患失的恐怖，更使我一刻也不愿意教她从我的怀抱里撕开，结果弄得她反而不能安居室内，要我跟着她日日的往外边热闹的地方去跑。

在人丛中看了她那种满足高扬，处处撩人的样子，我的嫉妒心又自然而然的会从肚皮里直沸起来，仿佛是被人家看一眼她身上的肉就要少一块似的，我老是上前落后的去打算遮掩她，并且对了那些饿狼似的道旁男子的眼光，也总装出很凶猛的敌对样子来反抗。而我的这一种嫉妒，旁人的那一种贪视，对她又仿佛是有很大的趣味似的，我愈是坐立不安的要催她回去，旁人愈是厚颜无耻的对她注视，她愈要装出那一种媚笑斜视和挑拨的举动来，增进她的得意。

我的身体，在这半个月中间，眼见得消瘦了下去，并且因为性欲亢进的结果，持久力也没有了。

有一次也是晴和可爱的一天午后，我和她上桃叶渡头的六朝揽胜楼去喝了半天茶回来，因为内心紧张，嫉妒激发的原因，我一到家就抱住了她，流了一脸眼泪，尽力的享受了一次我对她所有的权利。可是当我精力耗尽的时候，她却幽闲自在，毫不觉得似的用手向我的头发里梳插着对我说：

"你这孩子，别那么疯，看你近来的样子，简直是一只疯狗。我出去走走有什么？谁教你心眼儿那么小？回头闹出病来，可不是好玩意儿。你怕我怎么样？我到现在还跑得了么？"

被她这样的慰抚一番，我的对她的所有欲，反而会更强起来，结果又弄得同每次一样，她反而发生了反感，又要起来梳洗，再装刷一番，再跑出去。

跑出去我当然是跟在她的后头，旁人当然又要来看她，我的嫉妒当然又不会止息的。于是晚上就在一家菜馆里吃晚饭，吃完晚饭回家，仍复是那一种激情的骤发和筋肉的虐使。

这一种状态，循环往复地日日断续了下去，我的神经系统，完全呈出一种怪现象来了。

晚上睡觉，非要紧紧地把她抱着，同怀胎的母亲似的把她整个儿的搂在怀中，不能合眼；一合眼上，就要梦见她的弃我而奔，或被奇怪的兽类，挟着在那里奸玩。平均起来，一天一晚，像这样的梦，总要做三个以上。

此外还有一件心事。

一年的岁月，也垂垂晚了，我的一点积贮和向A省署支来的几百块薪水，算起来，已经用去了一大半以上，若再这样的过去，非但月英的欲望，我不能够使她满足，就是食住，也要发生问题。去找事情哩，一时也没有眉目，况且在这一种心理状态之下，就是有了事情，又哪里能够安心的干下去？

这一件心事，在嫉妒完时，在乱梦觉后，也时时罩上我的心来，所以到了阴历十二月的底边，满城的炮竹，深夜里正放得热闹的时候，我忽然醒来，看了伏在我怀里睡着、和一只小肥羊似的月英的身体，又老要莫名其妙的扑落扑落的滚下眼泪来，神经的弱衰，到此已经达到了极点了。

一边看看月英，她的肉体，好像在嘲弄我的衰弱似的，自从离开A地以后，愈长愈觉得丰肥鲜艳起来了。她的从前因为熬夜不睡的原因，长得很干燥的皮肤，近来加上了一层油润，摸上去仿佛是将手浸在雪花膏缸里似的，滑溜溜的会把你的指头腻住。一头头发，也因为日夕的梳篦和香油香水等的灌溉，晚上睡觉的时候，散乱在她的雪样的肩上背上，看起来像鸵背的乌翎，弄得你止不住的想把它们含在嘴里，或抱在胸前。

年三十的那一天晚上，她说明朝一早，就要上庙里去烧香，不准我和她同睡，并且睡觉之前，她去要了一盆热水来，要我和她一道洗洗干净。这一晚，总算是我们出走以来，第一次的和她分被而卧，前半夜我翻来覆去，怎么也睡不安稳。向她说了半天，甚至用了暴力把她的被头掀起，我想挤进去，挤进她的被里去，但她拼死的抵住，怎么也不答应我。后来弄得我的气力耗尽，手脚也软了，才让她一个个睡在外床，自己只好叹一口气，朝里床躺着，闷声不响，装作是生了气的神情。

我在睡不着装生气的中间，她倒嘶嘶的同小孩子似的睡着了。我朝转来本想乘其不备，就爬进被去的，可是看了她那脸和平的微笑，和半开半团的眼睛，我的卑鄙的欲念，仿佛也受了一个打击。把头移将过去，只在她的嘴上轻轻地吻了一吻，我就为她的被盖了盖好，因而便好好的让她在做清净的梦。

我守着她的睡态，想着我的心事，在一盏黄灰灰的电灯底下，在一年将尽的这残夜明时，不知不觉，竟听它敲了四点，敲了五点，直到门外街上有人点放开门炮的早晨。

是几时睡着的，我当然不知道，睡了多少时候，我也没有清楚，可是眼睛打开来一看，我只觉得寂静的空气，围在我的四周，寂静，寂静，寂静，连门外头的元日的太阳光，都似乎失掉了生命的样子。

我惊骇起来了，跳出床来一看，火盆里的炭，也已烧残了八九，只有许多雪白雪白的灰，还散积在盆的当中。一个铁杆的三脚架上，有一锅我天天早晨起来喜欢吃的莲子炖在那里。回头向四边更仔细的一看，桌子上也收拾得干干净净，和平时并没有什么分别。再把她的镜箱盒子的抽斗抽将开来一看，里头的梳子蓖子和许多粉盒粉扑之类，都不见了，下层盒里，我只翻出了一张包莲子的黄皮纸来。我眼睛里生了火花，在看那几行粗细不匀，歪斜得同小孩子写的一样的字的时候，一声绝叫，在喉咙头咽住，我的全身的血液，都像是凝结住了。

介成，我想走，上什么地方，可还不知道。你不用来追我，我随身只带了你的那只小提包。衣服之类，全还没有动，钱也只拿了五十块。你爱吃的那碗莲子，我给你烤在火上，你自己的身体要小心保养。

月英！

“啊啊！她走了，她果然走了！”

这样的想了一想，我的断绝了联络的知觉，又重新恢复了转来，一股同蒸气似的酸泪，直涌了出来。我踉跄往后退了几步，倒在外床她叠好在那里的那条被上。两手紧紧抱着了这一条被，我哭着哭着哭着，哭了一个尽情。

眼泪流干了，胸中也觉得宽畅了一点的时候，我又立了起来，把房里的东西检点了一检点。可是拿着了她曾经用过的东西，把一场一场的细节回想起来，刚止住的眼泪又不自禁地流下来了。一边流着眼泪，一边我看出她当走的时候东西果真一点儿也没有拿去。

除了我和她这一回在上海买的一只手提皮箧，及二三件日用的衣服器具外，她的衣箱，她的铺盖，都还好好的放在原处。

一串钥匙，她为我挂在很容易看见的衣钩上，我的一只藏钞票洋钱的小皮箧，她开了之后，仍复为我放在箱子盖上，把内容一看，外层的十几块现洋和三四张十元的钞票她拿走了，里层的一个邮政储金的簿子和一张汇丰银行的五十元钞票，仍旧剩在那里。

我急忙开房门出去一看，看见院子里的太阳还是很高，放了渴竭的喉咙，我就拼命的叫茶房进来。

茶房听了我着急的叫声，跑将进来对我一看，也呆住了，问我有什么事情，我想提起声来问他，她是什么时候走的，可是眼泪却先湿了我的喉咙，茶房也看了的我的意思，就也同情我似的柔声告我说：

“太太今天早晨出去的时候，就告诉我说：‘你好好的侍候老爷，我要上远处去一趟来。现在老爷还睡着哪，你别惊醒了他；若炭火熄了，再去添上一点。莲子也炖上了，小心别让它焦。’只这么几句话。我问她什么时候回来，她说没有准儿。有什么事情了么？”

“她，她，是什么时候走的？”

“很早哩！怕还没有到九点。”

“现在，现在是什么时候了？”

“三点还没有到吧！”

“好，好，你去倒一点洗脸水来给我。”

茶房出去之后，我就又哭着回到了房里，呆呆对她的箱子看了半天，我心上忽儿闪过了一道光明的闪电。

“她又不是死了，哭她干吧？赶紧追上去，追上去去寻着她回来，反正她总还走得不远的。去，马上去，去追吧。”

我想到了这里，心里倒宽起来了。收住了眼泪，把翻乱的衣箱等件叠回原处之后，我挺起身来，把衣服整了一整，一边捏紧了拳头向胸前敲了几下，一边自己就对自己起了一个誓：

“总之我在这世界上活着一天，我就要寻她一天。无论如何，我总要去寻她着来！”

十三

门外头是一派快晴的新年气象。

长街上的店门，都贴满了春联，也有半天的，有的完全关在那里。来往的行人，全穿了新制的马褂袍子，也有拱手在道贺的。

鼓乐声，爆竹声，小孩的狂噪声，扑面的飞来，绝似夏天的急雨。这中间还有抄牌喊赌的声音。毕竟行人比平时要少，清冷的街上，除了几个点缀春景的游人而外，满地只是烧残了的爆竹红尘。

我张了两只已经哭红了的倦眼，踉跄走出了旅馆的门，就上马车行去雇马车去。但是今天是正月初一，马夫大家在休息着，没有人肯出来拖我去下关。最后就没有法子，只好以很昂的价，坐了一乘人力车出城。

太阳已经低斜下去了，出了街市的尽处，那条清冷的路上，竟半天遇不着一个行人，一辆车子。

将晚的时候，我的车到了下关车站，到卖票房去一看，门关得紧紧，站上的人员，都已去喝酒打牌去了。我以最谦恭的礼貌，对一位管杂役的站员，行了一个鞠躬礼，央求他告诉我今天上天津或上海去的火车有没有了。

他说今天是元旦，上上海和上天津的火车，都只有早晨的一班。

我又谦声和气，恨不得拜下去似的问他：

“今天早晨的车，是几点钟开的？”

“津浦是六点，沪宁是八点。”

说着他仿佛是很讨厌我的絮烦似的，将头朝向了别处。我又对他行了一个敬礼，用了最和气的声气问他说：

“对不起，真真对不起，劳你驾再告诉我一点，今天上上海去的车上，可有一位戴黑绒女帽，穿外国外套的女客？”

“那我哪儿知道，车上的人多得很哩！”

“对不起，真真对不起，我因为女人今天早晨跑了，——唉——跑了，所以……”

这些不必要的说话，我到此也同乡愚似的说了出来，并且底下就变成了泪声，说也说不下去了。那站员听了我的哭声，对我丢了一眼轻视的眼色，仿佛是把我当作了一个卖哀乞食的恶徒。这时候天已经有点黑了，站员便走了开去。我不得已也只得一边以手帕擦着鼻涕，一边走出站来。

车站外面，黄包车一乘也没有，我想明天若要乘早车的话，还是在下关过夜的好，所以一边哭着，一边就从锣鼓声里走向了有很多旅馆开着的江边。

江边已经是夜景了，从关闭在那里的门缝里一条一条的有几处露出了几条灯火的光来。我一想起初和月英从A地下来的时候的状况，心里更是伤心，可是为重新回忆的原因，就仍复寻到了瀛台大旅社去住。

宽广空洞的瀛台大旅社里，这时候在住的客人也很少，我住定之后，也不顾茶房的急于想出去打牌，就拉住了他，又问了些和问那站员一样的话。结果又成了泪声，告诉他以女人出走的事情，并且明明知道是不会的，又禁不住的问他今天早晨有没有见到这样这样的一位女人上车。

这茶房同逃也似的出去了之后，我再想起了城里的茶房对我说的话来。今天早晨她若是于八九点钟走出中正街的说话，那她到下关起码要一个钟头，无论如何总也将近十点的时候，才能够到这里，那么津浦车她当然是搭不着的，沪宁车也是赶不上的。啊啊，或者她也还在这下关耽搁着，也说不定，天老爷呀天老爷，这一定是不错的了，我还是在这里寻她一晚吧。想到了这里，我的喜悦又涌上心来了，仿佛是确实知道她在下关的一样。

我饭也不吃，就跑了出去，打算上各家旅馆去，都一家一家的去走寻它遍来。

在黑暗不平的道上走了一段，打开了几家旅馆的门来去寻了一遍，问了一遍，他们都说像这样这样的女人并没有来投宿。他们叫我看旅客一览表上的名姓，那当然是没有的，因为我知道她，就是来住，也一定不会写真实的姓名的。

从江边走上了后街，无论大的小的旅馆，我都卑躬屈节的将一样的话问了寻了，结果走了十六七家，仍复是一点儿影响也没有。

夜已经深了，店家大家上门的上门，开赌的开赌，敲年锣鼓的在敲年锣鼓了。我不怕人家的鄙视辱骂，硬的又去敲开门来寻问了几家。有一处我去打门，那茶房非但不肯开门，并且在一个小门洞里简直骂猪骂狗的骂了我一阵。我又以和言善貌，赔了许多的不是，仍复将我要寻问的话，背了一遍给他听，他只说了一声“没有！”白滩的一响，很重的就把那小门关上了。

我又走了几处，问了几家，弄得元气也丧尽，头也同分裂了似的痛得不止，正想收住了这无谓的搜寻，走回瀛台旅社来休息的时候，前面忽而来了一辆很漂亮的包车。从车灯光里一看，我看见了同月英一样的一顶黑绒女帽，和一件周围有鸵鸟毛钉着的外套，车上坐着的人的脸还没有看清，那车就跑过去了，我旋转了身，就追了上去，一边更放大了胆，举起我那带泪声的喉音，“月英！月英！”的叫了几声。

前面的车果然停住了，我喜欢得同着了鬼似的跳了起来，马上跳将上去一看，在车座里坐着的，是一个比月英年纪更小，也是很可爱的小姑娘。她分明是应了局回来的妓女，看了我的样子也惊了一跳，我又含泪的向她赔了许多不是，把月英的事情简单的向她说了一说。她面上虽则也像在向我表示同情，可是那不做好的车夫，却啐了我一声，又放开大步向前跑走了。

走回到瀛台旅馆里来，已经是半夜了，我一个人翻来覆去，想月英的这回出去，愈想愈觉得奇怪。她若嫌我的没有钱哩，当初就不该跟我。她若嫌我的相儿丑哩，则一直到她出走的时候止，爱我之情是的确有的。况且当初当我和她相识的时候，看她的举动，听她的言语，都不像完全是被动的样子，若说她另外有了情人了哩，则在这一个多月中间，我和她还没有离开一夜过。那个A地的小白脸的陈君哩，从前是和她的确有过关系的，可是现在已经早不在她的心里了，又何至于因此而弃我哩？或者是想起了她在天津的娘了吧？或者是想起了李兰香和那姥姥了吧？但这也不会的，因为本来她对她们就没有什么很深的感情。那么是为了什么呢？为了什么呢？我想来想去，总想不出她的所以要出走的理由来。若硬的要说，或者是她对于那种放荡的女优生活，又眼热起来了，或者是因为我近来过于爱她了。但是不会的，也不会的，对于女优生活的不满意，是她自己亲口和我说的。我的过于爱她，她近来虽则时时有不满意的表示，但世上哪有对于溺爱自己者反加以憎恶的人？

我更想想和她过的这一个多月的性爱生活，想想她的种种热烈地强要我的时候的举动和脸色，想想昨晚上洗身的事情和她的最后的那一种和平的微笑的睡脸，一种不可名状的悲苦，从肚底里一步一步的压了上来，“啊啊，今后是怎么也见她不到了，见她不到了！”这么的一想，我的胸里的苦闷，就变了呜呜的哭声流露出来。愈想止住发声不哭响来，悲苦愈是激昂，结果一声声的闷声，反而愈大。

这样的苦闷了一晚，天又白灰灰的亮了，车站上机关车回转的声音，也远远传了几声过来，到此我的头脑忽而清了一清。

“究竟怎么办呢？”

若昨晚上的推测是对的说话，那说不定她今天许还在南京附近，我只须上车站去等着，等她今天上车的时候，去拉她回来就对了。若她已经是离开了南京的说话，那她究竟是上北的呢？下南的呢？正想到了这里，江中的一只轮船，婆婆的放了一声汽笛。

我又昏乱了，因为昨晚上推想她走的时候，我只想到了火车，却没有想到从这里坐轮船，也是可以上汉口，下上海去的。

匆忙叫茶房起来，打水给我洗了一个脸，我账也不结，付了他三块大洋，就匆匆跑下楼来，跑上江边的轮船码头去。

上码头船上去一问，舱房里只有一个老头儿躺在床上，在一盏洋油灯底下吸烟。我又千对不起万对不起的向他问了许多话。

他说元旦起到初五止是封关的，可是昨天午后有一只因积货迟了的下水船，船上有没有搭客，他却没有留心。

我决定了她若是要走，一定是搭这一只船去的，就谢了那老头儿许多回数，离开了那只码头的趸船。到岸上来静静的一想，觉得还是放心不下，就又和几个早起的工人旅客，走向了西，买票走上那只开赴浦口的联络船去，因为我想万一她昨天不走，那今天总逃不了那六点和八点的两班车的，我且先到浦口去候它一个钟头，再回来赶车去上海不迟。

船起了行，灰暗的天渐渐地带起晓色来了。东方的淡蓝空处，也涌出了几片桃红色的云来，是报告日出的光驱。天上的明星，也都已经收藏了影子，寒风吹到船中，船沿上的几个旅客，一例的咯了几声。我听到了几声从对岸传过来的寒空里的汽笛，心里又着了急，只怕津浦车要先我而开，恨不得弃了那只迟迟前进的渡轮，一脚就跨到浦口车站去。

船到了浦口，太阳起来了，几个萧疏的旅客，拖了很长的影子，从跳板上慢慢走上了岸。我挤过了几组同方向走往车站去的行人，便很急的跑上卖票房前的那个空洞的大厅里去。

大厅上旅客很少，只有几个夫役在那里扫地打水。我抓住了一个穿制服的车站上的役员，又很谦恭的问，问他没有看见这样这样的一个妇人。他把头弯了一弯，想了一想，又摇头说“没有！”更把嘴巴一举，叫我自家上车厢里去寻寻看。

我一乘一乘，从后边寻到前边，又从前边寻到后面，妇人旅客，只看见了三个。一个是乡下老妇人，一个是和她男人在一道的中年的中产者，分明是坐车去拜年去的，还有一个是西洋人。

呆呆的立在月台上的寒风里，我看见和我同船来的旅客一组一组的进车去坐了，又过了几分钟，唧零零零的一响，火车就开始动了。我含了两包眼泪，在月台上看车身去远了，才走出站来，又走上渡轮，搭回到下关来。

到下关车站，已经是七点多了。究竟是沪宁车，在车站上来往的人也拥挤得很。我买了一张车票进去，先在月台上看来看去的看了半天，有好几次看见了一个像月英的妇人，但赶将上去一看，又落了一个空。

进车之后，我又同在浦口车站上的时候一样，从前到后，从后到前的看了两遍，然而结果，仍旧是同在浦口的时候一样。

这一天车误了点，直到两点多钟才到苏州。在车座里闷坐着，我想的尽是些不吉的想头。因为我晓得她在上海只有一个小月红认识，所以我在我的幻想上，就把小月红当作了一个王婆。我在幻想她如何的为月英拉客，又如何的为月英介绍舞台的老板。又想到了那个和她在一张床上睡的所谓师傅的如何从中取利，更如何的和月英通奸，想到了这里几乎使我从车座里跳了起来。幸而正当我苦闷得最难受的时候，车也到了北站了，我就一直的坐车寻到三多里的小月红家里去。

十四

上海的马路上，也是一样的鼓乐喧天的泛流着一派新年的景象。不过电车汽车黄包车等多了几乘，行人的数目多了一点，其余的样子，店门都关上的街市上的样子，还是和南京一样。

我寻到了爱多亚路的三多里，打开了十八号的门，也忘记了说新年的贺话，一直的就跑上了那间我曾经来一次过的亭子间中。

进去一看，小月红和那小女孩都不在，只有一位相貌狞恶的四十来岁的北老，穿了一件黑布的羊皮袍子，对窗坐着在拉胡琴。

我对他叙了礼，告诉他以前次来过的谢月英是我的女人。我话还没有说完，他却很惊异的问我说：

“噢，你们还没有回南京去么？”

我又告诉她，回是回去了，可是她又于昨天早晨走了。接着我又问他，她到这里来过没有，并且问小月红有没有晓得，月英究竟是上哪里去的。

他摇摇头说：

“这儿可没有来过，或者小月红知道也未可知，等她回来的时候，让我问问她看。”

我问他小月红上哪里去了，他说她去唱戏，还没有回来。我为了他的这一句“或者小月红知道也未可知”就又充满了希望，笑对他说：

“她大约是在×世界吧？让我上那儿去寻她去。”

他说：

“快是快回来了，可是你去×世界玩玩也好。”

他并不晓得我的如落火毛虫一样的焦急，还以为我想去逛×世界，我心里虽则在这么想，但嘴上却很恭敬的和他告了别，走了出来。

毕竟是新年的第二日，×世界的游人，真可以说是满坑满谷。我挤过了许多人，也顾不得面子不面子，竟直接的跑到了后台房里，和守门的人说，一定要见一见小月红。她唱的戏还没有上台，然而头面已经扮缚好了。台房里的许多女孩子，因为我直冲了过去，拉着了小月红在絮絮寻问，所以大家都在斜视着朝我们看。问了半天，她仍旧是莫名其妙，我看了她的那一种表情，和头回她师傅的那一种样子，也晓得再问是无益的了，所以只告诉她我仍复住在四马路的那家旅馆里，她以后万一听到或接到月英的消息，请她千万上旅馆里来告诉我一声。末了我的说话又变成了泪声，当临走的时候，并且添了一句说：

“我这一回若寻她不着，怕就不能活下去了。”

走出了×世界我仍复上四马路的那家旅馆去开了一个房间。

又是和她曾经住过的这旅馆，这一回这样的只身来往，想起旧情，心里的难过，自然是可以不必说了。独坐在房间里细细的回想了一阵那一天早晨，因为她上小月红那里去而空着急的事情，又横空的浮上了心来。

“啊啊，这果然成了事实了，原来爱情的确是灵奇的，预感的确是有的。”

这样痴痴呆呆的想了半天，房里的电灯忽然亮了，我倒骇了一跳，原来我用两只手支住了头，坐在那里呆想，竟把时间的过去，日夜的分别都忘掉了。

茶房开进门来，问我要不要吃饭，我只摇摇头，朝他呆看看，一句话也不愿意说。等他带上门出去的时候，我又感到了一种无限的孤独，所以又叫他转来问他说：

“今天的报呢？请你去拿一份来给我。”

因为我想月英若到了上海，或者乘新年的热闹，马上去上了台也说不定，让我来看一看报上的戏目，究竟有没有像她那样的名字和她所爱唱的戏目载在报上。可是茶房又笑了一笑回答我说：

“今天是没有报的，要正月初五起，才兹有报。”

到此我又失了望。但这样的坐在房里过夜，终究是过不过去，所以我就又问茶房，上海现在有几处坤剧场。他想了一想，报了几处，但又报不完全，所以结果他就说：

“有几处坤剧场，我也不大晓得，不过你要调查这个，却很容易，我去把旧年的报，拿一张来给你看就是了。”

他把去年年底的旧报拿来之后，我就将戏目广告上凡有坤剧的戏院地点都抄了下来，打算一家一家的去看它完来。因为晓得月英若要去上台，她的真名字决不会登出来的，所以我想费去三四天工夫，把上海所有的坤角都去看它一遍。

从此白天晚上，我又只在坤角上演的戏院里过日子了。可是这一种看戏，实在是苦痛不过。有几次我看见一个身材年龄扮相和她相像的女伶上台，便脱出了眼睛，把身子靠上前去凝视。可是等她的台步一走，两三句戏一唱，我的失望消沉的样子，反要比不看见以前更加一倍。

在台前头枯坐着，夹在许多很快乐的男女中间，我想想去年在安乐园的情节，想想和月英过的这将近两个月的生活，肚里的一腔热泪，正苦在无地可以发泄，哪里还有心思听戏看戏呢？可是因为想寻着她来的原因，想在这大海里捞着她的原因，又不得自始至终的坐在那里，一个坤角也不敢漏去不看。

看戏的时候，因为眼睛要张得很大，注意着一个个更番上来的女优，所以时间还可以支吾过去。但一到了戏散场后，我不得不拖了一双很重的脚和一颗出血的心一个人走回旅馆来的时候，心里头觉得比死刑囚走赴刑场去的状态，还要难受。

晚上睡是无论如何睡不着了，虽然我当午前戏院未开门的时候，也曾去买了许多她所用过的香油香水和亚媲贡香粉之类的化妆品来，倒在床上香着，可是愈闻到这一种香味，愈要想起月英，眼睛愈是闭不拢去。即有时勉强的把眼睛闭上了，而眼帘上面，在那里历历旋转的，仍复是她的笑脸，她的肉体，她的头发和她的嘴唇。

有时候，戏院还没有开门，我也尝走到大马路北四川路口的外国铺子的样子间前头去立着。可是看了肉色的丝袜，和高跟的皮鞋，我就会想到她的那双很白很软的肉脚上去，稍一放肆，简直要想到她的丝袜统上面的部分或她的只穿了鞋袜，立在那里的裸体才能满足。尤其是使我熬忍不住的，是当走过四马路的各洗衣作的玻璃窗口的时候，不得不看见的那些娇小弯曲的女人的春夏衣服。因为我曾经看见过她的亵衣，看见过她的把衬衫解了一半的胸部过的，所以见了那些曾亲过女人的芗泽的衣服，就不得不想到最猥亵的事情上去。

这样的日子，一天一天的过去了，我早晨起来，就跑到那些卖女人用品的店门前或洗衣作前头去呆立，午后晚上，便上一家一家的坤戏院去看转来。可是各处的坤戏院都看遍了，而月英的消息还是杳然。旧历的正月已经过了一个礼拜，各家报馆也在开始印行报纸了。我于初五那一天起，就上各家大小报馆去登了一个广告：“月英呀，你回来，我快死了。你的介成仍复住在四马路××旅馆里候你！”可是登了三天报，仍复是音信也没有。

种种方法都想尽了，末了就只好学作了乡愚，去上城隍庙及红庙等处去虔诚祷告，请菩萨来保佑我。可是所求的各处的签文，及所卜的各处的课，都说是会回来的，会回来的，你且耐心候着吧。同时我又想起了在A地所求的那一张签，心里实在是疑惑不安，因为一样的菩萨，分明在那里作两样的预言。

我因为悲怀难遣，有时候就买了许多纸帛锭锞之类，跑到上海附近的郊外的墓田里去。寻到一块女人的墓碑，我就把她当作了月英的坟墓，拜下去很热烈的祝祷一番，痛哭一番。大约是这一种祷祝发生了效验了罢，我于一天在上海的西郊祭奠祷祝了回来，忽而在旅馆房门上接到了一封月英自南京的来信。信的内容很简单，只说“报上的广告看见了，你回来！”我喜欢极了，以为上海的鬼神及卜课真有灵验，她果然回来了。

我于是马上再去买了许多她所爱用的香油香粉香水之类，包作了一大包，打算回去可以作礼物送她，就于当夜坐了夜车，赶回南京去，因为火车已经照常开车了。

在火车上当然是一夜没有睡着。我把她的那封信塞在衣裳底下的胸前，一面开了一瓶她最爱洒在被上的海利奥屈洛普的香水，摆在鼻子前头。闭上眼睛，闻闻香水，我只当是她睡在我的怀里一样，脑里尽在想她当临睡前后的那种姿态言语。

天还没有亮足，车就到了下关，在马车里被摇进城去的中间，我心里的跳跃欢欣，比上回和她一道进城去的时候，还要巨大数倍。

我一边在看朝阳晒着的路旁的枯树荒田，一边心里在默想见她之后，如何的和她说头一句话，如何的和她算还这几天的相思帐来。

马车走得真慢，我连连的催促马夫，要他为我快加上鞭，到后好重重的谢他。中正街到了，我只想跳落车来，比马更快的跑上旅馆里去，因为愈是近了，心里倒反愈急。

终究是到了，到了旅馆门口了。我没有下车，就从窗口里大声的问那立在门口接客的账房说：

“太太回来了么？”

那账房看见是我，就迎了过来说：

“太太来过了，箱子也搬去了，还有行李，她交我保存在那房里，说你是就要来的。”

我听了就又张大了眼睛，呆立了半天。账房看我发呆了，又注意到了我的惊恐失望的形容，所以就接着说：

“您且到房里去看看吧，太太还有信写在那里。”

我听了这一句话，就又和被魔术封锁住的人仍旧被解放时的情形一样，一直的就跑上里进的房里去。命茶房开进房门去一看，她的几只衣箱，果真全都拿走了，剩下来的只是我的一只皮箱，一只书橱，和几张洋画及一叠画架。在我的箱子盖上，她又留了一张字迹很粗很大的信在那里：

介成：我走的时候，本教你不要追的，你何以又会追上上海去的呢？我想你的身体不好，和你住在一道，你将来一定会因我而死。我觉得近来你的身体，已大不如前了，所以才决定和你分开，你也何苦呢？

我把我的东西全拿去了，省得你再看见了心里难受。你的物事我一点儿也不拿，只拿了一张你为我画而没有画好的相去。

介成，我这一回上什么地方去是不一定的，请你再也不要来追我。

再见吧，你要保重你自己的身体。

月英

“啊啊，她的别我而去，原来是为了我的身体不强！”

我这样的一想，一种羞愤之情，和懊恼之感，同时冲上了心头。但回头一想，觉得同她这样的别去，终是不甘心的，所以马上就又决定了再去追寻的心思。我想无论如何总要寻她着来再和她见一面谈一谈。我收拾了一收拾行李，就叫茶房来问说：

“太太是什么时候来的？”

“是三四天以前来的。”

“她在这儿住了一夜么？”

“嗳，住了一夜。”

“行李是谁送去的？”

“是我送去的。”

“送上了什么地方？”

“她是去搭上水船的。”

啊啊，到此我才晓得她是上A地去的，大约一定是仍复去寻那个小白脸的陈去了吧。我一边在这样的想着，一边也起了一种恶意，想赶上A地去当了那小白脸的面再去辱骂她一场。

先问了问茶房，他说今天是有上水船的，我就不等第二句话，叫他开了帐来，为我打叠行李，马上赶出城去。

船到A地的那天午后，天忽而下起微雪来了。北风异常的紧，A城的街市也特别的萧条。我坐车先到了省署前的大旅馆去住下，然后就冒雪坐车上大新旅馆去。

旅馆的老板，一见我去，就很亲热的对我拱了拱手，先贺了我的新年，随后问我说：

“您老还住在公署里么？何以脸色这样的不好，敢不又病了么？”

我听他这一问，就知道他并不晓得我和月英的事情，他仿佛还当我是没有离开过A地的样子。我就也装着若无其事的面貌问他说：

“住在这儿的几个女戏子怎么样了？”

“啊啊，她们啊，她们去年年底就走了，大约已经有一个多月了吧？”

我和他谈了几句闲天，顺便就问了他那一位小白脸陈君的住址，他忽而惊异似的问我说：

“您老还不知道么？他在元旦那一天吐狂血死了。咳，这一位陈先生，真可惜，年纪还很轻哩！”

我突然听了这一句话，心口里忽而凉了一凉，一腔紧张着的嫉妒和怨愤，也忽而松了一松，结果几礼拜来的疲劳和不节制，就从潜隐处爬了出来，征服了我的身体。勉强踉跄走出了旅馆门，我自己也意识到了我的肉体的衰竭和心脏的急震。在微雪里叫了一乘黄包车，叫他把我拉上圣保罗病院去的中间，我觉得我的眼睛黑了。

仰躺在车上，我只微微觉得有一股冷气，从脚尖渐渐直逼上了心头。我觉得危险，想叫一声又叫不出口来，舌头也硬结住了。我想动一动，然而肢体也不听我的命令。忽儿我觉得脑门上又飞来了一块很重很大的黑块，以后的事情，我就不晓得了。

后　叙

五六年前头，我在A地的一个专门学校里教书。这风气未开的A城里，闲来可以和他们谈谈天的，实在没有几个人。

在同一个学校里教英文的一位美国宣教师，似乎也在感到这一种苦痛，所以我在A城住不上两个月，他就和我变成了很好的朋友。

秋季始业后将近三个月的一天晴朗的午后，我在一间朝南的住房里煮咖啡吃，忽而他也闯了进来。他和我喝喝咖啡，谈谈闲天，不知不觉竟坐了一个多钟头。门房把新到的我的许多外国杂志送进来了，我就送了几份给他，教他拆开来看，同时我自家也拿起了一份英国印行的关于文学艺术的月刊，将封面拆了，打开来读。

翻了几页，我忽看见了一个批评本年巴黎沙隆画展的文章，中间有一段，是为一个入选的中国留学生的画名《失去的女人》捧场的，此画的作者，不晓是哪几个中国字，但外国名字是C.C.Wang. 我看了几行，就指给我的那位美国朋友看，并且对他说：

“我们中国留学生的画，居然也在巴黎的沙隆画展里入选了。”

他看见了那个名字，忽而吊起了眼睛想了一想，仿佛是在追想什么似的。想了两三分钟，他又忽而用手拍了一拍桌子，对我叫着说：

“我想起了，这画家是我认识的。”

我听了也觉得奇怪起来，就问他是在美国认识的呢？还是在欧洲认识的？因为我这位美国朋友，从前也曾到过欧洲的。他很喜欢的笑着说：“也不是在美国，也不是在欧洲，是在这儿遇见的。”

我倒愈加被他弄昏了，所以要他说说明白。他就张着嘴笑着说：

“这是我们医院里的一个患者。三四年前，他生了心脏病，昏倒在雪窠里，后来被人送到了我们的医院里来。他在医院里住了五个多月，因为我是每礼拜到医院里去传道的，所以后来也和他认识了。我看他仿佛老是愁眉不展，忧郁很深的样子，所以得空也特别和他谈些教义和《圣经》之类，想解解他的愁闷。有一次和他谈到了祈祷和忏悔，我说，我们的愁思，可以，都说出来全交给一个比我们更伟大的牧人的，因为我们都是迷了路的羊，在迷路上有危险，有恐惧，是免不了的。只有赤裸裸地把我们所负担不了的危险恐惧告诉给这一个牧人，使他为我们负担了去，我们才能够安身立命。教会里的祈祷和忏悔，意义就在这里。他听了我这一段话，好像是很感动的样子，后来过了几天，我于第二次去访他的时候，他先和我一道的祷告，祷告完后，他就在枕头底下拿出了一篇很长很长的忏悔录来给我看。这篇忏悔录，稿子还在我那里，我下次可以拿来给你看的，真写得明白详细。他出院之后，听说就到欧洲去了，我想这一定就是他，因为我记得我曾经在一本姓名录上写过这一个C.C.Wang.的名字。”

过了几天，他果然把那篇忏悔录的稿子拿了来给我看，我当时读后，也感到了一点趣味，所以就问他要了来藏下了。

前面所发表的，是这一篇忏悔录的全文，题名的“迷羊”两字是我为他加上去的。

一九二七年十二月十九日达夫志

（据《迷羊》，北新书局1928年版）

马缨花开的时候

约莫到了夜半，觉得怎么也睡不着觉，于起来小便之后，放下玻璃溺器，就顺便走上了向南开着的窗口。把窗帷牵了一牵，低身钻了进去，上半身就象是三明治里的火腿，被夹在玻璃窗与窗帷的中间。

窗外面是二十边的还不十分大缺的下弦月夜，园里的树梢上，隙地上，白色线样的柏油步道上，都洒满了银粉似的月光，在和半透明的黑影互相掩映。周围只是沉寂、清幽，正象是梦里的世界。首夏的节季，按理是应该有点热了，但从毛绒睡衣的织缝眼里侵袭进来的室中空气，尖淋淋还有些儿凉冷的春意。

这儿是法国天主教会所办的慈善医院的特等病房楼，当今天早晨进院来的时候，那个粗暴的青年法国医生，糊糊涂涂的谛听了一遍之后，一直到晚上，还没有回话。只傍晚的时候，那位戴白帽子的牧母来了一次。问她这病究竟是什么病？她也只微笑摇着头，说要问过主任医生，才能知道。

而现在却已经是深沉的午夜了，这些吃慈善饭的人，实在也太没有良心，太不负责任，太没有对众生的同类爱。幸而这病，还是轻的，假若是重病呢？这么的一搁，搁起十几个钟头，难道起死回生的耶稣奇迹，果真的还能在现代的二十世纪里再出来的么？

心里头这样在恨着急着，我以前额部抵住了凉阴阴的玻璃窗面，双眼尽在向窗外花园内的朦胧月色，和暗淡花阴，作无心的观赏。立了几分钟，怨了几分钟，在心里学着罗兰夫人的那句名句，叫着哭着：

“慈善呀慈善！在你这令名之下，真不知害死了多少无为的牺牲者，养肥了多少卑劣的圣贤人！”

直等怨恨到了极点的时候，忽而抬起头来一看，在微明的远处，在一堆树影的高头，金光一闪，突然间却看出了一个金色的十字架来。

“啊吓不对，圣母马利亚在显灵了！”

心里这样一转，自然而然地毛发也竖起了尖端。再仔细一望，那个金色十字架，还在月光里闪烁着，动也不动一动。注视了一会，我也有点怕起来了，就逃也似地将目光移向了别处。可是到了这逃避之所的一堆黑树荫中逗留得不久，在这黑沉沉的背景里，又突然显出了许多上尖下阔的白茫茫同心儿一样，比蜡烛稍短的不吉利的白色物体来。一朵两朵，七朵八朵，一眼望去，虽不十分多，但也并不少，这大约总是开残未谢的木兰花罢，为想自己宽一宽自己的心，这样以最善的方法解释着这一种白色的幻影，我就把身体一缩，退回自己床上来了。

进院后第二天的午前十点多钟，那位含着神秘的微笑的牧母又静静儿同游水似地来到了我的床边。

“医生说你害的是黄疸病，应该食淡才行。”

柔和地这样的说着，她又伸出手来为我诊脉。她以一只手捏住了我的臂，擎起另外一只手，在看她自己臂上的表。我一言不发，只是张大了眼在打量她的全身上下的奇异的线和色。

头上是由七八根直线和斜色线叠成的一顶雪也似的麻纱白帽子，白影下就是一张肉色微红的柔嫩得同米粉似的脸。因为是睡在那里的缘故，我所看得出来的，只是半张同《神曲》封面画上，印在那里的谭戴似的鼻梁很高的侧面形。而那只瞳仁很大很黑的眼睛哩，却又同在做梦似地向下斜俯着的。足以打破这沉沉的梦影，和静静的周围的两种刺激，便是她生在眼睑上眼睛上的那些很长很黑，虽不十分粗，但却也一根一根地明细分视得出来的眼睫毛和八字眉，与唧唧唧唧，只在她那只肥白的手臂上静走着的表针声。她静寂地俯着头，按着我的臂，有时候也眨着眼睛，胸口头很细很细的一低一高地吐着气，真不知道听了我几多时的脉，忽而将身体一侧，又微笑着正向着我显示起全面来了，面形是一张中突而长圆的鹅蛋脸。

“你的脉并不快，大约养几天，总马上会好的。”

她的富有着抑扬风韵的话，却是纯粹的北京音。

“是会好的么？不会死的么？”

“啐，您说哪儿的话？”

似乎是嫌我说得太粗暴了，嫣然地一笑，她就立刻静肃敏捷地走转了身，走出了房。而那个“啐，你说哪儿的话？”的余音，却同大钟鸣后，不肯立时静息般的尽在我的脑里耳咙咙地跑着绕圈儿的马。

医生隔日一来，而苦里带咸的药，一天却要吞服四遍，但足与这些恨事相抵而有余的，倒是那牧母的静肃的降临，有几天她来的次数，竟会比服药的次数多一两回。象这样单调无聊的修道院似的病囚生活，不消说是谁也会感到厌腻的，我于住了一礼拜医院之后，率性连医生也不愿他来，药也不想再服了，可是那牧母的诊脉哩，我却只希望她从早晨起就来替我诊视，一直到夜，不要离开。

起初她来的时候，只不过是含着微笑，量量热度，诊诊我的脉，和说几句不得不说的话而已。但后来有一天在我的枕头底下被她搜出了一册泥而宋版的Baudelaire的小册子后，她和我说的话也多了起来，在我床边逗留着的时间也一次一次的长起来了。

她告诉了我Soeurs de charite（白帽子会）的系统和义务，她也告诉了我罗曼加多力克教（Catechisme）的教义总纲领。她说她的哥哥曾经去罗马朝见过教皇，她说她的信心坚定是在十五年前的十四岁的时候。而她的所最对我表示同情的一点，似乎是因为我的老家的远处在北京，“一个人单身病倒了在这举目无亲的上海，哪能够不感到异样的孤凄与寂寞呢？”尤其是觉得巧合的，两人在谈话的中间，竟发现了两人的老家，都偏处在西城，相去不上二三百步路远，在两家的院子里，是都可以听得见北堂的晨钟暮鼓的。为有这种种的关系，我入院后经过了一礼拜的时候，觉得忌淡也没有什么苦处了，因为每次的膳事，她总叫厨子特别的为我留心，布丁上的奶油也特别的加得多，有几次并且为了医院内的定食不合我的胃口，她竟爱把她自己的几盆我可以吃的菜蔬，差男护士菲列浦一盆一盆的递送过来，来和我的交换。

象这样的在病院里住了半个多月，虽则医生的粗暴顽迷，仍旧改不过来，药味的酸咸带苦，仍旧是格格难吃，但小便中的绛黄色，却也渐渐地褪去，而柔软无力的两只脚，也能够走得动一里以上的路了。

又加以时节逼近了中夏，日长的午后，火热的太阳偏西一点，在房间里闷坐不住，当晚祷之前，她也常肯来和我向楼下的花园里去散一回小步。两人从庭前走出，沿了葡萄架的甬道走过木兰花丛，穿入菩提树林，到前面的假山石旁，有金色十字架竖着的圣母像的石坛圈里，总要在长椅上，坐到晚祷的时候，才走回来。

这舒徐闲适的半小时的晚步，起初不过是隔两日一次或隔日一次的，后来竟成了习惯，变得日日非去走不行了。这在我当然是一种无上的慰藉，可以打破一整天的单调生活，而终日忙碌的她似乎也在对这漫步，感受着无穷的兴趣。

又经过了一星期的光景，天气更加热起来了。园里的各种花木，都已经开落得干干净净，只有墙角上的一丛灌木，大约是蔷薇罢，还剩着几朵红白的残花，在那里妆点着景色。去盛夏想也已不远，而我也在打算退出这医药费昂贵的慈善医院，转回到北京去过夏去。可是心里虽则在这么的打算，但一则究竟病还没有痊愈，而二则对于这周围的花木，对于这半月余的生活情趣，也觉得有点依依难舍，所以一天一天的捱捱，又过了几天无聊的病囚日子。

有一天午后，正当前两天的大雨之余，天气爽朗晴和得特别可爱，我在病室里踱来踱去，心里头感觉得异样的焦闷。大约在铁笼子里徘徊着的新被擒获的狮子，或可以想象得出我此时的心境来，因为那一天从早晨起，一直到将近晚祷的这时候止，一整日中，牧母还不曾来过。

晚步的时间过去了，电灯点上了，直到送晚餐来的时候，菲列浦才从他的那件白衣袋里，摸出了一封信来，这不消说是牧母托他转交的信。

信里说，她今天上中央会堂去避静去了，休息些时，她将要离开上海，被调到香港的病院中去服务。若来面别，难免得不动伤感，所以相见不如不见。末后再三叮嘱着，教我好好的保养，静想想经传上的圣人的生活。若我能因这次的染病，而归依上帝，浴圣母的慈恩，那她的喜悦就没有比此更大的了。

我读了这一封信后，夜饭当然是一瓢也没有下咽。在电灯下呆坐了数十分钟，站将起来向窗外面一看，明蓝的天空里，却早已经升上了一个银盆似的月亮。大约不是十五六，也该是十三四的晚上了。

我在窗前又呆立了一会，旋转身就披上了一件新制的法兰绒的长衫，拿起了手杖，慢慢地，慢慢地，走下了楼梯，走出了楼门，走上了那条我们两人日日在晚祷时候走熟了的葡萄甬道。一程一程的走去，月光就在我的身上印出了许多树枝和叠石的影画。到了那圣母像的石坛之内，我在那张两人坐熟了的长椅子上，不知独坐了多少时候。忽而来了一阵微风，我偶然间却闻着了一种极清幽，极淡漠的似花又似叶的朦胧的香气。稍稍移了一移搁在支着手杖的两只手背上的头部，向右肩瞟了一眼，在我自己的衣服上，却又看出了一排非常纤匀的对称树叶的叶影，和几朵花蕊细长花瓣稀薄的花影来。

"啊啊！马缨花开了！"

毫不自觉的从嘴里轻轻念出了这一句独语之后，我就从长椅子上站起了身来，走回了病舍。

一九三二年六月

原载一九三二年八月一日《现代》第一卷第四期

秋柳

一

一间黑漆漆的不大不小的地房里，搭着几张纵横的床铺。与房门相对的北面壁上有一口小窗，从这窗里射进来的十月中旬的一天晴朗的早晨的光线，在小窗下的床上照出了一个二十五六岁的青年的睡容来。这青年的面上带着疲倦的样子，本来没有血色的他的睡容，因为房内的光线不好，更苍白得怕人。他的头上的一头漆黑粗长的头发，便是他的唯一的美点，蓬蓬的散在一个白布的西洋枕上。房内还有两张近房门的床铺，被褥都已折叠得整整齐齐，每日早起惯的这两张床的主人，不知已经往什么地方去了。这三张床铺上都是没有蚊帐的。

房里有两张桌子，一张摆在北面的墙壁下，靠着那青年睡着的床头，一张系摆在房门边上的。两张桌子上摊着些肥皂盒子，镜子，纸烟罐，文房具，和几本定庵全集《唐诗选》之类。靠着北面墙壁的那张桌子，大约是睡在床上的青年专用的，因为在那些杂乱的罐盒书籍的中间有一册红皮面的洋书和一册淡绿色的日记，在那黑暗的室内放异样的光彩。日记上面记着两排横字，“一九二一年日记”“于质夫”。洋书的名目是“The Earthly Paradise” by William Morris。

这地方只有一扇朝南的小门，门外就是阶檐，檐外便是天井。

从天井里射进来的太阳光线，渐渐的照到地房里来，地房里浮动着的尘埃在太阳光线里看得出来了。

床上睡着的青年开了半只眼睛，向门外一望，觉得阳光强烈，射得眼睛开不开来。朝里翻了一转身，他又嘶嘶的睡着了。正是早晨九点三五十分的样子，在僻静的巷内的这家小客栈里，现在恰当最静寂的时候，所以那青年得尽意贪他的安睡。

过了半点多钟，一个体格壮大，年约四十五六，戴一副墨色小眼镜，头上有一块秃的绅士跑了进来，走近青年的床边叫着。说：

“质夫！你昨晚上到什么地方去了？睡到此刻还没有起？”青年翻过身，擦擦眼睛，一边打呵欠，一边说：

“噢！明先！你走来得这样早！”

“已经快十点钟了，还要说早哩！你昨晚在什么地方？”

“我昨晚在吴风世家里讲闲话，一直坐到十二点钟才回来的。省长说开除闹事的几个学生，究竟怎么样了？”

“怕还有几天好等呢！”

听了这一句话，质夫就从他那蓝色纺绸被里坐了起来。披了一件留学时候做的大袖寝袍，他跑出了房门，便上后面厨房里去洗面刷牙去。

质夫眼看着了高爽的青天，一面刷牙，一面在那里想昨晚上和吴风世上班子里去的冒险事情。他洗完了面，回到房里来换洋服的时候，明先正坐在房门口的桌上看《唐诗选》。质夫换好了洋服，便对明先说：

“明先！我真等得不耐烦起来了，我们是来教书，并不是来避难的。这样在空中悬挂着的状态，若再经过一两个礼拜，怕我要变成极度的神经衰弱症呢！”

依质夫讲来，这一次法政专门学校的风潮，是很容易解决的。开除几个闹事的学生，由省长或教育厅长迎接校长教职员全体回校上课，就没有事了。而这一次风潮竟延宕至一星期多，还不能解决，都是因为省长无决断的缘故。他一边虽在这样的气愤，一边心里却有些希望这事件再延长几天的心思。因为法政学校远在城外，万一事件解决，搬回学校之后，白天他若要进城上班子里去，颇非容易，晚上进城，因城门早闭，进出更加不便，昨天晚上，吴风世替他介绍的那姑娘海棠，脸儿虽则不好，但是她总是一个女性。目下断绝女人有两三月之久的质夫，只求有一个女性，和她谈谈就够了，还要问什么美丑。况且昨晚上看见的那海棠，又好像非常忠厚似的，质夫已动了一点怜惜的心情，此后若海棠能披心沥胆的待他，他也想尽他的力量，报效她一番。

质夫和明先谈了一番闲话，便跑上大街上去闲逛去了。

二

长江北岸的秋风，一天一天的凉冷起来。法政学校风潮解决以后，质夫搬回校内居住又快一礼拜了。闹事的几个学生，都已开除，陆校长因为军阀李麦，总不肯仍复让他在那里做教育界的领袖，所以为学校的前途计，他自家便辞了职。那一天正是陆校长上学校最后的一日。

陆校长自到这学校以后，事事整顿，非但A地的教育界里的人都仰慕他，便是这一次闹事的几个学生，心里也是佩服的。一般中立的大多数的学生，当风潮发生的时候，虽不出来力争，但对陆校长却个个都畏之若父，爱之若母，一听他要辞职，便都变成失了牧童的迷羊，正不知道怎么才好。这几日来，学校的寄宿舍里，正同冷灰堆一样，连闲来讲话的时候，都没有一个发高声的人了。教职员中，大半都是陆校长聘请来的人，经了这一次风潮，并且又见陆校长去了，也都是点兔死狐悲的哀感。大家因为继任的校长，是同事中最老实的许明先的缘故，不能辞职，但是各人的心里都无执意，大约离散也不远了。

陆校长这一天一早就上了两个钟头课，把未完的讲义分给了一二两班的学生，退堂的时候对学生说：

“我为学校本身打算，还不如辞职的好，你们此后应该刻意用功，不要使人家说你们不成样子，那就是你们爱戴我的最好的表示。我现在虽已经辞职，但是你们的荣辱，我还在当作自家的荣辱看的。”

说了这几句话，一二两班里的学生眼圈都红了。

敲十点钟的时候，全校的学生齐集在大讲堂上，听陆校长的训话。

从容旷达的陆校长，不改常时的态度，挺着了五尺八寸长的身体，放大了洪钟似的喉音对学生说：

“这一次风潮的始末，想来诸君都已知道，不要我再说了。但是我在这里，李麦总不肯甘休，与其为我个人的缘故，使李麦来破坏这学校，倒还不如牺牲了我个人，保全这学校的好。我当临去的时候，三件事情，希望诸君以后能够守着。第一就是要注意秩序。没有秩序是我们中国人的通病，以后我希望诸君无论在什么时候，都能维持秩序。秩序能维持，那无论什么事情都能干了。第二是要保重身体。我们中国不讲究体育。所以国民大抵未老先衰，不能成就大事业，以后希望诸君能保重身体，使健全的精神得有健全的依附之所，那我们中国就有希望了。第三是要尊重学问。我们在气愤的时候，虽则说学问无用，正人君子，反遭毒害，但是九九归原，学问究竟是我们的根基，根基不固，终究不能成大事创大业的。”

陆校长这样简单的说了几句，悠悠下来的时候，大讲堂里有几处啼泣的声音，听得出来了。质夫看了陆校长的神色不动的脸色，看了他这一种从容自在的殉教者的态度，又被大讲堂内静肃的空气一压，早就有一种感伤的情怀存在了，及听了学生的暗泣声音，他立刻觉得眼睛里酸热起来。不待大家散会，质夫却一个人先跑回了房里。[①]

陆校长去校的那一天，质夫心里只觉得一种悲愤，无处可以发泄，所以下半天他也请了半天假，跑进城来，他在大街上走了一会，总觉得无聊之极，不知不觉，他的两脚就向了官娼聚集着的金钱巷走去。到了鹿和班的门口，正在迟疑的时候，门内站着的几个男人，却大声叫着说：

“引路！海棠姑娘房里！”

质夫听了这几声叫声，就不得不马上跑进去。海棠的矮小的假母，鼻子打了几条皱纹笑嬉嬉的走了出来。质夫进房，看见海棠刚在那里吃早饭的样子。她手里捏了饭碗，从桌子上站了起来。今天她的装饰与前次不同。头上梳了一条辫子，穿的是一件蓝缎子的棉袄，罩着一件青灰竹布的单衫，底下穿的是一条蟹青湖绉裤子。她大约是刚才起来，脸上的血色还没有流通，所以比前次更觉得苍白，新梳好的光泽泽的辫子，添了她一层可怜的样子。质夫走近她的身边问她说：

“你吃的是早饭还是中饭？”

“我们天天是这时候起床，没有什么早饭中饭的。”

这样讲了一句，她脸上露了一脸悲寂的微笑，质夫忽而觉得

---

① 此后原有小标题“三”。

她可爱起来，便对她说：

"你吃你的吧，不必来招呼我。"

她把饭碗收起来后，又微微笑着说：

"我吃好了，今天吴老爷为什么不来？"

"他还有事情，大约晚上总来的。"

假母拿了一枝三炮台来请质夫吸，质夫接了过来就对她说：

"谢谢！"

质夫在床沿上坐下之后，假母问他说：

"于老爷，海棠天天在等你，你怎么老是不来？吴老爷是天天晚上来的。"

"他住在城里，我住在城外，我当然是不能常同他同来的。"

海棠在旁边只是呆呆的听质夫和她假母讲闲话，既不来插嘴，也不朝质夫看一眼。她收住了一双倒挂下的眼睛，尽在那里吸一枝纸烟。

假母讲得没有话讲了，就把班子里近来生意不好，一月要开销几多，海棠不会待客的事情，断断续续的说了出来。质夫本来是不喜欢那假母，听了这些话更不快活了。所以他就丢下了她，走近海棠身边去，对海棠说：

"海棠，你在这里想什么？"

一边说一边质夫就伸出手向她面上摘了一把。海棠慢慢举起了她那迟钝的眼睛，对质夫微微的笑了一脸，就也伸出手来把质夫的手捏住了。假母见他两人很火热的在那里玩，也就跑了出去。质夫拉了海棠的手，同她上床去打横睡倒。两人脸朝着外面，头靠在床里叠好的被上。质夫对海棠看了一眼，她的两眼还是呆呆的在看床顶。质夫把自家的头靠上了她的胸际，她也只微微的笑了一脸。质夫觉得没有话好同她讲，便轻轻的问她说：

"你妈待你怎么样？"

她只回他说：

“没有什么。”

正这时候，一个长大肥胖的乳母抱了一个七八个月大的小娃娃进来了。海棠就从床上站起来，走上去看那小娃娃，质夫也跟了过来，质夫问她说：

“是你的小孩么？”

她摇着头说：

“不是，是我姊姊的。”

“你姊姊上什么地方去了？”

“不知道。”

这样的问答了几句，质夫把那小孩抱出来看了一遍，乳母就走往后间的房里去了。后间原来就是乳母的寝室。

质夫坐了一回，说了几句闲话，就从那里走了出来。他在狭隘的街上向南走了一阵，看看时间已经不早，便一个人走上一家清真菜馆里去吃夜饭。这家姓杨的教门馆，门面虽则不大，但是当柜的一个媳妇儿，生得俊俏得很，所以质夫每次进城，总要上那菜馆去吃一次。

质夫一进店门，他的一双灵活的眼睛就去寻那媳妇儿，但今天不知她上哪里去了，楼下总寻不出来。质夫慢慢的走上楼的时候，楼上听差的几个回子一齐招呼了他一声，他抬头一看，兜头却遇见了那媳妇儿。那媳妇儿对他笑了一脸，质夫倒红脸起来。因为他是穿洋服的，所以店里的人都认识他，他一上楼，几个听差的人就让他上那一间里边角上的小屋里去了。一则今天早晨的忧闷未散，二则午后去看海棠，又觉得她冷落得很，质夫心里总觉得怏怏不乐。得了那回民的女人的一脸微笑，他心里虽然轻快了些，但总觉得有点寂寞。写了一张请单，去请吴风世过来共饮的时候，他心里只在那里追想海外咖啡店里的情趣：

“要是在外国的咖啡店里，那我就可以把那媳妇儿拉了过来，抱在膝上。也可以口对口的接送几杯葡萄酒，也可以摸摸她的上下。唉，我托生错了，我不该生在中国的。”

“请客的就要回来了，点几样什么菜？”一个中年回民又来问了一声。

“等客来了再和你说！”

过了一刻，吴风世来了。一个三十一二，身材纤长的漂亮绅士，我们一见，就知道他是在花柳界有艳福的人。他的清秀多智的面庞，潇洒洒的衣服，讲话的清音，多有牵引人的迷力。质夫对他看了一眼，相形之下，觉得自家在中国社会上应该是不能占胜利的。风世一进质夫的那间小屋，就问说：

“质夫！怎么你一个人便跑上这里来？”

质夫就把刚才上海棠家去，海棠怎么怎么的待他，他心里想得没趣，就跑到这里来的情节讲了一遍。风世听了笑着说：

“你好大胆，在白日青天的底下竟敢一个人跑上班子里去。海棠那笨姑娘，本来是如此的，并不是冷遇。因为她不能对付客人，所以近来客人少得很。我因为爱她的忠厚，所以替你介绍的，你若不喜欢，我就同你上另外的班子里去找一个吧。”

质夫听了这话，回想了一遍，觉得刚才海棠的态度确是她的愚笨的表现，并不是冷遇，且又听说她近来客少，心里却起了一种侠义心，便自家对自家起誓说：

“我要救世人，必须先从救个人入手。海棠既是短翼差池的赶人不上，我就替她尽些力吧。”

质夫喝了几杯酒对吴风世发了许多牢骚，为他自家的悲凉激越的语气所感动，倒滴落了几滴自伤的清泪。讲到后来，他便放大了嗓子说：

“可怜那鲁钝的海棠，也是同我一样，貌又不美，又不能媚人，所以落得清苦得很。唉，侬未成名君未嫁，可怜俱是不如人。”

念到这里，质夫忽拍了一下桌子叫着说：

“海棠海棠，我以后就替你出力吧，我觉得非常爱你了。侬今葬花人笑痴，他年葬侬知是谁！”

点灯时候，吃完了晚饭，质夫马上想回学校去，但被风世劝了几次，他就又去到鹿和班里。那时候他还带着些微醉，所以对了海棠和风世的情人荷珠并荷珠的侄女清官人碧桃，讲了许多义侠的话。同戏院里唱武生的一样，质夫胸前一拍，半真半假的叫着说：

“老子原是仗义轻财的好汉，海棠！你也不必自伤孤冷，明朝我替你去贴一张广告，招些有钱的老爷来对你罢了！”

海棠听了这话，也对他啐了一声，今年才十五岁的碧桃，穿着男孩的长袍马褂，看得质夫的神气好笑，便跑上他的身边来叫他说：

“喂，你疯了么？”

质夫看看碧桃的形状，忽而感到了与他两月不见的吴迟生的身上去。所以他便跑上她的后面，把身子伏在她背上，要她背了到床上去和风世荷珠说话。

今晚上风世劝质夫上鹿和班海棠这里来，原来是替质夫消白天的气的。所以一进班子，风世就跟质夫走上了海棠房里。风世的情人荷珠和荷珠的侄女碧桃，因为风世在那里，所以也跑了过来。风世因为质夫说今晚晚饭吃了太饱，不能消化，所以就叫海棠的假母去买了一块钱鸦片烟，在床上烧着，质夫不能烧烟，就风世手里吸了一口，便从床上站了起来，和海棠碧桃在那里演那义侠的滑稽话剧。质夫伏在碧桃背上，要碧桃背上床沿之后，就拉了碧桃，睡倒在烟盘的这边，对面是风世，打侧睡在那里烧烟，荷珠伏在风世的身上，在和他幽幽的说话。质夫拉碧桃睡倒之后，碧桃却骑在他的身上，问起种种不相干的事物来。质夫认真的说明给她听，她也认真的在那里听着。讲了一忽，风世和荷珠的密语停止了。质夫听得他们密语停止后，倒觉得自家说的话说得太多了，便朝对面的荷珠看了一眼，荷珠也正呆呆的在那里看他和碧桃。两人的视线接触的时候，荷珠便喷笑了出来。这是荷珠特有的爱娇，质夫倒被她笑得脸红了。荷珠一面笑着，一面便对质夫说：

“你们倒像是要好的两弟兄！于老爷你也就做了我的侄儿罢！”

质夫仰起头来，对呆呆坐在床前椅子上的海棠说：

“海棠！荷珠要认我做侄儿，你愿意不愿意她做你的姑母？”

海棠听了也只微微的笑了一脸，就走到床沿上来坐下了。

质夫这一晚在海棠房里坐到十二点钟打后才出来，从温软光明的妓女房里，走到黑暗冷清的外面街上的时候，质夫忽而打了一个冷痉。他仰起头看看青天。从狭隘的街上只看见了一条长狭的苍茫无底的天空，浮了几颗明星，高高的映在清澄的夜气上面。一种欢乐后的孤寂的悲感，忽而把质夫的心地占领了。风世要留质夫住在城里，质夫怎么也不肯。向风世要了一张出城券，质夫就坐了人力车，从人家睡绝后的街上，跑向北门的城门下来。守城门的警察，看看质夫的洋装姿势，便默默的替他开了门。质夫下车出了城门，在一条高低不平的乡下道上，跌来碰去的走回学校里去。他的四周都是黑沉沉的夜气，仰起头来只见得一湾蓝黑无穷的碧落，和几颗明灭的秋星。一道城墙的黑影，和怪物似的盘踞在他的右手城壕的上面，从远处飞来的几声幽幽的犬吠声，好像是在城下唱送葬的挽歌的样子。质夫回到了学校里，轻轻叫开了门。摸到自家房里，点着了洋烛，把衣服换好睡下的时候，远处已经有鸡啼声叫得见了。

三

A城外的秋光老了。法政学校附近的菱湖公园里，凋落成一片的萧瑟景象，道旁的杨柳榆树之类，在清冷的早上，虽然没有微风，萧萧的黄叶也刹啦刹啦的飞坠下来。微寒的早晨，觉得温软的重衾可恋起来了。

天生的好恶性，与质夫的宣传合作了一处，近来游荡的风气竟在A地法政专门学校的教职员中间流行起来。

有一天质夫和倪龙庵许明先在那里谈东京的浪漫史的时候，忠厚的许明先红了脸，发了一声叹声说：

“人生的聚散，真奇怪得很！五六年前，我正在放荡的时候，有一个要好的妓女，不意中我昨天在朋友的席上遇见了。那妓女在五六年前，总要算是A地第一个阔窑子，后来跟了一个小白脸跑走了，失了踪迹。昨天席上我忽然见了她那一种憔悴的形容，倒吃了一惊。她说那小白脸已经死了，现在她改名翠云，仍在鹿和班里接客，她看了我的粗布衣服，好像也很为我担忧似的，问我现在怎么样，我故意垂头丧气的说‘我也潦倒得不堪’，倒难为她为我洒了一点同情的眼泪，并且教我闲空的时候上她那里去逛去。”

质夫听了这话也长叹了一声，含了悲凉的微笑，对明先念着说：

“尚有绨袍赠，应怜范叔寒，不知天下士，犹作布衣看。”

许明先走开之后，质夫便轻轻的对龙庵说：

“那鹿和班里，我也有一个女人在那里，几时带你去逛去吧，顺便也可以探探翠云皇后的消息。”

原来许明先接了陆校长的任，他们同事都比他作赵匡胤这一次的风潮，他们叫作陈桥兵变，因此质夫就把许明先的旧好称作了皇后。

这一次风潮之后，学校里的空气变得灰颓得很。教职员见了学生的面，总感着一种压迫。

质夫上课的时候，觉得学生的目光里都在那里说——你还在这里么！我们都不在可怜你，你也要走了吧？——因此质夫一听上课的钟响之后，心里总觉得迟迟不进，与风潮前的勇跃的心思却成了一个反对，有几天他竟有怕与学生见面的日子。一下课堂，他便觉得同从一种苦役放免了的人一样，感到几分轻快，但一想明天又要去上课，又要去看那些学生的不关心的脸色，心里就苦闷起来。到这时候，他就不得不跑进城去，或上那姓杨的教门馆去谋一个醉饱，或到海棠那里去消磨半夜光阴。所以风潮结束，第二次搬进学校之后，质夫总每天不得不进城去。看看他的同事，他也觉得他们是同他一样的在那里受精神上的苦痛。

质夫听了许明先的话，不知不觉对倪龙庵宣传了游荡的福音，并促他也上鹿和班去探探翠云的消息。倪龙庵听了却装出了一副惊恐的样子来对质夫说：

“你真好大的胆子，万一被学生撞见了，你怎么好？”

质夫回答他说：

“色胆天样的大。我教员可以不做，但是我的自由却不愿意被道德来束缚。学生能嫖，难道先生就嫖不得么？那些想以道德来攻击我们的反对党，你若仔细去调查调查，恐怕更下流的事情，他们也在那里干哟！”

这几句话说得倪龙庵心动起来，他那苍黄瘦长的脸上，也露了一脸微笑说：

“但是总应该隐秘些。”

第二天是星期六，下午没有课的。质夫吃完了午饭便跑进龙庵的房里去，悄悄地对龙庵说：

“今晚上我约定在海棠房里替她打一次牌，你也算一个搭子吧。一个是吴风世，一个是风世的朋友，我们叫他侄女婿的程叔和，你认得他不认得？现在我进城去了，在风世家里等你，你吃过晚饭，马上就进城来！”

日短的冬天下午六点钟的时候，A城的市街上已完全呈出夜景来了。最热闹的大街上，两面的店家都点上了电灯，掌柜的大口里卿卿的嚼着饭后的余粒，呆呆的站在柜台的周围，在那里看来往的行人。有一个女人走过的时候，他们就交头接耳的谈笑起来。从乡下初到省城里来的人，手里捏了烟管，慢慢的在四五尺宽的街上东望西看的走。人力车夫接铃接铃的响着车铃，一边放大了嗓子叫让路，骂人，一边拼命的在那里跑。车上坐的若是女人或妓女，他们叫得更加响，跑得更加快，可怜他们的变态性欲，除了这一刻能得着真真的满足之外，大约只有向病毒很多的土娼家去发泄的。狭斜的妓馆巷里，这时候正堆叠着人力车，在黄灰色的光线里，呈出活跃的景象来。菜馆的使者拿了小小的条子来之后，那些调和性欲的活佛，就装得光彩耀人，坐上人力车飞也似的跑去。有饮食店的街上，两边停着几乘杂乱的人力车，空气里散满了油煎鱼肉的香味，在那里引诱游惰的中产阶级，进去喝酒调娼。有几处菜馆的窗里，映着几个男女的影画，在悲凉的胡琴弦管的声音，和清脆的肉声传到外边寒冷灰黄的空气里来。底下站着一群无产的肉欲追求者，在那里隔水闻香。也有作了认真的面色，站着尝那肉声的滋味的，也有叫一声绝望的好，就慢慢走开的。

正是这时候，质夫和吴风世、倪龙庵慢慢的走下了长街，在金钱巷口，向四面看了一回，便匆匆的跑进去了。他们进巷走了两步，斗头遇着了一乘飞跑的人力车。质夫举头一看，却是碧桃、荷珠两人。碧桃穿着银灰缎子的长袍，罩着一件黑色铁机缎的小背心，歪戴了一顶圆形的瓜皮帽，坐在荷珠的身上。她那长不长方不方的小脸上，常有一层红白颜色浮着，一双目光射人的大眼睛，在这黑暗的夜色里同枭乌似的尽在那里凝视过路的人。

质夫一则因为她年纪尚小，天真烂漫，二则因为她有些地方很像吴迟生，本来是比海棠还要喜欢她，在这地方遇着，一见了这种样子，更加觉得痛爱，所以就赶上前去，一把拉住了那人力车叫着说：

“碧桃，你上什么地方去？”

碧桃用了她的还没有变浊的小孩的喉音说：“哦，你来了么？先请家去坐一坐，我们现在上第一春去出局去，就回来的。”

质夫听了她那小孩似的清音，更舍不得放她走，便用手去拉着她说：“碧桃你下来，叫荷珠一个人去就对了。你下来同我上你家去。”

碧桃也伸出了一只小手来把质夫的手捏住说：

“对不起，你先去吧，我就回来的，最多请你等十五分钟。”

质夫没有办法，把她的小手拿到嘴边上轻轻的咬了一口，就对她说：

“那么你快回来，我有要紧的话要和你说。”

质夫和倪吴二人到了海棠房里，她的床上已经有一个烟盘摆好在那里。他们三人在床上烧了一会烟，程叔和也来了。叔和的年纪约在三十内外，也是一个瘦长的人。脸上有几颗红点，带着一副近视眼镜，嘴角上似有若无的常含着些微笑。因为他是荷珠的侄女清官人碧桃的客人，所以大家都叫他作侄女婿。原来这鹿和班里最红的姑娘就是荷珠。其次是碧桃，但是碧桃的红不过是因荷珠而来的。质夫看了荷珠那俊俏的面庞，似笑非笑的形容，带些红黑色的强壮的肉色，不长不短的身材，心里虽然爱她，但是因她太红了，所以他的劫富济贫的精神，总不许他对荷珠怀着好感。吴风世是荷珠微贱时候的老客，进出已经有五六年了，非但荷珠对他有特别的感情，就是鹿和班里的主人，对他也有些敬畏之心。所以荷珠是鹿和班里最红的姑娘，吴风世是鹿和班里最有势力的嫖客，为此二层原因，鹿和班里的绰号，都是以荷珠、风世作中心点拟成的。这就是程叔和的绰号侄女婿的来历。

程叔和到后，风世就命海棠摆好桌子来打牌。正在摆桌子的时候，门外忽发了一阵乱喊的声音，碧桃跳进海棠的房里来了。碧桃刚跳出来，质夫同时也跑了过去，把她紧紧的抱住。一步一步的抱到床前，质夫就把碧桃推在程叔和身上说：

"叔和，究竟碧桃是你的人，刚才我在路上撞见，叫她回来，她怎么也不肯，现在你一到这里，你看她马上就跳了回来。"

程叔和笑着问碧桃说：

"你在什么地方出局？"

"第一春。"

"是谁叫的？"

"金老爷。"

质夫接着问说：

"荷珠回来没有？"

碧桃光着眼睛，尖了嘴，装着了怒容用力回答说：

"不晓得！"

桌子摆好了，吴风世倪龙庵程叔和就了席坐了。质夫本来不喜欢打牌，并且今晚想和碧桃讲讲闲话，所以就叫海棠代打。

他们四人坐下之后，质夫就走上坐在叔和背后的碧桃身边轻轻的说：

"碧桃，你还在气我么？"

这样说着，质夫就把两手和身体伏上碧桃的肩上去。碧桃把身子向左边一避，质夫却按了一个空，倒在叔和的背上，大家都笑起来。碧桃也笑得坐不住了，就站了起来逃，质夫追了两圈，才把她捉住。拿住了她的一只手，质夫就把她拖上床去，两个身体在叠着烟盘的一边睡下之后，质夫便轻轻的对她说：

“碧桃你是真的发了气呢还是假的？”

“真的便怎么样？”

“真的么？”

“嗳！真的，由你怎么样来弄我吧！”

“是真的么？那么我就爱死你了。”

这样的说了一句，质夫就狠命的把她紧抱了一下，并且把嘴拿近碧桃的脸上，重重的咬了一口，他脸上忽然挂下了两滴眼泪来。碧桃被他咬了一口，想大声的叫起来，但是朝他一看，见那灵活的眼睛里，含住了一泓清水，并且有两滴眼泪已经流在颊上，倒反而吃了一惊，就呆住了。质夫和她呆看了一忽，就轻轻的叫她说：

“碧桃，我有许多话要和你说，但是总觉得说不出来。”[①]

又停了一忽，质夫就一句一句幽幽的对她说：

“我三岁的时候，父亲就死了。那时候我们家里没有钱，穷得很。我在书房里念书，因为先生非常痛我的缘故，常要受学伴的欺，我哩，又没有气力，打他们不过，受了他们的欺之后，总老是一个人哭起来。我若去告诉先生哟，那么先生一定要罚他们啦，好，你若去告诉一次吧，下次他们欺侮我，一定得更厉害些。我若去告诉母亲哩，那么本来在伤心的可怜的我的娘，老要同我俩一道哭起来。为此我受了欺，也只能一个人把眼泪吞下肚子里去。我从那时候起，就一天一天的变成了一个小胆，没出息，没力量的人。十二岁的时候我见了一个我们街坊的女儿，心里我可是非常爱她，但是我呀，只能远远的看看她的影子，因为她一近我的身边，我就同要死似的难过。我每天想每晚想的想了

① 此后原有小标题“五”。

她二年，可是没有面对面的看过她一次。和她说话的时候，不消说是没有了，你说奇怪不奇怪？后来她同我的一位学伴要好了，大家都说她的坏话，我心里还常常替她辩护。现在她又嫁了另外的一个男人，听说有三四个小孩子生下了。十四岁进了中学校，又被同学欺得不得了。十八岁跟了我哥哥上日本去，只是跑来跑去的跑了七八年。他们日本人呀，欺我可更厉害了。到了今年秋天我才拖了这一个，你瞧吧，半死的身体回中国来。在上海哩，不意中遇着了一个朋友，他也是姓吴，他的样子同你不差什么，不过人还要比你小些。他病了，他的脸儿苍白得很，但是也很好看，好像透明的白玻璃似的。他说话的时候呀，声音也和你一样。同他在上海玩了半个月，我才知道以后我是少他不来了。但是和他一块儿住不上几天，这儿的朋友又打电报来催我上这儿来，我就不得不和他分开。我上船的那一天晚上，他来送我上船的时候，你猜怎么着，我们俩人哪，这样的抱住了，整哭了半夜啊。到了这儿两个月多，忙也忙得很，干的事情也没有味儿，我还没有写信去给他。现在天气冷了，我怕他的病又要坏起来呢！半个月前头由吴老爷替我介绍，我才认得了海棠和你。海棠相貌又不美，人又笨，客人又没有，我心里虽在痛她，想帮她一点忙，可是我也没有许多的钱，可以赎她出去。你这样的乖，这样的可爱，我看见了你，就仿佛见我的朋友姓吴的似的，但是你呀，你又不是我的人。因为你和海棠在一个班子里，我又不好天天来找你说什么话，你又是很忙的，我就是来也不容易和你时常见面，今天难得和你遇见了，你又是这样的有气了，你说我难受不难受？”

质夫悠悠扬扬的诉说了一番，说得碧桃也把两只眼睛合了下去。质夫看了她这副小孩似的悲哀的样子，心里更觉得痛爱，便又拼命的紧紧抱了一回。质夫正想把嘴拿上她脸上去的时候，坐在打牌的四个人，忽而大叫了起来。碧桃和质夫两人也同时跳出大床，走近打牌的桌子边上去。原来程叔和赢了一副三番的大牌，大家都在那里喝彩。

不多一忽，荷珠回来了。吴风世就叫她代打，他同质夫走上烟铺上睡倒了。质夫忽想起了许明先说的翠云，就问着说：

“风世，这班子里有一个翠云，你认识不认识？”

吴风世呆了一呆说：

“你问她干什么？”

“我打算为龙庵去叫她过来。”

“好极好极！”

吴风世便命海棠的假母去请翠云姑娘过来。

翠云半老了。脸色苍黄，一副憔悴的形容，令人容易猜想到她的过去的浪漫史上去，纤长的身体，瘦得很，一双狭长的眼睛里常有盈盈的两泓清水浮着，梳妆也非常潦草，有几条散乱的发丝挂在额上，穿的是一件天青花缎的棉袄，花样已不流行了，底下是一条黑缎子的大脚裤。她进海棠房里之后，质夫就叫碧桃为龙庵代了牌，自家作了一个介绍，让龙庵和翠云倒在烟铺上睡下。质夫和翠云龙庵风世讲了几句闲话，便走到碧桃的背后去看她打牌。海棠的假母拿了一张椅子过来让他坐了。质夫坐下看了一忽，渐渐把身体靠了过去，过了十五六分钟，他却和碧桃坐在一张椅子上了。他用一只手环抱着碧桃的腰部，一只手在那里帮她拿牌，不拿牌的时候质夫就把那只手摸到她的身上去，碧桃只作不知，默默的不响。

打牌打到十一点钟，大家都不愿意再打下去。收了场摆好一桌酒菜，他们就坐拢来吃。质夫因为今天和碧桃讲了一场话，心里觉得凄凉，又觉得痛快，就拼命的喝起酒来，这也奇怪，他今天晚上愈喝酒愈觉得神经清敏起来，怎么也喝不醉。大家喝了几杯，就猜起拳来。今天质夫是东家，所以先由质夫打了一个通关。碧桃叫了三拳，输了三拳，质夫看她不会喝酒，倒替她喝了两杯。海棠输了两拳，质夫也替她代了一杯酒。喝酒喝得差不多了，质夫就叫拿稀饭来。各人吃了一二碗稀饭，席就散了。躺在床上的烟盘边上，抽了两口烟，质夫就说：

“今天龙庵第一次和翠云相会，我们应该到翠云房里去坐一忽儿。”

大家赞成了，就一同上翠云房里去，说了一阵闲话，程叔和走了。质夫和龙庵风世正要走的时候，荷珠的假母忽来对质夫说：

“于老爷，有一件事情要同你商量，请你上海棠姑娘房里来一次。”

质夫莫名其妙，就跟上她上海棠房里去。质夫一走进房，海棠的假母就避开了。荷珠的假母先笑了一脸，慢慢的对质夫说：

“于老爷，我今晚有一件事情要对你说，不晓得你肯不肯赏脸？”

“你说出来吧！”

“我想替你做媒，请你今晚上留在这里过夜。”

质夫正在惊异，没有作答的时候，她就笑着说：

“你已经答应了，多谢多谢！”

听了这话，海棠的假母也走了出来，匆匆忙忙的对质夫说：

“于老爷，谢谢，我去对倪老爷吴老爷说一声，请他们先回去。”

质夫听了这话，看她三脚两步的走出门去了，心里就觉得不快活起来。质夫叫等一等，她却同不听见一样，径自出门去了。质夫就站了起来，想追出去，却被荷珠的假母一把拖住说：

“你何必出去，由他们回去就对了。”

质夫心里着起急来，想出去又难以为情，想不去又觉得不好。正在苦闷的时候，龙庵却同风世走了进来，风世笑微微的问质夫说：

“你今晚留在这里么？”

质夫急得脸红了，便格格的回答说：

“那是什么话，我定要回去的。”

荷珠的假母便制着质夫说：

“于老爷，你不是答应我了么？怎么又要变卦？”

质夫又格格的说：

“什么话，什么话，我……我何尝答应你来。”

龙庵青了脸跑到质夫面前，用了日本话对质夫说：

“质夫，我同你是休戚相关的，你今晚怎么也不应该在这里过夜。第一我们的反对党可怕得很。第二在这等地方，总以不过夜为是，免得人家轻笑你好色。”

质夫听了这话，就同大梦初醒的一样，决心要回去，一边用了英文对风世说：

“这是一种侮辱，他们太看我不起了。难道我对海棠那样的姑娘，还恋她的姿色不成？”

风世听了便对质夫好意的说：

“这倒不是这样的，人家都知道你对海棠是一种哀怜。你要留宿也没有什么大问题的，你若不愿意，也可以同我们一同回去的。”

龙庵又用了日本话对质夫说：

“我是负了责任来劝你的，无论如何请你同我回去。”

海棠的假母早已看出龙庵的样子来了，便跑出去把翠云叫了过来，托翠云把龙庵叫开去。龙庵与翠云跑出去后，质夫一边觉得被人家疑作了好色者，心里感着一种侮辱，一边却也有些好奇心，想看看中国妓女的肉体。他正脸涨得绯红，决不定主意的时候，龙庵又跑了进来，这一闪龙庵却变了态度。质夫举眼对他一看。用了目光问他计策的时候，他便说：

“去留由你自家决定吧。但是你若要在这里过夜，这事千万要守秘密。”

质夫也含糊答应说：

“我只怕两件事情，第一就是怕病，第二就是怕以后的纠葛。”

龙庵又用了日本话回答说：

“海棠病是没有的，刚才翠云已经对我说过了。”

风世又用英文接着说：

“竹杠她是不敢敲的。你明天走的时候付她二十块钱就对了。她以后要你买什么东西，你可以不答应的。”

质夫红了脸失了主意，迟疑不决的正在想的时候，荷珠的假母，海棠的假母和翠云就把风世龙庵两人拉了出去，一边海棠走进了房，含着了一脸忠厚的微笑，对着质夫坐下了。

四

海棠房里只剩下质夫海棠二人。质夫因为刚才的去留问题，神经已被他们搅乱了，所以不愿意说话。鲁钝的海棠也只呆呆的坐着，不说一句话，质夫只听见房外有几声脚步声，和大门口有几声叫唤声传来。被这沉默的空气一压，质夫的脑筋觉得渐渐镇静下去。停了一忽，海棠的假母走进房来轻轻的对质夫说：

“于老爷，对不起得很，间壁房里有海棠的一个客人在那里打牌，请你等一忽，等他去了再睡。”

质夫本来是小胆，并且有虚荣心的人，听了这话，故意装了一种恬淡的样子说：

“不要紧，迟一忽睡有什么。”

质夫默默地坐了三十分钟，觉得无聊起来，便命海棠的假母去拿鸦片烟来烧。他一个人在烧鸦片烟的时候，海棠就出去了。烧来烧去，质夫终究烧不好，好容易装好了一口，吸完之后，海棠跑了进来对假母幽幽的说：

“他去了。”

假母就催说：

“于老爷，请睡吧。”

把烟盘收好，被褥铺好之后，那假母就带上了门出去了。

质夫看看海棠，尽是呆呆的坐在那里，他心里却觉得不快，跑上去对她说了一声，他就一个人把衣服脱下来睡了。海棠只是不来睡，坐了一会，却拿了一副骨牌出来，好像在那里卜卦的样子。质夫看了她这一种愚笨的迷信，心里又好气，又好笑。

“大约她是不愿意的，否则何以这样的不肯睡呢。”

质夫心里这样一想，就忽而想得她可怜起来。

“可怜你这皮肉的生涯！这皮肉的生涯！我真是以金钱来蹂躏人的禽兽呀！”

他就决定今晚上在这里陪她过一夜，绝对不去蹂躏她的肉体。过了半点钟，她也脱下衣服来睡了，质夫让她睡好之后，用了围巾替她颈项围得好好，把她爱抚了一回，就叫她睡。自家却把头朝开了。过了三十分钟的样子，质夫心中觉得自家高尚得很，便想这样的好好睡一夜，永不去侵犯她的肉体。但是他愈这样的想愈睡不着，又过了一忽，他心里却起起冲突来了。

“我这样的高尚，有谁晓得。这事讲出去，外边的人谁能相信。海棠那蠢物，你在怜惜她，她哪里能够了解你的心。还是做俗人吧。”

心里这样一想，质夫就朝了转来，对海棠一看，这时候海棠还开着眼睛向天睡在那里。质夫觉得自家脸上红了一红，对她笑了一脸，就把她的两只手压住了。她也已经理会了质夫的心，轻轻的把身体动了一动。

本来是变态的质夫，并且曾经经过沧海的他，觉得海棠的肉体，绝对不像个妓女。她的脸上仍旧是无神经似的在那里向上呆看。不过到后来她的眼睛忽然连接的开闭了几次，微微的吐了几口气。那时窗外已经白灰灰的亮起来了。

五

久旱的天气，忽下了一阵微雨。灰黑的天空，呈出寒冬的气象来。北风吹到半空的电线上的时候，呜呜的鸣声，刺入人的心骨里去，无棉衣的穷民，又不得不起愁闷的时候到了。

质夫自从那一晚在海棠那里过夜之后，觉得学校的事情，愈无趣味。一边因为怕人家把自己疑作色鬼，所以又不愿再上鹿和班去，并且怕纯洁的碧桃，见了他更看他不起，所以他同犯罪的人一样，不得不在他那同牢狱似的房里蛰居了好几天。

那一天午后，天气忽然开朗起来。悠悠的青天仍复蓝碧得同秋空一样。他看看窗外的和煦的冬日，心里觉得怎么也不得不出去一次。但是一进城去，意志薄弱的他，又非要到金钱巷去不可。他正在那里想得无聊的时候，忽听见门房传进了几个名片来。他们原来是城内工业学校和第一中学校的学生，正在发行一种文艺旬刊，前几天曾与质夫通过两次信的。质夫一看了他们的名片，觉得现在的无聊，可以消遣了，就叫门房快请他们进来。

几个青年，都是很有精神，质夫听了他们那些生气横溢的谈话，觉得自家惭愧得很。及看到他们的一种向仰的样子，质夫真想跪下去，对他们忏悔一番。

“你们这些纯洁的青年呀！你们何苦要上我这里来。你们以为我是你们的指导者么？你们错了。你们错了。我有什么学问。我有什么见识。啊啊，你们若知道了我的内容，若知道了我的下流的性癖，怕大家都要来打我杀我呢！我是违反道德的叛逆者，我是戴假面的知识阶级，我是着衣冠的禽兽！”

他心里虽在这样的想，面上却装了一副严正的样子，同他们在那里谈文艺社会各种问题。谈了一个钟头，他们去了。质夫总觉得无聊，所以就换了衣服跑进城去。

原来A城里有两个研究文艺的团体，一个是刚才来过的这几个青年的一团，一个是质夫的几个学生和几个已在学校毕业在社会上干事的人的团体。前者专在研究文艺，后者是带着宣传文化事业的性质的。质夫因为学校的关系和个人的趣味上，与后者的一团人接触的机会比较多些，所以他们的一团人，竟暗暗里把质夫当作了一个指导者看。近来质夫因为放荡的结果，许久不把他们的一团人摆在心里了，刚才见了那几个工业和一中的青年学生，他心里觉得有些对那一团人不起的地方，所以就打算进城去看看他们。其实这也不过是他自家欺骗自家的口实，他的朦胧的意识里，早有想去看看碧桃海棠的心想存在了。

到了城里，上他们一团人的本部，附设在一高等小学里的新文化书店里去坐了一忽，他就自然而然的走上金钱巷去。在海棠房里坐了一忽，已经是上灯的时刻了。质夫问碧桃在不在家，海棠的假母说：

“她上游艺会去唱戏去了。”

这几天来华洋义赈会为募集捐款的缘故，办了一个游艺会。

女校书唱戏，也是游艺会里的一种游艺，年纪很轻，喜欢出出风头的碧桃，大约对这事是一定很热心的。

质夫听碧桃上游艺会去了，就也想去看看热闹，所以对海棠说：

“今晚我带你上游艺会去逛去吧。”

海棠喜欢得不了得，便梳头擦粉的准备起来。一边假母却去做了几碗菜来请质夫吃夜饭。质夫吃完了夜饭，与海棠约定了在游艺会的旧戏场的左廊里相会，一个人就先走了。

质夫一路走进了游艺会场，遇见了许多红男绿女，心里忽觉得悲寂起来。走到各女学校的贩卖场的时候，他看见他的一个学生正在与一个良家女子说话。他呆呆的立了一忽，马上就走开了，心里却在说：

“年轻的男女呀，要快乐正是现在，你们都尽你们的力量去寻快乐去罢。人生值得什么；不于少年时求些快乐，等得秋风凋谢的时候，还有什么呢！你们正在做梦的青年男女呀，愿上帝都成就了你们的心愿。我半老了，我的时代过去了。但愿你们都好，都美，都成眷属。不幸的事，不美的人，孤独，烦闷，都推上我的身来，我愿意为你们负担了去。横竖我是没有希望的了。”

这样的想了一遍，他却悔恨自家的青年时代白白的断送在无情的外国。

“如今半老归来，那些莺莺燕燕，都要远远地避我了。”

他的伤感的情怀，一时又征服了他的感情的全部，他便觉得自家是坐在一只半破的航船上，在日暮的大海中飘泊，前面只有黑云大浪，海的彼岸便是“死”。

在灿烂的电灯光里，喧扰的男女中间，他一个人尽在自伤孤独。

他先上女校书唱戏场去看了一回，却不见碧桃的影子。他的孤独的情怀又进了一层，便慢慢的走上旧戏场的左边去，向四边一看，海棠还没有来，他推进了座位，坐下去听了一忽戏，台上唱的正是《琼林宴》，他看到了姓范的什么人醉倒，鬼怪出来的时候，不觉笑了起来，以为中国人的神秘思想，却比西洋的还更合于实用。看得正出神的时候，他觉得肩上被人拍了一下。他回过头来一看，见碧桃和海棠站在他背后对他在那里微笑，他马上站了起来问她们说：

“你们几时来的？”

她们听不清楚，质夫就叫她们走出戏场来。在质夫周围看戏的人，都对了她们和质夫侧目的看起来了。质夫就俯了首，匆匆的从人丛中跑了出来。跑到宽旷的园里，他仰起头来看看寒冷的碧天，见有一道电灯光线红红的射在半空中。他头朝着了天，深深的吐了一口，慢慢的跟在他后面的海棠碧桃也来了。海棠含了冷冷的微笑说：

“我和碧桃都还没有吃饭呢！”

质夫就回答说：

“那好极了，我正想陪你们去喝一点酒。”

他们三人上场内宴春楼坐下之后，质夫偷看了几次碧桃的脸色，因为质夫自从那一晚在海棠那里过夜之后，还是第一次遇见碧桃，他怕碧桃待他要与从前变起态度来。但是碧桃却仍是同小孩子一样，与他要好得很。他看看碧桃那种无猜忌的天真，一边感着一种失望，一边却又有一种羞愧的心想起来。

他心里似乎说：

“像这样无邪思的人，我不该以小人之心待她的。”

质夫因为刚才那孤独的情怀，还没有消失，并且又遇着了碧桃，心里就起了一种特别的伤感，所以一时多喝了几杯酒。吃完了饭，碧桃说要回去，质夫留她不住，只得放她走了。

质夫陪着海棠从菜馆下来的时候，已觉得有些昏昏欲睡的样子，胡乱的跟海棠在会场里走了一转，觉得疲倦起来，所以就对海棠说：

“你在这里逛逛，我想先回家去。”

“回什么地方去？”

“出城去。”

“那我同你出去，你再上我们家去坐一会吧。”

质夫送她上车，自家也雇了一乘人力车上金钱巷去。一到海棠房里他就觉得想睡，说了二句闲话，就倒在海棠床上和衣睡着了。

质夫醒来，已经是十一点五十分的样子。假母问他要不要什么吃，他也觉得有些饿了，便托她去叫了两碗鸡丝面来。质夫看看外面黑的很，一个人跑出城去有些怕人，便听了假母的话，又留在海棠那里过夜了。

六

妓家的冬夜渐渐地深起来了。质夫吃了面，讲了几句闲话，与海棠对坐在那里玩骨牌，忽听见后头房里一阵哄笑声和爆竹声传了过来。质夫吃了一惊，问是什么。海棠幽幽的说：

“今天是菊花的生日，她老爷替她在放爆竹。”

质夫听了这话，看看海棠的悲寂的面色，倒替海棠伤心起来。

因为这班子里客最少的是海棠，现在只有一个质夫和另外一个年老的候差的人。那候差的人现在钱也用完了，听说不常上海棠这里来。质夫也是于年底下要走的。一年中间最要用钱的年终，海棠怕要变得一个客也没有。质夫想到了这里，就不得不为海棠担起忧来。将近二点的时候，假母把门带上了出去，海棠质夫就脱衣睡了。

正在现实与梦寐的境界上浮游的时候，质夫忽听见床背后有霍霍的响声，和竹木的爆裂声音传过来。他一开眼睛，觉得房内帐内都充满了烟雾，塞得吐气不出，他知道不好了。用力把海棠一把抱起，将她衣裤拿好，质夫就以命令似的声音对她说：

“不要着忙，先把裤子衣服穿好来，另外的一切事情，有我在这里，不要紧，不要着忙！”

他话没有讲完，海棠的假母也从门里跌了进来，带了哭声叫着说：

“海棠，不好了，快起来，快起来！”

质夫把衣服穿好之后，问海棠说：

“你的值钱的物事摆在什么地方的？”

海棠一边指着那床前的两只箱子，一边发抖哭着说：

“我的小宝宝，我的小宝宝，小宝宝呢？”

质夫一看海棠的样子，就跳到里间房里去，把那乳母和小宝宝拉了出来，那时的火焰已经烧到了里间屋里了，质夫吩咐乳母把小孩抱出外面去。他就马上到床上把一条被拿了下来摊在地板上，把海棠的几件挂在那里的皮袄和枕头边上的一条首饰箱丢在被里，包作了一包，与一只红漆的皮箱一并拖了出去。外边已经有许多杂乱的人冲来冲去的搬箱子包袱，质夫出了死力的奔跑，才把一只箱子和一个被包搬到外面。他回转头来一看，看见海棠和她的假母一边哭着，一边抬了一床帐子跟在后面。质夫把两件物事摆下，吐了一口气，忽见边上有一乘人力车走过，他就拉住了人力车，把箱子摆了上去，叫海棠和一个海棠房外使用的男人跟了车子向空地里去看管。

质夫又同假母回进房来，搬第二次的东西，那时候黑烟已经把房内包紧了。质夫和假母抬了第二次东西出来的时候，门外忽遇着了翠云。她披散了头发在那里哭喊。质夫问她，怎么样？她哭着说：

“菊花的房同我的连着，我一点东西也没有拿出来，烧得干干净净了。”

质夫就把假母和东西丢下，再跑到翠云房里去一看，她房里的屋椽已经烧着坍了下来，箱子器具都炎炎的燃着了。质夫不得已就空手的跑了出来，再来寻翠云，又寻她不着。质夫跑到碧桃房里去一看，见她房里有四个男人坐着说：

“碧桃荷珠已经往外边去了。她们的东西由我们在这里守着，万一烧过来的时候，我们会替她搬的，请于老爷放心。”

原来荷珠碧桃的房在外边，与菊花翠云的房隔两个天井，所以火势不大，可以不搬的，质夫听了便放了心，走出来上空地里去找海棠去。质夫到空地里的时候，就看见海棠尽呆呆的站在那里。

因为她太出神了，所以质夫走上她的背后。她也并不知道。质夫也不去惊动她，便默默的站在她的背后，过了三五分钟，一个四十五六，面貌瘦小，鼻头红红的男人走近了海棠的身边问她说：

“我们的小孩子呢？”

海棠被他一问，倒吃了一惊，一见是他，便含了笑容指着乳母说：

“你看！”

“你惊骇了么？”

“没有什么。”

质夫听了，才知道这便是那候差的人，那小娃娃就是他与海棠的种了，质夫看看那男人，觉得他的面貌，卑鄙得很，一联想到他与海棠结合的事情，竟不觉打起冷痉来。他摇了一摇头，对海棠的背后丢了一眼轻笑的眼色，就默默的走了。

那一天因为没有风，并且因为救火人多，质夫出巷外的时候火已经灭了。东方已有一线微明，鸡叫的声音有几处听得出来。质夫一个人冒了侵早的寒冷空气，从灰黑清冷的街上一步一步的走上北门城下去。他的头脑，为夜来的淫乐与失火时候的杂闹搅乱了，觉得思想混杂得很，但是在这混杂的思想里，他只见一个红鼻头的四十余岁的男子的身体和海棠的矮小灰白的肉体合在一处，浮在他的眼前。他在游艺场中感得的那一种孤独的悲哀，和一种后悔的心思混在一块，笼罩上他的全心。

七

第二天寒空里忽又萧萧的下起雨来。倪龙庵感冒了风寒，还睡在床上，质夫一早就跑上龙庵的房，将昨晚失火的事情讲给了他听，他也叹着说：

“翠云真是不幸呀！可惜我又病了，不能去看她，并且现在身边钱也没有。不能为她尽一点力。”

质夫接着说：

“我想要明先出五十元，你出五十元，我出五十元，送她。教她好做些更换的衣服。下半天课完之后，打算再进城去看她，海棠的东西我都为她搬出了，大约损失也是不多的。”

这一天下午，质夫冒雨进城去一看，鹿和班只烧去了菊花翠云的两间房子和海棠的里半间小屋。海棠的房间，已经用了木板修盖好，海棠一家，早已搬进去住好了。质夫想问翠云的下落，海棠的假母只说不知道，不肯告诉质夫。质夫坐了一会出来的时候，却遇见了碧桃。碧桃红了一红脸，笑质夫说：

“你昨晚上没有惊出病来么？”

质夫跑上前去把她一把拖住说：

“你若再讲这样的话，我又要咬你的嘴了。”

她讨了饶，质夫才问她翠云住在什么地方。她领了质夫走上巷口的一间同猪圈似的屋里去。一间潮湿不亮的丈五尺长的小屋里坐满了些假母妓女在那里吊慰翠云。翠云披散了头发，眼睛哭得红肿，坐在她们的中间。质夫进去叫了一声：

“翠云！”

觉得第二句话说不出来，鼻子里也有些酸起来了。翠云见了质夫，就又哭了起来。那些四周坐着的假母妓女走散之后，翠云才断断续续的哭着说：

“于老爷，我……我……我……怎么……怎么好呢！现在连被褥都没有了。”

质夫默坐在了好久，才慢慢地安慰她说：

“偏是龙庵这几天病了，不能过来看你。但我已经同他商量过，大约他与许明先总能帮你的忙的。”

质夫看看她的周围，觉得连梳头的镜盒都没有，就问她说：

“你现在有零用钱没有？”

她又哭着摇头说：

“还……还有什么！我有八十几块的钞票全摆在箱子里烧失了。”

质夫开开皮包来一看里面还有七八张钞票存在，便拿给了她说：

“请你收着，暂且当作零用吧。你另外还有什么客人能帮你的忙？”

“另外还有一二个客人，都是穷得同我一样。”

质夫安慰了她一番，约定于明天送五十块钱过来，便走回学校内去。

八

耶稣的圣诞节近了。一九二一年所余也无几了。晴不晴，雨不雨的阴天连续了几天，寒空里堆满了灰黑的层云。今年气候说比往年暖些，但是A城外法政专门学校附近的枯树电杆，已在寒风里发起颤来了。

质夫的学校里，为考试问题与教职员的去留问题，空气紧张起来。学生向校长许明先提出了一种要求，把某某某某的几个教员要去，某某某某的几个教员要留的事情，非常强硬的说了，质夫因为是陆校长聘来的教员，并且明年还不得不上日本去将卒业论文提出，所以学生来留的时候，确实的复绝了。

其中有一个学生，特别与质夫要好，大家推他来留了几次，质夫只讲了些伤心的话，与他约了后会，宛转的将不能再留的话说给他听。

那纯洁的学生听了质夫的殷殷的别话，就在质夫面前哭了起来，质夫的灰颓的心，也被他打动了。但是最后质夫终究对他说：

“要答应你再来也是不难，但现在虽答应了你，明年若不能来，也是无益的。这去留的问题，我们暂且不讲吧。”

同事中间，因为明年或者不能再会的缘故，大家轮流请起酒来，这几日质夫的心里，为淡淡的离情充满了。

有一个星期六晚上，质夫喝醉了酒，又与龙庵风世上鹿和班去，那时候翠云的房间也修益好了。烧烧鸦片烟，讲讲闲话，已经到了十二点钟，质夫想同海棠再睡一夜，就把他今晚不回去的话说了。龙庵风世走后，海棠的假母匆匆促促地对质夫说：

“今晚对不起得很，海棠要上别处去。”

质夫一时涨红了脸，心里气愤得不堪，但是胆量很小虚荣心很大的质夫，也只勉强的笑了一脸，独自一个人从班子里出来，上寒风很紧的长街上走回学校里去。本来是生的闷汰儿的他，因想尝尝那失恋的滋味，故意车也不坐，在冷清的街上走向北门城下去。他一路走一路想：

“连海棠这样丑的人都不要我了。啊啊，我真是世上最孤独的人了，真成了世上最孤独的人了啊！”

这些自伤自悼的思想，他为想满足自家的感伤的怀抱，当然是比事实还更夸大的。

学校内考试也完了。学生都已回家去了。质夫因为试卷没有看完，所以不得不迟走几天，约定龙庵于三日后乘船到上海去。

到了要走的前晚，他总觉得海棠人还忠厚，那一晚的事情，全是那假母弄的鬼。虽然知道天下最无情的便是妓女，虽然知道海棠还有一个同她生小孩的客在，但是生性柔弱的质夫，觉得这样的别去，太是无情。况且同吴迟生一样的那纯洁的碧桃，无论如何，总要同她话一话别。况这一回别后，此生能否再见，事很渺茫，即便能够再见，也不知更在何日。所以那一晚质夫就作了东，邀龙庵风世碧桃荷珠翠云海棠在小蓬莱菜馆里吃饭。

质夫看看海棠那愚笨的样子，与碧桃的活泼，荷珠的娇娆，翠云的老练一比，更加觉得她可怜。喝了几杯无聊的酒，质夫就招海棠出席来，同她讲话。他自家坐在一张藤榻上，教海棠坐在他怀里。他拿了三张十元的钞票，轻轻的塞在她的袋里。把她那只小的乳头捏弄了一回，正想同她亲一亲嘴走开的时候，那红鼻子的卑鄙的面貌，又忽然浮在他的眼前。

质夫幽幽的向她耳跟前说了一句“你先回去吧”。就站了起来，走回到席上来了。海棠坐了一忽，就告辞了，质夫送了她到了房门口，想她再回转头来看一眼的，但是愚笨的海棠，竟一直的出去了。

海棠走后，质夫忽觉兴致淋漓起来，接连喝了二三杯酒，他就红了眼睛对碧桃说：

“碧桃，我真爱你，我真爱你那小孩似的样子。我希望你不要把自家太看轻了。办得到请你把你的天真保持到老，我因为海棠的缘故，不能和你多见几面，是我心里很不舒服的一件事情，可是你给我的印象，比什么人更深，我若要记起忘不了的人来，那么你就是其中的一个。我这一次回上海后，不知道能不能和我的姓吴的好朋友相见，我若见了他，定要把你的事情讲给他听。我那一天晚上对你讲的那个朋友，你还想得起来么？”

质夫又举起杯来干了一满杯，这一次却对翠云说：

“翠云，你真是糟糕。嫁了人，男人偏会早死，这一次火灾你又烧在里头，但是……翠云……我们人是很容易老的，我说，翠云，你别怪我，还是早一点跟人吧！”

几句话说得翠云掉下眼泪来，一座的人都沉默了。吴风世觉得这沉默的空气压迫不过，就对质夫说：

“我们会少离多，今晚上应该快乐一点。我们请碧桃唱几出戏吧！”

大家都赞成了，碧桃还是呆呆的在那里注视质夫，质夫忽对碧桃说：

“碧桃，你看痴了么？唱戏呀！”

碧桃马上从她的小孩似的悲哀状态回复了转来，琴师进来之后，碧桃问唱什么戏，质夫摇头说：

“我不知道，由你自家唱！”

碧桃想了一想，就唱了一段《打棍出箱》，正是质夫在游艺会里听过的那一段。质夫听她唱了一句，就走上窗边坐下。他听听她的悲哀的清唱，看看窗外沉沉的暗夜，觉得一种莫名其妙的哀思忽而涌上心来。不晓是什么缘因，他今晚上觉得心里难过的很，听碧桃唱完了戏，胡乱的喝了几杯酒，他就别了碧桃荷珠翠云，跑回家来，龙庵风世定要他上鹿和班去，他怎么也不肯，竟一个人走了。

九

一九二一年十二月二十八日的晚上，A城中的招商码头上到了一只最新的轮船，一点钟后，要开往上海去的。在上船下船的杂闹的人丛中，在黄灰灰的灯影里，质夫和龙庵立在码头船上和几个来送的人在那里讲闲话，围着龙庵的是一群学校里的同事和许明先，围着质夫的是一群青年，其中也有他的学生，也有A 地的两个青年团体中的人。质夫一一与他们话别之后，就上舱里去坐了。不多一忽船开了，码头上的杂乱的叫唤声，也渐渐的听不见了。质夫跑上船舷上去一看，在黑暗的夜色里，只见A地的一排灯火，和许多人家的黑影，在一步一步的退向后边去，他呆呆的立了一会，见A省城只剩了几点灯影了。又看了一忽，那几点灯影也看不出来了。质夫便轻轻的说：“人生也是这样的吧！吴迟生不知道在不在上海了。”

一九二二年七月初稿

一九二四年十月改作

（原载1924年12月14、16、24日《晨报副镌》）

微雪的早晨

这一个人，现在已经不在世上了，而他的致死的原因，一直到现在还没有明白。

他的面貌很清秀，不像是一个北方人。我和他初次在教室里见面的时候，总以为他是江浙一带的学生；后来听他和先生说话的口气，才知道他是北直隶产。在学校的寄宿舍里和他同住了两个月，在图书室里和他见了许多次数的面，又在一天礼拜六的下午，和他同出西便门去骑了一次骡子，才知道他是京兆的乡下，去京城只有十八里地的殷家集的农家之子，是在北京师范毕业之后，考入这师范大学里来的。

一般新进学校的同学，都是趾高气扬的青年，只有他，貌很柔和，人很谦逊，穿着一件青竹布的大褂，上课的第一天，就很勤恳的拿了一支铅笔和一册笔记簿，在那里记录先生所说的话。

当时我初到北京，朋友很少。见了一般同学，又只是心虚胆怯，恐怕我的穷状和浅学被他们看出，所以到学校后的一个礼拜之中，竟不敢和同学攀谈一句话。但是对于他，我心里却很感着几分亲热，因为他的座位，是在我的前一排，他的一举一动，我都默默的在那里留心的看着，所以对于他的那一种谦恭的样子，及和我一样的那种沉默怕羞的态度，心里却早起了共鸣。

是我到学校后第二个星期的一天早晨，我一早就起了床，一个人在操场里读英文。当我读完了一节，静静地在翻阅后面的没有教过的地方的时候，我忽而觉得背后仿佛有人立在那里的样子。回头来一看，果然看见他含了笑，也拿了一本书，立在我的背后去墙不过二尺的地方，在那里对我看着。我回过头来看他的时候，同时他就对我说："您真用功啊！"我倒被他说得脸红了！也只好笑着对他说："您也用功得很！"

从这一回之后，我们俩就谈起天来了。两个月之后，因为和他在图书室里老是在一张桌上看书的原因，所以交情尤其觉得亲密。有一天礼拜六，天气特别的好，前夜下的雨，把轻尘压住，晚秋的太阳晒得和暖可人，又加以午后一点钟教育史，先生请假，吃了中饭之后，两个人在阅报室里遇见了，便不约而同的说出了一句话来：

"天气真好极了，上哪儿去散散步罢！"

我北京的地理不熟悉，所以一个人不大敢跑出去。到京住了两月之久，在礼拜天和假日里去过的地方，只有三殿和中央公园。那一天因为天气太好，很想上郊外去走走，一见了他，就临时想定了主意，喊出了那一句话来。同时他也仿佛在那里想上城外去跑，见了我，也自然而然的发了这一个提议，所以我们俩不待说第二句话，就走上了向校门的那条石砌的大路。走出校门之后，第二个问题就起来了。"上哪里去呢？"

在琉璃厂正中的那条大道上，朝南迎着日光走了几步，他就笑着问我说：

"李君，你会骑骡儿不会？"

我在苏州住中学住过四年，骡子是当然会骑的，听了他那一句话，忽而想起了中学时代骑骡子上虎丘去的兴致来，所以马上就赞成说：

“北京也有骡子么？让我们去骑骑试试！”

“骡儿多得很，一出城门就有，我就怕你不会骑呀。”

“我骑倒是会骑的。”

两人说说走走，到西便门附近的时候，已经是快两点了。雇好了骡子，骑向白云观去的路上，身上披满了黄金的日光，肺部饱吸着西山的爽气，我们两人觉得做皇帝也没有这样的快乐。

北京的气候，一年中以这一个时期为最好。天气不寒不热，大风期还没有到来。净碧的长空，返映着远山的浓翠，好象是大海波平时的景象。况且这一天午后，刚当前夜小雨之余，路上微尘不起，两旁的树叶还未落尽的洋槐，榆树的枝头，青翠欲滴，大有首夏清和的意思。

出了西便门，野田里的黍稷都已收割起了，农夫在那里耕锄播种的地方也有，但是大半的地上都还清清楚楚的空在那里。

我们骑过了那乘石桥，从白云观后远看西山的时候，两个人不知不觉的对视了一回，各作了一种会心的微笑，又同发了一声赞叹：

“真好极了！”

出城的时候，骡儿跑得很快，所以在白云观里走了一阵出来，太阳还是很高。他告诉我说：

“这白云观，是道士们会聚的地方。清朝慈德太后也时常来此宿歇。每年正月自初一起到十八止，北京的妇女们游冶子来此地烧香驰马的，路上满都挤着。那时候桥洞底下，还有老道坐着，终日不言不语，也不吃东西，说是得道的。老人堂里更坐着一排白发的道士，身上写明几百岁几百岁，骗取女人们的金钱不少。这一种妖言惑众的行为，实在应该禁止的，而北京当局者的太太小姐们还要前来膜拜施舍，以夸她们的阔绰，你说可气不可气？”

这也是令我佩服他不置的一个地方，因为我平时看见他尽是一味的在那里用功，然而谈到了当时的政治及社会的陋习，他却慷慨激昂，讲出来的话句句中肯，句句有力，不象是一个读死书的人。尤其是对于时事，他发的议论，激烈得很，对于那些军阀官僚，骂得淋漓尽致。

我们走出了白云观，因为时候还早，所以又跑上前面天宁寺的塔下去了一趟。寺里有兵驻扎在那里，不准我们进去，他去交涉了一番，也终于不行。所以在回来的路上，他又切齿的骂了一阵：

“这些狗东西，我总得杀他们干净。我们百姓的儿女田庐，都被他们侵占尽了。总有一天报他们的仇。”

经过了这一次郊外游行之后，我们的交情又进了一步。上课的时候，他坐在我的前头，我坐在他的后一排，进出当然是一道。寝室本来是离开两间的，然而他和一位我的同房间的办妥了交涉，竟私下搬了过来。在图书室里，当然是一起的。自修室却没有法子搬拢来，所以只有自修的时候，我们两人不能同伴。

每日的日课，大抵是一定的。平常的时候，我们都到六点半钟就起床，拿书到操场上去读一个钟头。早饭后上课，中饭后看半点钟报，午后三点钟课余下来，上图书室去读书。晚上自修两个钟头，洗一个脸，上寝室去杂谈一会，就上床睡觉。我自从和他住在一道之后，觉得兴趣也好得多，用功也更加起劲了。

可是有一点，我时常在私心害怕，就是中学里时常有的那一种同学中的风说。他的相儿，虽则很清秀，然而两道眉毛很浓，嘴唇极厚，一张不甚白皙的长方脸，无论何人看起来，总是一位有男性美的青年。万一有风说起来的时候，我这身材矮小的南方人，当然要居于不利的地位。但是这私心的恐惧，终没有实现出来，一则因为大学生究竟比中学生知识高一点，二则大约也是因为他的勤勉的行为和凛不可犯的威风可以压服众人的缘故。

这样的又过去了两个月，北风渐渐的紧起来，京城里的居民也感到寒威的逼迫了，我们学校里开始考试，到了旧历十二月底边，便放了年假。

同班的同学，北方人大抵是回家去过年的；只有贫而无归的我和其他的二三个南方人，脸上只是一天一天的在枯寂下去，眼看得同学们一个一个的兴高采烈地整理行箧，心里每在洒丧家的含泪。同房间的他因为看得我这一种状况，也似乎不忍别去，所以考完的那一天中午，他就同我说：

“年假期内，我也不打算回去，好在这儿多读一点书。”但考试完后的两大，图书室也闭门了，同房间的同学只剩了我和他的两个人。又加以寝室内和自修室里火炉也没有，电灯也似乎灭了光，冷灰灰的蛰伏在那里，看书终究看不进去。若去看戏游玩呢，我们又没有这些钱，上街去走走呢，冰寒的大风灰沙里，看见的又都是些残年的急景和往来忙碌的行人。

到了放假后的第三天，他也垂头丧气的急起来了。那一天早晨，天气特别的冷，我们开了眼，谈着话，一直睡到十点多钟才起床。饿着肚在房里看了一回杂志，他忽儿对我说：

“李君，我们走罢，你到我们乡下去过年好不好？”

当他告诉我不回家去过年的时候，我已经看出了他对我的好意，心里着实的过意不去，现在又听了他这话，更加觉得对他不起了，所以就对他说：

“你去吧！家里又近，回家去又可以享受夫妇的天伦之乐，为什么不回去呢？”

但他无论如何总不肯一个人回去，从十点半钟讲起，一直讲到中午吃饭的时候止，他总要我和他一道，才肯回去。他的脾气是很古怪的，平时沉默寡言，凡事一说出口，却不肯改过口来。

我和他相处半年，深知他有这一种执拗不弯的习气，所以到后来就终究答应了他，和他一道上他那里去过年。

那一天早晨很冷，中午的时候，太阳还躲在灰白的层云里，吃过中饭，把行李收拾了一收拾，正要雇车出去的时候，寒空里却下起鹅毛似的雪片来了。

雇洋车坐到永定门外，从永定门我们再雇驴车到殷家集去。路上来往的行人很少，四野寥阔，只有几簇枯树林在那里点缀冬郊的寂寞。雪片尽是一阵一阵的大起来，四面的野景，渺渺茫茫，从车篷缺处看出去，好象是披着了一层薄纱似的。幸亏我们车是往南行的，北风吹不着，但驴背的雪片积得很多，溶化的热气一道一道的偷进车箱里来，看去好象是驴子在那里出汗的样子。

冬天的短日，阴森森的晚了，驴车里摇动虽则很厉害，但我已经昏昏的睡着。到了他摇我醒来的时候，我同做梦似的不晓得身子在什么地方。张开眼睛来一看，只觉得车篷里黑得怕人。他笑着说：

“李君！你醒醒吧！你瞧，前面不是有几点灯火看见了么？那儿就是殷家集吓！”

又走了一阵，车子到了他家的门口，下车之后，我的脚也盘坐得麻了。走进他的家里去一看，里边却宽敞得很。他的老父和母亲，喜欢得了不得。我们在一盏煤油灯下，吃完了晚饭，他的媳妇也出来为我在一张暖炕上铺起被褥来。说起他的媳妇，本来是生长在他家里的童养媳，是于去年刚合婚的。两只脚缠得很小，相儿虽则不美，但在乡下也不算很坏。不过衣服的样子太古，从看惯了都市人士的我们看来，她那件青布的棉袄，和紧扎着脚的红棉裤，实在太难看了。这一晚因为日间在驴车上摇摆了半大，我觉得有点倦了，所以吃完晚饭之后，一早就上炕去睡了。他在里间房里和他父母谈了些什么，和他媳妇在什么时候上炕，我却没有知道。

在他家里过了一个年，住了九天，我所看出的事实，有两件很使我为他伤心：第一是他婚姻的不如意，第二是他家里的贫穷。

北方的农家，大约都是一样的，终岁劳动，所得的结果，还不够供政府的苛税。他家里虽则有几十亩地，然而这几十亩地的出息，除了赋税而外，他老父母的饮食和媳妇儿的服饰，还是供给不了的。他是独养儿子，父亲今年五十多了。他前后左右的农家的儿子，年纪和他相上下的，都能上地里去工作，帮助家计，而他一个人在学校里念书，非但不能帮他父亲，并且时时还要向家里去支取零用钱来买书购物。到此，我才看出了他在学校里所以要这样减省的原因。唯其如此，我和他同病相怜，更加觉得他的人格的高尚。

到了正月初四，旧年的雪也融化了，他在家里日日和那童养媳相对，也似乎十分的不快，所以我就劝他早日回京，回到学校里去。

正月初五的早晨，天气很好，他父亲自家上前面一家姓陈的人家，去借了驴儿和车子，送我们进城来。

说起了这姓陈的人家，我现在还疑他们的女儿是我同学致死的最大原因。陈家是殷家集的豪农，有地二百多顷。房屋也是瓦屋，屋前屋后的墙围很大。他们有三个儿子，顶大的却是一位女儿。她今年十九岁了，比我那位同学小两岁。我和他在他家里住了九天，然而一半的光阴却是在陈家费去的。陈家的老头儿，年纪和我同学的父亲差不多，可是娶了两次亲，前后都已经死了。初娶的正配生了一个女儿，继娶的续弦生了三个男孩，顶大的还只有十一岁。

我的同学和陈家的惠英——这是她的名字——小的时候，在一个私塾里念书；后来大了，他就去进了史官屯的小学校。这史官屯在殷家集之北七八里路的地方，是出永定门以南的第一个大村庄。他在史官屯小学里住了四年，成绩最好，每次总考第一，所以毕业之后，先生就为他去北京师范报名，要他继续的求学。这先生现在也已经去世了，我的同学一说起他，还要流出眼泪来，感激得不了。从此他在北京师范住了四年，现在却安安稳稳的进了大学。读书人很少的这村庄上，大家对于他的勤俭力学，当然是非常尊敬。尤其是陈家的老头儿，每对他父亲说：

"雅儒这小孩，一定很有出息，你一定培植他出来，若要钱用，我尽可以为你出力。"

我说了大半天，把他的名姓忘了，还没有告诉出来。他姓朱，名字叫"雅儒"。我们学校里的称呼，本来是连名带姓叫的，大家叫他"朱雅儒""朱雅儒"；而他叫人，却总不把名字放进去，只叫一个姓氏，底下添一个君字。因此他总不直呼其名的叫我"李厥明"，而以"李君"两字叫我。我起初还听不惯，觉得有点儿不好意思；后来也就学了他，叫他"朱君""朱君"了。

陈家的老头儿既然这样的重视他，对于他父亲提出的借款问题，当然是百无一拒的。所以我想他们家里，欠陈家的款，一定也是不在少数。

那一天，正月初五的那一天，他父亲向陈家去借了驴车驴子，送我们进城来，我在路上因为没有话讲，就对他说：

"可惜陈家的惠英没有读书，她实在是聪明得很！"

他起初听了我这一句话，脸上忽而红了一红；后来觉得我讲这话时并没有恶意含着，他就叹了一口气说：

"唉！天下的恨事正多得很哩！"

我看他的神气，似乎他不大愿意我说这些女孩儿的事情，所以我也就默默的不响了。

那一天到了学校之后，同学们都还没有回来，我和他两个人逛逛厂甸，听听戏，也就猫猫虎虎将一个寒假过了过去。开学之后，又是刻版的生活，上课下课，吃饭睡觉，一直到了暑假。

暑假中，我因为想家想得心切，就和他别去，回南边的家里来住了两个月。上车的时候，他送我到车站上来，说了许多互相勉励的话，要我到家之后，每天写一封信给他，报告南边的风物。而我自家呢，说想于暑假中去当两个月家庭教师，好弄一点零用，买一点书籍。

我到南边之后，虽则不天天写信，但一个月中间，也总计要和他通五六封信。我从信中的消息，知道他暑假中并不回家去，仍住在北京一家姓黄的人家教书，每月也可得二十块钱薪水。

到阳历八月底边，他写信来催我回京，并已说他于前星期六回到殷家集去了一次，陈家的惠英还在问起我的消息呢。

因为他提起了惠英，我倒想起当日在殷家集过年的事情来了。惠英的貌并不美，不过皮肤的细白实在是北方女子中间所少见的。一双大眼睛，看人的时候，使人要惧怕起来；因为她的眼睛似乎能洞见一切的样子。身材不矮不高，一张团团的面使人一见就觉得她是一个忠厚的人。但是人很能干，自她后母死后，一切家计都操在她的手里。她的家里，洒扫得很干净。西面的一间厢房，是她的起坐室，一切账簿文件，都搁在这一间厢房里。我和朱君于过年前后的几天中老去坐谈的，也是在这间房里。她父亲喜欢喝点酒，所以正月里的几天，他老在外头。我和朱君上她家里去的时候，不是和她的几个弟弟说笑话，谈故事，就和她讲些北京学校里的杂事。朱君对她严谨沉默，和对我们同学一样。她对朱君亦没有什么特别的亲热的表示。

只有一天，正月初四的晚上，吃过晚饭之后，朱君忽而从家中走了出去。我和他父亲谈了些杂天，抽了一点空，也顺便走了出去，上前面陈家去，以为朱君一定在她那里坐着。然而到了那厢房里，和她的小兄弟谈了几句话之后，问他们“朱君来过了没有？”他们都摇摇头说“没有来过”。问他们的“姐姐呢？”他们回答说“病着，睡觉了。”

我回到朱家来，正想上炕去睡的时候，从前面门里朱君却很快的走了进来。在煤油灯底下，我虽看不清他的脸色，然而从他和我说话的声气及他那双红肿的眼睛上看来，似乎他刚上什么地方去痛哭了一场似的。

我接到了他催我回京的信后，一时连想到了这些细事，心里倒觉得有点好笑，就自言自语的说了一句：

“老朱！你大约也掉在恋爱里了吧？”

阳历九月初，我到了北京，朱君早已回到学校里来，床位饭案等事情，他早已为我弄好，弄得和他一块。暑假考的成绩，也已经发表了，他列在第二，我却在他的底下三名的第五，所以自修室也合在一块儿。

开学之后，一切都和往年一样，我们的生活也是刻版式的很平稳的过去了一个多月。北京的天气，新考入来的学生，和我们一班的同学，都是同上学期一样的没有什么变化，可是朱君的性格却比从前有点不同起来了。

平常本来是沉默的他，入了阳历十月以后，更是闷声不响了。本来他用钱是很节省的，但是新学期开始之后，他老拖了我上酒店去喝酒去。拼命的喝几杯之后，他就放声骂社会制度的不良，骂经济分配的不均，骂军阀，骂官僚，末了他尤其攻击北方农民阶级的愚昧，无微不至。我看了他这一种悲愤，心里也着实为他所动，可是到后来只好以顺天守命的老生常谈来劝他。

本来是勤勉的他，这一学期来更加用功了。晚上熄灯铃打了之后，他还是一个人在自修室里点着洋蜡，在看英文的爱伦凯，倍倍儿，须帝纳儿等人的书。我也曾劝过他好几次，教他及时休养休养，保重身体。他却昂然的对我说：

“象这样的世界上，象这样的社会里，我们偷生着有什么用处？什么叫保重身体？你先去睡吧！”

礼拜六的下午和礼拜天的早晨，我们本来是每礼拜约定上郊外去走走的；但他自从入了阳历十月以后，不推托说是书没有看完，就说是身体不好，总一个人留在寝室里不出去。实际上，我看他的身体也一天一天的瘦下去了。两道很浓的眉毛，投下了两层阴影，他的眼窝陷落得很深，看起来实在有点怕人，而他自家却还在起早落夜的读那些提倡改革社会的书。我注意看他，觉得他的饭量也渐渐的减下去了。

有一天寒风吹得很冷，天空中遮满了灰暗的云，仿佛要下大雪的早晨，门房忽而到我们的寝室里来，说有一位女客，在那里找朱先生。那时候，朱君已经出去上操场上去散步看书去了。我走到操场上，寻见了他，告诉了他以后，他脸上忽然变得一点血色也没有，瞪了两眼，同呆子似的尽管问我说：

“她来了么？她真来了么？”

我倒教他骇了一跳，认真的对他说：

“谁来谎你，你跑出去看看就对了。”

他出去了半日，到上课的时候，也不进教室里来；等到午后一点多钟，我在下堂上自修室去的路上，却遇见了他。他的脸色更灰白了，比早晨我对他说话的时候还要阴郁，锁紧了的一双浓厚的眉毛，阴影扩大了开来，他的全部脸上都罩着一层死色。我遇见了他，问他早晨来的是谁，他却微微的露了一脸苦笑说：

“是惠英！她上京来买货物的，现在和她爸爸住在打磨厂高升店。你打算去看她么？我们晚上一同去吧！去和他们听戏去。”

听了他这一番话，我心里倒喜欢得很，因为陈家的老头儿的话，他是很要听的。所以我想吃过晚饭之后，和他同上高升店去，一则可以看看半年多不见的惠英，二则可以托陈家的老头儿劝劝朱君，劝他少用些功。

吃过晚饭，风刮得很大，我和他两个人不得不坐洋车上打磨厂去。到高升店去一看，他们父女二人正在吃晚饭，陈老头还在喝白干，桌上一个羊肉火锅烧得满屋里都是火锅的香味。电灯光为火锅的热气所包住，照得房里朦朦胧胧。惠英着了一件黑布的长袍，立起来让我们坐下喝酒的时候，我觉得她的相儿却比在殷家集的时候美得多了。

陈老头一定要我们坐下去喝酒，我们不得已就坐下去喝了几杯。一边喝，一边谈，我就把朱君近来太用功的事情说了一遍。陈老头听了我的话，果然对朱君说：

“雅儒！你在大学里，成绩也不算不好，何必再这样呢？听说你考在第二名，也已经可以了，你难道还想夺第一名么？……总之，是身体要紧，……你的家里，全都在盼望你在大学到毕业后，赚钱去养家。万一身体不好，你就是学问再好一点，也没有用处。”

朱君听了这些话，尽是闷声不语，一杯一杯的在俯着头喝酒。我也因为喝了一点酒，头早昏痛了，所以看不出他的表情来。一面回过头来看看惠英，似乎也俯着了头，在那里落眼泪。

这一天晚上，因为谈天谈得时节长了，戏终于没有去听。我们坐洋车回校里的时候，自修的钟头却已经过了。第二大，陈家的父女已经回家去了，我们也就回复了平时的刻版生活。朱君的用功，沉默，牢骚抑郁的态度，也仍旧和前头一样，并不因陈家老头儿的劝告而减轻些。

时间一天一天的过去，又是一年将尽的冬天到了。北风接着吹了几天，早晚的寒冷骤然增加了起来。

年假考的前一个星期，大家都紧张起来了，朱君也因这一学期看课外的书看了太多，把学校里的课本丢开的原因，接连有三夜不睡，温习了三夜功课。

正将考试的前一天早晨，朱君忽而一早就起了床，袜子也不穿，蓬头垢面的跑了出去。跑到了门房里，他拉住了门房，要他把那一个人交出来。门房莫名其妙，问他所说的那一个人是谁，他只是拉住了门房吵闹，却不肯说出那一个人的姓名来。吵得声音大了，我们都出去看，一看是朱君在和门房吵闹，我就夹了进去。这时候我一看朱君的神色，自家也骇了一跳。

他的眼睛是血涨得红红的，两道眉毛直竖在那里，脸上是一种没有光泽的青灰色，额上颈项上涨满了许多青筋。他一看见我们，就露了两列雪白的牙齿，同哭也似的笑着说：

“好好，你们都来了，你们把这一个小军阀看守着，让我去拿出手枪来枪毙他。”

说着，他就把门房一推，推在我和另外两个同学的身上；大家都不提防他的，被他这么一推，四个人就一块儿的跌倒在地上。他却哈哈的笑了几声，就一直的跑了进去。

我们看了他这一种行动，大家都晓得他是精神错乱了。就商量叫校役把他看守在养病室里，一边去通知学校当局，请学校里快去请医生来替他医治。

他一个人坐在养病室里不耐烦，硬要出来和校役打骂。并且指看守他的校役是小军阀，骂着说：

“浑蛋，象你这样的一个小小的军阀，也敢强取人家的闺女么？快拿手枪来，快拿手枪来！”

校医来看他的病，也被他打了几下，并且把校医的一副眼镜也扯下来打碎了。我站在门口，含泪的叫了几声：

“朱君！朱君！你连我都认不清了么？”

他光着眼睛，对我看了一忽，就又哈哈哈哈的笑着说：

“你这小王八，你是来骗钱的吧！”

说着，他又打上我的身来，我们不得已就只好将养病室的门锁上，一边差人上他家里去报信，叫他的父母出来看护他的病。

到了将晚的时候，他父亲来了，同来的是陈家的老头儿。我当夜就和他们陪朱君出去，在一家公寓里先租了一间房间住着。朱君的病愈来愈凶了，我们三个人因为想制止他的暴行，终于一晚没有睡觉。

第二天早晨，我一早就回学校去考试，到了午后，再上公寓里去看他的时候，知道他们已经另外租定了一间小屋，把朱君捆缚起来了。

我在学校里考试考了三天，正到考完的那一日早晨一早就接到了一个急信，说朱君已经不行了，急待我上那儿去看看他。我到了那里去一看，只见黑戚戚的一间小屋里，他同鬼也似的还被缚在一张板床上。房里的空气秽臭得不堪，在这黑臭的空气里，只听见微微的喘气声和腹泻的声音。我在门口静立了一忽，实在是耐不住了，便放高了声音，“朱君”“朱君”的叫了两声。坐在他脚后的他那老父，马上就举起手来阻止我发声。朱君听了我的唤声，把头转过来看我的时候，我只看见了一个枯黑得同骷髅似的头和很黑很黑的两颗眼睛。

我踏进了那间小房，审视了他一回，看见他的手脚还是绑着，头却软软的斜靠在枕头上面。脚后头坐在他父亲背后的，还有一位那朱君的媳妇，眼睛哭得红肿，呆呆的缩着头，在那里看守着这将死的她的男人。

我向前后一看，眼泪忽而涌了出来，走上他的枕头边上，伏下身去，轻轻的问了他一句话“朱君！你还认得我么？”底下就说不下去了。他又转过头来对我看了一眼，脸上一点儿表情也没有，但由我的泪眼看过去，好象他的眼角上也在流出眼泪来的样子。

我走近他父亲的身边，问陈老头哪里去了。他父亲说：

“他们惠英要于今天出嫁给一位军官，所以他早就回去料理喜事去了。”

我又问朱君服的是什么药，他父亲只摇摇头，说：“我也不晓得。不过他服了药后，却泻到如今，现在是好象已经不行了。”

我心里想，这一定是服药服错了，否则，三天之内，他何以会变得这样的呢？我正想说话的时候，却又听见了一阵腹泻的声音，朱君的头在枕上摇了几摇，喉头咯咯的响起来了。我的毛发悚竖了起来，同时他父亲，他媳妇儿也站起来赶上他的枕头边上去。我看见他的头往上抽了几抽，喉咙头格落落响了几声，微微抽动了一刻钟的样子，一切的动静就停止了。他的媳妇儿放声哭了起来，他的父亲也因急得痴了，倒只是不发声的呆站在那里。我却忍耐不住了，也低下头去在他耳边“朱君！”“朱君！”的绝叫了两三声。

第二天早晨，天又下起微雪来了。我和朱君的父亲和他的媳妇，在一辆大车上一清早就送朱君的棺材出城去。这时候城内外的居民还没有起床，长街上清冷的很。一辆大车，前面载着朱君的灵柩，后面坐着我们三人，慢慢的在雪里转走。雪片积在前面罩棺木的红毡上，我和朱君的父亲却包在一条破棉被里，避着背后吹来的北风。街上的行人很少，朱君的媳妇幽幽在哭着的声音，觉得更加令人伤感。

大车走出永定门的时候，黄灰色的太阳出来了，雪片也似乎少了一点。我想起了去年冬假里和朱君一道上他家去的光景，就不知不觉的向前面的灵柩叫了两声，忽儿接忍不住地“哗”的放声哭了起来。

一九二七年七月十六日

（原载一九二七年七月二十日《教育杂志》月刊第十九卷第七号“教育文艺”栏，发表时题名《考试》）

杨梅烧酒

病了半年，足迹不曾出病房一步，新近起床，自然想上什么地方去走走。照新的说法，是去转换转换空气；照旧的说来，也好去拔除拔除邪孽的不祥；总之久蛰思动，大约也是人之常情，更何况这气候，这一个火热的土王用事的气候，实在在逼人不得不向海天空阔的地方去躲避一回。所以我首先想到的，是日本的温泉地带，北戴河，威海卫，青岛，牯岭等避暑的处所。但是衣衫褴褛，饘粥不全的近半年来的经济状况又不许我有这一种模仿普罗大家的阔绰的行为。寻思的结果，终觉得还是到杭州去好些；究竟是到杭州去的路费来得省一点，此外我并且还有一位旧友在那里住着，此去也好去看他一看，在灯昏酒满的街头，也可以去和他叙一叙七八年不见的旧离情。

象这样决心以后的第二天午后，我已经在湖上的一家小饭馆里和这位多年不见的老朋友在吃应时的杨梅烧酒了。

屋外头是同在赤道直下的地点似的伏里的阳光，湖面上满泛着微温的泥水和从这些泥水里蒸发出来的略带腥臭的汽层儿。大道上车夫也很少，来往的行人更是不多。饭馆的灰尘积得很厚的许多桌子中间，也只坐有我们这两位点菜要先问一问价钱的顾客。

他——我这一位旧友——和我已经有七八年不见了。说起来实在话也很长，总之，他是我在东京大学里念书时候的一位预科的级友。毕业之后，两人东奔西走，各不往来，各不晓得各的住址，已经隔绝了七八年了。直到最近，似乎有一位不良少年，在假了我的名氏向各处募款，说："某某病倒在上海了，现在被收留在上海的一个慈善团体的××病院里。四海的仁人君子，诸大善士，无论和某某相识或不相识的，都希望惠赐若干，以救某某的死生的危急。"我这一位旧友，不知从什么地方，也听到了这一个消息，在一个月前，居然也从他的血汗的收入里割出了两块钱来，郑重其事地汇寄到了上海的××病院。在这××病院内，我本来是有一位医生认识的，所以两礼拜前，他的那两元义捐和一封很简略的信终于由那一位医生转到了我的手里。接到了他这封信，并且另外更发见了有几处有我署名的未完稿件发表的事情之后. 向远近四处去一打听，我才原原本本的晓得了那一位不良少年所作的在前面已经说过的把戏。而这一出实在也是滑稽得很的小悲剧，现在却终于成了我们两个旧友的再见的基因。

他穿的是肩头上有补缀的一件夏布长衫，进饭馆之后，这件长衫却被两个纽扣吊起，挂上壁上去了。所以他和我，都只剩了一件汗衫，一条短裤的野蛮形状。当然他的那件汗衫比我的来得黑，而且背脊里已经有两个小孔子，而我的一件哩，却正是在上海动身以前刚花了五毫银币新买的国货。

他的相貌，非但同七八年前没有丝毫的改变，就是同在东京初进大学预科的那一年，也还是一个样儿。嘴底下的一簇绕腮胡，还是同十几年前一样，似乎是刚剃过了三两天的样子，长得正有一二分厚，远看过去，他的下巴象一个倒挂在那里的黑漆小木鱼。说也奇怪，我和他同学了四五年，及回国之后又不见了七八年的中间，他的这一簇绕腮胡，总从没有过长得较短一点或较长一点的时节。仿佛是他娘生他下地来的时候，这胡须就那么地生在那里，以后直到他死的时候，也不会发生变化似的。他的两只似乎是哭了一阵之后的肿眼，也仍旧是同学生时代一样，只是朦胧地在看着鼻尖，淡含着一味莫名其妙的笑影。额角仍旧是那么宽，颧骨仍旧是高得很，颧骨下的脸颊部仍旧是深深地陷入，窝里总有一个小酒杯好摆的样子。他的年纪，也仍旧是同学生时代一样，看起来，从二十五岁到五十二岁止的中间，无论哪一个年龄都可以看的。

当我从火车站下来，上离车站不远的一个暑期英算补习学校——这学校也真是倒霉，简直是象上海的专吃二房东饭的人家的两间阁楼——里去看他的时候，他正在那里上课。一间黑漆漆的矮屋里，坐着八九个十四五岁的呆笨的小孩，眼睛呆呆的在注视着黑板。他老先生背转了身，伸长了时时在起痉挛的手，尽在黑板上写数学的公式和演题，屋子里声息全无，只充满着滴滴答答的他的粉笔的响声。因此他那一个圆背和那件有一大块被汗湿透的夏布长衫，就很惹起了我的注意。我在楼下向房东问他的名字的时候，他在楼上一定是听见的，同时在这样静寂的授课中间，我的一步一步走上楼去的脚步声，他总也不会不听到的。当我上楼之后，他的学生全部向我注视的一层眼光，就可以证明，但是向来神经就似乎有点麻木的他，竟动也不动一动，仍在继续着写他的公式，所以我只好静静的在后一排学生的一个空位里坐落。他把公式演题在黑板上写满了，又从头至尾的看了一遍，看有没有写错，又朝黑板空咳了两三声，又把粉笔放下，将身上的粉末打了一打干净，才慢慢的转身来。这时候他的额上嘴上，已经盛满了一颗颗的大汗，他的红肿的两眼，大约总也已满被汗水封没了罢，他竟没有看到我而若无其事的又讲了一阵，才宣告算学课毕，教学生们走向另一间矮屋里去听讲英文。楼上起了动摇，学生们争先恐后的奔往隔壁的那间矮屋里去了，我才徐徐的立起身来，走近了他，把手伸出向他的粘湿的肩头上拍了一拍。

“噢，你是几时来的？”

终于他也表示出了一种惊异的表情，举起了他那两只朦胧的老在注视鼻尖的眼睛。左手捏住了我的手，右手他就在袋里摸出了一块黑而且湿的手帕来揩他头上的汗。

“因为教书教得太起劲了，所以你的上来，我竟没有听到。这天气可真了不得。你的病好了么？”

他接连着说出了许多前后不接的问我的话，这是他的兴奋状态的表示，也还是学生时代的那一种样子。我略答了他一下，就问他以后有没有课了。他说：

“今天因为甲班的学生，已经毕业了，所以只剩了这一班乙班，我的数学教完，今天是没有课了。下一个钟头的英文，是由校长自己教的。”

“那么我们上湖滨去走走，你说可以不可以？”

“可以，可以，马上就去。”

于是乎我们就到了湖滨，就上了这一家大约是第四五流的小小的饭馆。

在饭馆里坐下，点好了几盘价廉可口的小菜，杨梅烧酒也喝了几口之后，我们才开始细细的谈起别后的天来。

“你近来的生活怎么样？”开始头一句，他就问起了我的职业。

“职业虽则没有，穷虽则也穷到可观的地步，但是吃饭穿衣的几件事情，总也勉强的在这里支持过去。你呢？”

“我么？象你所看见的一样，倒也还好。这暑期学校里教一个月书，倒也有十六块大洋的进款。”

“那么暑期学校完了就怎么办哩？”

“也就在那里的完全小学校里教书，好在先生只有我和校长两个，十六块钱一个月是不会没有的。听说你在做书，进款大约总还好罢？”

“好是不会好的，但十六块或六十块里外的钱是每月弄得到的。”

“说你是病倒在上海的养老院里的这一件事情，虽然是人家的假冒，但是这假冒者何以偏又要来使用象你我这样的人的名义哩？”

“这大约是因为这位假冒者受了一点教育的毒害的缘故。大约因为他也是和你我一样的有了一点知识而没有正当的地方去用。”

“嗳，嗳，说起来知识的正当的用处，我到现在也正在这里想。我的应用化学的智识，回国以后虽则还没有用到过一天，但是，但是，我想这一次总可以成功的。”

谈到了这里，他的颜面转换了方向，不再向我看了，而转眼看向了外边的太阳光里。

“嗳，这一回我想总可以成功的。”

他简直是忘记了我，似乎在一个人独语的样子。

“初步机械二千元，工厂建筑一千五百元，一千元买石英等材料和石炭，一千元人夫广告，嗳，广告却不可以不登，总计五千五百元。五千五百元的资本。以后就可以烧制出品，算它只出一百块的制品一天，那么一三得三，一个月三千块，一年么三万六千块，打一个八折，三八两万四，三六一千八，总也还有两万五千八百块。以六千块还资本，以六千块做扩张费，把一万块钱来造它一所住宅，嗳，住宅当然公司里的人是都可以来住的。那么，那么，只教一年，一年之后，就可以了……”

我只听他计算得起劲，但简直不晓得他在那里计算些什么，所以又轻轻地问他：

“你在计算的是什么？是明朝的演题么？”

“不，不，我说的是玻璃工厂，一年之后，本利偿清，又可以拿出一万块钱来造一所共同的住宅，吓，你说多么占利啊！嗳，这一所住宅，造好之后，你还可以来住哩，来住着写书，并且顺便也可以替我们做点广告之类，好不好，干杯，干杯，干了它这一杯烧酒。”

莫名其妙，他把酒杯擎起来了，我也只得和他一道，把一杯杨梅已经吃了剩下来的烧酒干了。他干下了那半杯烧酒，紧闭着嘴，又把眼睛闭上，陶然地静止了一分钟，随后又张开那双红肿的眼睛。大声叫着茶房说：

“堂倌：再来两杯！”

两杯新的杨梅烧酒来后，他紧闭着眼，背靠着后面的板壁，一只手拿着手帕，一次一次的揩拭面部的汗珠，一只手尽是一个一个的拿着杨梅在往嘴里送。嚼着靠着，眼睛闭着，他一面还尽在哼哼的说着：

“嗳，嗳，造一间住宅，在湖滨造一间新式的住宅。玻璃，玻璃么，用本厂的玻璃，要斯断格拉斯。一万块钱，一万块大洋。”

这样的哼了一阵，吃杨梅吃了一阵了，他又忽而把酒杯举起，睁开眼叫我说：

“喂，老同学，朋友，再干一杯！”

我没有法子，所以只好又举起杯来和他干了一半，但看看他的那杯高玻璃杯的杨梅烧酒，却是杨梅与酒都已吃完了。喝完酒后，一面又闭上眼睛，向后面的板壁靠着，一面他又高叫着堂倌说：

“堂倌！再来两杯！”

堂倌果然又拿了两杯盛得满满的杨梅与酒来，摆在我们的面前。他又同从前一样的闭上眼睛，靠着板壁，在一个杨梅，一个杨梅的往嘴里送。我这时候也有点喝得醺醺地醉了，所以什么也不去管它，只是沉默着在桌上将两手叉住了头打瞌睡，但是在还没有完全睡熟的耳旁，只听见同蜜蜂叫似的他在哼着说：

“啊，真痛快，痛快，一万块钱！一所湖滨的住宅！一个老同学，一位朋友，从远地方来，喝酒，喝酒，喝酒！”

我因为被他这样的在那里叫着，所以终于睡不舒服。但是这伏天的两杯杨梅烧酒。和半日的火车旅行，已经弄得我倦极了，所以很想马上去就近寻一个旅馆来睡一下。这时候正好他又睁开眼来叫我干第三杯烧酒了，我也顺便清醒了一下，睁大了双眼，和他真真地干了一杯。等这一杯似甘非甘的烧酒落肚，我却也有点支持不住了，所以就教堂倌过来算账。他看见了堂倌过来，我在付账了，就同发了疯似的突然站起，一只手叉住了我那只捏着纸币的右手，一只左手尽在裤腰左近的皮袋里乱摸。等堂倌将我的纸币拿去，把找头的铜元角子拿来摆在桌上的时候，他脸上一青，红肿的眼睛一吊，顺手就把桌上的铜元抓起，锵丁丁的掷上了我的面部。扑搭地一响，我的右眼上面的太阳穴里就凉阴阴地起了一种刺激的感觉，接着就有点痛起来了。这时候我也被酒精刺激着发了作，呆视住他，大声地喝了一声：

“喂，你发了疯了么，你在干什么？”

他那一张本来是畸形的面上，弄得满面青青，涨溢着一层杀气。

“操你的，我要打倒你们这些资本家，打倒你们这些不劳而食的畜生，来，我们来比比腕力看。要你来付钱，你算在卖富么？”

他眉毛一竖，牙齿咬得紧紧，捏起两个拳头，狠命的就扑上了我的身边。我也觉得气极了，不管三七二十一就和他扭打了拢来。

白丹，丁当，扑落扑落的桌椅杯盘都倒翻在地上了，我和他两个就也滚跌到了店门的外头。两个人打到了如何的地步，我简直不晓得了，只听见四面哗哗哗哗的赶聚了许多闲人车夫巡警拢来。

等我睡醒了一觉，渴想着水喝，支着鳞伤遍体的身体在第二分署的木栅栏里醒转来的时候，短短的夏夜，已经是天将放亮的午前三四点钟的时刻了。

我睁开了两眼，向四面看了一周，又向栅栏外刚走过去的一位值夜的巡警问了一个明白，才朦胧地记起了白天的情节。我又问我的那位朋友呢，巡警说，他早已酒醒，两点钟之前回到城站的学校里去了。我就求他去向巡长回禀一声，马上放我回去。他去了一刻之后，就把我的长衫草帽并钱包拿还了我。我一面把衣服穿上，出去去解了一个小解，一面就请他去倒一碗水来给我止渴。等我将五元纸币私下塞在他的手里，戴上草帽，由第二分署的大门口走出来的时候，天已经完全亮了。被晓风一吹，头脑清醒了一点，我却想起了昨天午后的事情全部，同时在心坎里竟同触了电似地起了一层淡淡的忧郁的微波。

“啊啊，大约这就是人生吧！”

我一边慢慢地向前走着，一边不知不觉地从嘴里却念出了这样的一句独白来。

一九三〇年八月作

（原载一九三〇年七月一日《北新半》月刊第四卷第十三号①，据《达夫短篇小说集》下册）

① 该刊此期衍期。

秋河

一

“你要杏仁粥吃么？”

一个二十三四岁的很时髦的女人背靠了窗口的桌子，远远的问他说。

“你来！你过来我对你讲。”

他躺在铜床上的薄绸被里，含了微笑，面朝着她，一点儿精神也没有的回答她说。床上的珠罗圆顶帐，大约是因为处地很高，没有蚊子的缘故，高高搭起在那里。光亮射入的这铜床的铜梗，只反映着一条薄薄的淡青绸被，被的一头，映着一个妩媚的少年的缩小图，把头搁在洁白的鸭绒枕上。东面靠墙，在床与窗口桌子之间，有一个衣橱，衣橱上的大镜子里，空空的照着一架摆在对面的红木梳洗台，台旁有叠着的几只皮箱。前面是一个大窗，窗口摆着一张桌子，窗外楼下是花园，所以站在窗口的桌子前，一望能见远近许多红白的屋顶和青葱的树木。

那少年睡在床上，向窗外望去，只见了半弯悠悠的碧落，和一种眼虽看不见而感觉得出来的晴爽的秋气。她站在窗口的桌子前头，以这晴空作了背景，她的蓬松未束的乱发，鹅蛋形的笑脸，漆黑的瞳仁，淡红绸的背心，从左右肩垂下来的肥白的两臂，和她脸上的晨起时大家都有的那一种娇倦的形容，却使那睡在床上的少年，发见了许多到现在还未曾看出过的美点。

他懒懒的躺在被里，一边含着微笑，一边尽在点头，招她过去。她对他笑了一笑，先走到梳洗台的水盆里，洗了一洗手，就走到床边上去。衣橱的镜里照出了她的底下穿着的一条白纱短脚裤，脚弯膝以下的两条柔嫩的脚肚，和一双套进在绣花拖鞋里的可爱的七八寸长的肉脚，同时并照出了自腰部以下至脚弯膝止的一段曲线很多的肉体的蠕动。

她走到了床边，就面朝着了少年，侧身坐下去。少年从被里伸出了一只嫩白清瘦的手来，把她的肩下的大臂捏住了。她见他尽在那里对她微笑，所以又问他说：

“你有什么话讲？”

他点了一点头，轻轻的说：

“你把头伏下来！”

她依着了他，就把耳朵送到他的脸上去，他从被里又伸出一只手来，把她的半裸的上体，打斜的抱住，接连的亲了几个嘴。她由他戏弄了一回，方才把身子坐起，收了笑容，又问他说：

“当真的你要不要什么吃，一夜没有睡觉，你肚里不饿的么？”

他只是微微的笑着，摇了一摇头说：

“我什么也不要吃，还早得很哩，你再来睡一忽罢！”

“已经快十点了，还说早哩！”

“你再来睡一忽罢！”

"呸！呸！"

这样的骂了一声，她就走上梳洗台前去梳理头发去了。

少年在被里看了一忽清淡的秋空，断断续续的念了几句"……六尺龙须新卷席，已凉天气未寒时。……水晶帘卷近秋河。……"诗，又看了一忽她的背影，和叉在头上的一双白臂，糊糊涂涂的问答了几声：

"怎么不叫娘姨来替你梳？"

"你这样睡在这里，叫娘姨上来到好看呀！"

"怕什么？"

"哪里有儿子爬上娘床上来睡的？被她们看见，不要羞死人么？"

"怕什么？"

他啊啊的开了口，打了一个呵欠，伸了一伸腰，又念了一句："水晶帘下看梳头。"就昏昏沉沉的睡着了。

二

上海法界霞飞路将尽头处，有折向北去的一条小巷；从这小巷口进去三五十步，在绿色的花草树木中间，有一座清洁的三层楼的小洋房，躺在初秋晴快的午前空气里。这座洋房是K省吕督军在上海的住宅。

英明的吕督军从马弁出身，费尽了许多苦心，才弄到了现在的地位。他大约是服了老子知足之戒，也不想再升上去作总统，年年坐收了八九十万的进款。尽在享受快乐。

他的太太，本来是他当标统时候的上官协统某的寡妹，那时候他新丧正室，有人为他撮合，就结了婚；结婚没有几个月她便生下了一个小孩，他也不晓得这小孩究竟是谁生的，因为协统家里出入的人很多，他不能指定说是何人之子。并且协统是一手提拔他起来的一个大恩人，他虽则对他的填亡正室心里不很满足，然以功名利禄为人生第一义的吕标统，也没有勇气去追搜这些丑迹，所以就猫猫虎虎把那小孩认作了儿子；其实他因为在山东当差的时候，染了恶症，虽则性欲本能尚在，生殖的能力，却早失掉了。

十几年的战乱，把中国的国脉和小百姓，糟得不成样子。但吕标统的根据，却一天一天的巩固起来；革命以后，他逐走了几个上官，就渐渐的升到了现在的地位。在他陆续收买强占的女子和许多他手下的属僚的妻妾，由他任意戏弄的妇人中间，他所最爱的，却是一个他到K省后第二年，由K省女子师范里用强迫手段娶来的一个爱妾。

当时还只十九岁的她，因为那一天，督军要到她校里来参观，她就做了全校的代表，把一幅绣画围屏，捧呈督军。吕督军本来是一个粗暴的武夫，从来没有尝过女学生的滋味，那一天见了她以后，就横空的造了些风波出来，用了威迫的手段，半买半抢的终于把她收作了笼中的驯鸟；象这样的事情在文明的目下的中国，本来也算不得什么奇事。不过这一个女学生，却有些古风，她对吕督军始终总是冷淡得很。吕督军对于女人，从来是言出必从的人，只有她时时显出些反抗冷淡的态度来，因此反而愈加激起了他的钟爱。

吕督军在霞飞路尽处的那所住宅，也是为她而买，预备她每年到上海来的时候给她使用的。

今年夏天吕督军因为军务吃紧，怕有大变，所以着人把她送到上海来住，仰求外国人的保护；他自家天天在K省接发电报，劳心国事，中国的一般国民，对他也感激得很。

他的公子，今年已经十九岁了，吕督军于二年前派了两位翻译，陪他到美国去留学。他天天和那些美国的下流妇人来往，觉得有些厌倦起来了。所以今年暑假之前，他就带了两位翻译，回到了中国。他一到上海，在码头上等他，和他同坐汽车，接他回到霞飞路的住宅里来的，就是他的两年前已经在那里痴想的那位女学生、他的名义上的娘。

三

他名义上的母亲，当他初赴美国的时候，还有些对吕督军的敌意含着，所以对他亦没有什么特别的感情。并且当时他年纪还小，时常住在他的生母跟前。她与他的中间，更不得不生疏了。

那一天船到的前日，正是六月中旬很热的一天，她在霞飞路住宅里，接到了从船上发的无线电报，说他于明日下午到上海，她的心里还平静得很。第二天午后，她正闲空得无聊，吃完了午膳，在床上躺了一忽，觉得热得厉害，就起来换了衣服，坐了汽车上码头去接他，一则可以收受些凉风，二则也可以表示些对他的好意，除此之外，她的心里，实无丝毫邪念的。

她的汽车到码头的时候，船已靠岸了，因为上下的脚夫旅客乱杂得很，所以她也不下车来。她教汽车夫从人丛中挤上船去问讯去，过了一会，汽车夫就领了两个三十左右鼻下各有一簇短胡的翻译和一位潇洒的青年绅士过来。那青年绅士走到汽车边上，对她笑了一脸，就伸手出来捏她的手，她脸上红了一红，心里突突跳个不住，但是由他的冰凉皙白的那只手里，传过来的一道魔力，却使她恍恍惚惚的迷醉了一阵。回复了自觉意识，和那两个中年人应酬了几句，她就邀他进汽车来并坐了回家，行李等件，一齐交给了那两个翻译。

回家之后，在楼下客厅里坐了一回，她看看他那一副常在微笑的形容，和柔和的声气，忽而想起了两年前的他来，心里就感着了一种莫名其妙的亲热。

她自到了吕督军那里以后，被复仇的心思所激动，接触过的男人也不少了。但她觉得这些男人，都不过是肉做的机械。压在身上，虽觉得有些重力，坐在对面，虽时时能讲几句无聊的套语，可是那一种热烈动人的感情的电力，她却从来没有感到过。

现在她对了这一位洋服的清瘦的少年，不晓得如何，心里只是不能平静，好象有什么物事，要从头上吊下来的样子。

她和他同住在霞飞路的别宅，已经有半个多月了。有一天，吃过了晚饭，她和他坐了汽车，去乘了一回凉。在汽车里，他捏着了她的火热的手心，尽是幽幽的在诉说他在美国的生活状态。她和他身体贴着在一块，两眼只是呆呆的向着前头在暮色中沉沦下去的整洁修长的马路，马路两旁黑影沉沉的列树，和列树中微有倦意的蝉声凝视。她一边象在半睡状态里似的听着他的柔和的蜜语，一边她好象赤了身体，在月下的庭园里游步。

是初秋的晚上，庭园的草花，都在争最后的光荣，开满了红绿的杂花。庭园的中间有一方池水，池水中间站着一个大理石刻的人鱼，从她的脐里在那里喷出清凉的泉水来。月光洒满了这园庭，远处的树林，顶上载着银色的光华，林里烘出浓厚的黑影，寂静严肃的压在那里。喷水池的喷水，池里的微波，都反射着皎洁的月色，在那里荡漾，她脚下的绿茵和近旁的花草也披了月光，柔软无声的在受她的践踏。她只听见了些很幽很幽的喷水声音，而这淙淙的有韵律的声响又似出于一个跪在她脚旁，两手捧着她的裸了的腰腿的十八九岁的美少年之口。

她听了他的诉说，嘴唇颤动了一下，朝转头来对紧坐在她边上的他看了一眼，不知不觉就滚了两颗眼泪下来。他在黑暗的车里，看不出她的感情的流露，还是幽幽的在说。他就把手抽了一抽，俯向前去命汽车夫说：

“打回头去，我们回去罢！”

回到霞飞路的住宅，在二层楼的露台上坐定之后，她的兴奋，还是按捺不下。

时间已经晚了，外边只是沉沉的黑影。明蓝的天空里，淡映着几个摇动的明星；一阵微风，吹了些楼下园里的草花香味和隔壁西洋人家的比牙琴的断响过来。他只是默默的坐在一张小椅上吸烟，有时看天空，有时也在偷看她。她也只默默的坐在藤椅上在那里凝视灰黑的空处。停了一会，他把吃剩的香烟丢往了楼下，走上她的身边，对她笑了一笑，指着天空的一条淡淡的星光说：

“那是什么？”

“那是天河！”

“七月七怕将到了罢？”

她也含了微笑，站了起来。对他深深的看了一眼，她就走进屋里去，一边很柔和的说：

“冰果已经凉透了，还不来吃！”

他就紧接的跟了她进去。她走到绿纱罩的电灯下的时候，站住了脚，回头来想看他一眼，说一句话的，接紧跟在她后面的他，突然因她站住了，就冲上了前，扑在她的身上，她的回转来的侧面，也正冲在他的嘴上。他就伸出了左右两手，把她紧紧的抱住了。她闭了眼睛，把身体紧靠着他，嘴上只感着了一道热味。她的身体正同入了熔化炉似的，把前后的知觉消失了的时候，他就松了一松手，拍的一响，把电灯灭黑了。

十二年旧历七月初五

（原载一九二三年八月十九日《创造周报》第十五号，据《达夫短篇小说集》上册）

茑萝行

同居的人全出外去后的这沉寂的午后的空气中独坐着的我，表面上虽则同春天的海面似的平静，然而我胸中的寂寥，我脑里的愁思，什么人能够推想得出来？现在是三点三十分了。外面的马路上大约有和暖的阳光夹着了春风，在那里助长青年男女的游春的兴致；但我这房里的透明的空气，何以会这样的沉重呢？龙华附近的桃林草地上，大约有许多穿着时式花样的轻绸绣缎的恋爱者在那里对着苍空发愉乐的清歌，但我的这玻璃窗透过来的半角青天，何以总带着一副嘲弄我的形容呢？啊啊，在这样薄寒轻暖的时候，当这样有作有为的年纪，我的生命力，我的活动力，何以会同冰雪下的草芽一样，一些儿也生长不出来？啊啊，我的女人！我的不能爱而又不得不爱的女人！我终觉得对你不起！

计算起来你的列车大约已经驶过松江驿了，但你一个人抱了小孩在车窗里呆着陌生行人的景状，我好象在你旁边看守着的样子。可怜你一个弱女子，从来没有单独出过门，你此刻呆坐在车里，大约在那里回忆我们两人同居的时候，我虐待你的一件件的事情了！啊啊，我的女人，我的不得不爱的女人，你不要在车中滴下眼泪来，我平时虽则常常虐待你，但我的心中却在哀怜你的，却在痛爱你的，不过我在社会上受来的种种苦楚，压迫，侮辱，若不向你发泄，教我更向谁去发泄呢！啊啊，我的最爱的女人，你若知道我这一层隐衷，你就该饶许我了。

唉，今天是旧历的二月二十一日，今天正是清明节呀！大约各处的男女都出到郊外去踏青的，你在车窗里见了火车路线两旁郊野里在那里游行的夫妇，你能不怨我的么？你怨我也罢了，你倘能恨我怨我，怨得我望我速死，那就好了。但是办不到的，怎么也办不到的，你一边怨我，一边又必在原谅我的，啊啊，我一想到你这一种优美的灵心，教我如何能忍得过去呢！

细数从前，我同你结婚之后，共享的安乐日子，能有几日？我十七岁去国之后，一直的在无情的异国蛰住了八年。这八年中间就是暑假寒假也不回国来的原因，你知道么？我八年间不回国来的事实，就是我对旧式的，父母主张的婚约的反抗呀！这原不是你的错，也不是我的错，作孽者是你的父母和我的母亲。但我在这八年之中，不该默默的无所表示的。

后来看到了我们乡间的风习的牢不可破，离婚的事情的万不可能，又因你家父母的日日的催促，我的母亲的含泪的规劝，大前年的夏天，我才勉强应承了与你结婚。但当时我提出的种种苛刻的条件，想起来我在此刻还觉得心痛。我们也没有结婚的种种仪式，也没有证婚的媒人，也没有请亲朋来喝酒，也没有点一对蜡烛，放几声花炮。你在将夜的时候，坐了一乘小轿从去城六十里的你的家乡到了县城里的我的家里，我的母亲陪你吃了一碗晚饭，你就一个人摸上楼上我的房里去睡了。那时候听说你正患疟疾，我到夜半拿了一支蜡烛上床来睡的时候，只见你穿了一件白纺绸的单衫，在暗黑中朝里床睡在那里。你听见了我上床来的声音，却朝转来默默的对我看了一眼。啊！那时候的你的憔悴的形容，你的水汪汪的两眼。神经常在那里颤动的你的小小的嘴唇，我就是到死也忘不了的。我现在想起来还要滴眼泪哩！

在穷乡僻壤生长的你，自幼也不曾进过学校，也不曾呼吸过通都大邑的空气，提了一双纤细缠小了的足，抱了一箱家塾里念过的《列女传》，“女四书”等旧籍，到了我的家里。既不知女人的娇媚是如何装作，又不知时样的衣裳是如何剪裁，你只奉了柔顺两字，作了你的行动的规范。

结婚之后，因为城中天气暑热的缘故，你就同我同上你家去住了几天，总算过了几天安乐的日子；但无端又遇了你侄儿的暴行，淘了许多说不出来的闲气，滴了许多拭不干净的眼泪，我与你在你侄儿闹事的第二天就匆匆的回到了城里的家中。过了两三天我又害起病来，你也疟疾复发了。我就决定挨着病离开了我那空气沉浊的故乡。将行的前夜，你也不说什么，我也没有什么话好对你说。我从朋友家里喝醉了酒回来，睡在床上，只见你呆呆的坐在灰黄的灯下。可怜你一直到第二天的早晨我将要上船的时候止，终没有横到我床边上来睡一忽儿，也没有讲一句话；第二天天刚亮的时候，母亲就来催我起身，说轮船已到鹿山脚下了。

从此一别，又同你远隔了两年。你常常写信来说家里的老祖母在那里想念我，暑假寒假若有空闲，叫我回家来探望探望祖母母亲，但我因为异乡的花草，和年轻的朋友挽留我的缘故，终究没有回来。

唉唉！那两年中间的我的生活！红灯绿酒的沉湎，荒妄的邪游，不义的淫乐。在中宵酒醒的时候，在秋风凉冷的月下，我也曾想念及你，我也曾痛哭过几次。但灵魂丧失了的那一群妖媚的游女，和她们的娇艳动人的假啼佯笑，终究把我的天良迷住了。

前年秋天我虽回国了一次，但因为朋友邀我上A地去了，我又没有回到故乡来看你。在A地住了三个月，回到上海来过了旧历的除夕，我又回东京去了。直到了去年的暑假前，我提出了卒业论文，将我的放浪生活作了个结束，方才拖了许多饥不能食寒不能衣的破书籍回到了中国。一踏了上海的岸，生计问题就逼紧到我的眼前来，缚在我周围的运命的铁锁圈，就一天一天的扎紧起来了。

留学的时候，多谢我们孱弱无能的政府，和没有进步的同胞，像我这样的一个生则于世无补，死亦于人无损的零余者，也考得了一个官费生的资格。虽则每月所得不能敷用，是租了屋没有食，买了食没有衣的状态，但究竟每月还有几十块钱的出息，调度得也能勉强免于死亡。并且又可进了病院向家里勒索几个医药费，拿了书店的发票向哥哥乞取几块买书钱。所以在繁华的新兴国的首都里，我却过了几年放纵的生活。如今一定的年限已经到了，学校里因为要收受后进的学生，再也不能容我在那绿树阴森的图书馆里，作白昼的痴梦了。并且我们国家的金库，也受了几个磁石心肠的将军和大官的吮吸，把供养我们一班不会作乱的割势者的能力丧失了。所以我在去年的六月就失了我的维持生命的根据，那时候我的每月的进款已经没有了。以年纪讲起来，像我这样二十六七的青年，正好到社会去奋斗，况且又在外国国立大学里卒业了的我，谁更有这样厚的面皮，再去向家中年老的母亲，或狷洁自爱的哥哥，乞求养生的资料。我去年暑假里一到上海流寓了一个多月没有回家来的原因，你知道了么？我现在索性对你讲明了罢，一则虽因为一天一天的挨过了几天，把回家的旅费用完了，其他我更有这一段不能回家的苦衷在的呀，你可能了解？

啊呵，

去年六月在灯火繁华的上海市外，在车马喧嚷的黄浦江边，我一边念着Housman的“*A Shropshire Lad*”[①]里的几句情诗，一边呆呆的看着江中黝黑混浊的流水，曾经发了几多的叹声，滴了几多的眼泪。你若知道我那时候的绝望的情怀，我想你去年的那几封微有怨意的信也不至于发给我了。——啊，我想起了，你是不懂英文的，这几句诗我顺便替你译出罢。

Come you home a hero
Or come not home at all,
The lads you levave will mind you
Till Ludlow tower shall fall.
“汝当衣锦归，
否则永莫回，
令汝别后之儿童
望到鲁德罗塔毁。”

平常责任心很重，并且在不必要的地方，反而非常隐忍持重的我，当留学的时候，也不曾著过一书，立过一说。天性胆怯，从小就害着自卑狂的我，在新闻杂志或稠人广众之中，从不敢自家吹一点小小的气焰。不在图书馆内，便在咖啡店里山水怀中过活的我，当那些现代的青年当作科场看的群众运动起来的时候，绝不会去慷慨悲歌的演说一次，出点无意义的风头。赋性愚鲁，不善交游，不善钻营的我，平心讲起来，在生活竞争剧烈，到处有陷阱设伏的现在的中国社会里，当然是没有生存的资格的，去年六月间，寻了几处职业失败之后，我心里想我自家若想逃出这恶浊的空气，想解决这生计困难的问题，最好唯有一死。但我若

① 英文：豪斯曼的《什罗浦郡的浪荡鬃》。

要自杀，我必须先弄几个钱来，痛饮饱吃一场，大醉之后，用了我的无用的武器，至少也要击杀一二个世间的人类——若他是比我富裕的时候，我就算替社会除了一个恶。若他是和我一样或比我更苦的时候，我就算解决了他的困难，救了他的灵魂——然后从容就死。我因为有这一种想头，所以去年夏天在睡不着的晚上，拖了沉重的脚，上黄浦江边去了好几次，仍复没有自杀。到了现在我可以老实的对你说了，我在那时候，我并不曾想到我死后的你将如何的生活过去。我的八十五岁的祖母，和六十来岁的母亲，在我死后又当如何的种种问题，当然更不在我的脑里了。你读到这里，或者要骂我没有责任心，丢下了你，自家一个去走干净的路。但我想这责任不应该推给我负的，第一我们的国家社会，不能用我去作他们的工，使我有了气力不能卖钱来养活我自家和你，所以现代的社会，就应该负这责任。即使退一步讲，第二你的父母不能教育你，使你独立营生，便是你父母的坏处，所以你的父母也应该负这责任。第三我的母亲戚族，知道我没有养活你的能力，要苦苦的劝我结婚，他们也应该负这责任。这不过是现在我写到这里想出来的话，当时原是没有想到的。

上海的T书局和我有些关系，是你所知道的。你今天午后不是从这T书局编辑所出发的么？去年六月经理的T君看我可怜不过，却为我关说了几处，但那几处不是说我没有声望，就嫌我脾气太大，不善趋奉他们的旨意，不愿意用我。我当初把我身边的衣服金银器具一件一件的典当之后，在烈日蒸照，灰土很多的上海市街中，整日的空跑了半个多月，几个有职业的先辈，和在东京曾经受过我的照拂的朋友的地方，我都去访问了。他们有的时候，也约我上菜馆去吃一次饭；有的时候，知道我的意思便也陪我作了一副忧郁的形容。且为我筹了许多没有实效的计划。我于这样的晚上，不是往黄浦江边去徘徊，便是一个人跑上法国公园的草地上去呆坐。在那时候，我一个人看看天上悠久的星河，听听远远从那公园的舞蹈室里飞过来的舞蹈曲的琴音，老有放声痛哭的时候，幸亏在黄昏的时节，公园的四周没有人来往，所以我得尽情的哭泣；有时候哭得倦了，我也曾在那公园的草地上露宿过的。

阳历六月十八的晚上——是我忘不了的一晚——T君拿了一封A地的朋友寄来的信到我住的地方来。平常只有我去找他，没有他来找我的，T君一进我的门，我就知道一定有什么机会了。他在我用的一张破桌子前坐下之后，果然把信里的事情对我讲了。他说：

"A地仍复想请你去教书，你愿不愿意去？"

教书是有识无产阶级的最苦的职业，你和我已经住过半年，我的如何不愿意教书，教书的如何苦法，想是你所知道的，我在此处不必说了。况且A地的这学校里又有许多黑暗的地方，有几个想做校长的野心家，又是忌刻心很重的，像这样的地方的教席，我也不得不承认下去的当时的苦况，大约是你所意想不到的，因为我那时候同在伦敦的屋顶下挨饿的Chatterton[①]一样，一边虽在那里吃苦，一边我写回来的家信上还写得娓娓有致，说什么地方也在请我，什么地方也在聘我哩！

啊啊！同是血肉造成的我，我原是有虚荣心，有自尊心的呀！请你不要骂我作燔间乞食的齐人吧！唉，时运不济，你就是骂我，我也甘心受骂的。

我们结婚后，你给我的一个钻石戒指，我在东京的时候，替你押卖了，这是你当时已经知道的。我当T君将A地某校的聘书交给我的时候，身边值钱的衣服器具已经典当尽了。在东京学校的

① 查特顿，英国诗人。

图书馆里，我记得读过一个德国薄命诗人Grabbe[①]的传记。一贫如洗的他想上京去求职业去，同我一样贫穷的他的老母将一副祖传的银的食器交给了他，作他的求职的资斧。他到了孤冷的首都里，今日吃一个银匙，明日吃一把银刀，不上几日，就把他那副祖传的食器吃完了。我记得Heine[②]还嘲笑过他的。去年六月的我的穷状，可是比Grabbe更甚了；最后的一点值钱的物事，就是我在东京买来，预备送你的一个天赏堂制的银的装照相的架子，我在穷急的时候，早曾打算把它去换几个钱用，但一次一次的难关都被我打破，我决心把这一点微物，总要安安全全的送到你的手里；殊不知到了最后，我接到了A地某校的聘书之后，仍不得不把它去押在当铺里，换成了几个旅费，走回家来探望年老的祖母母亲，探望怯弱可怜同绵羊一样的你。

去年六月，我于一天晴朗的午后，从杭州坐了小汽船，在风景如画的钱塘江中跑回家来。过了灵桥里山等绿树连天的山峡，将近故乡县城的时候，我心里同时感着了一种可喜可怕的感觉。立在船舷上，呆呆的凝望着春江第一楼前后的山景，我口里虽在微吟“近乡情更怯，不敢问来人”的二句唐诗，我的心里却在这样的默祷：

……天帝有灵，当使埠头一个我的认识的人也不在！要不使他们知道才好，要不使他们知道我今天沦落了回来才好……

船一靠岸，我左右手里提了两只皮箧，在晴日的底下从乱杂的人丛中伏倒了头，同逃也似的走向家来。我一进门看见母亲还在偏间的膳室里喝酒。我想张起喉音来亲亲热热的叫一声母亲的，但一见了亲人，我就把回国以来受的社会的侮辱想了出来，

① 格拉贝，德国戏剧家。

② 海涅，德国诗人。

所以我的咽喉便梗住了；我只能把两只皮箧朝凳上一抛，马上就匆匆的跑上楼上的你的房里来，好把我的没有丈夫气，到了伤心的时候就要流泪的坏习惯藏藏躲躲，谁知一进你的房，你却流了一脸的汗和眼泪，坐在床前暗泣。我动也不动的呆看了一忽，方提起了干燥的喉音，幽幽的问你为什么要哭。你听了我这句问话反哭得更加厉害，暗泣中间却带起几声压不下去的呜咽声来了。我又问你究竟为什么，你只是摇头不说。本来是伤心的我，又被你这样的引诱了一番，我就不得不抱了你的头同你对哭起来。喝不上一碗热茶的工夫，楼下的母亲就大骂着说：

“……什么的公主娘娘，我说着这几句话，就要上楼去摆架子。……轮船埠头谁对你这小畜生讲了，在上海逛了一个多月，走将家来，一声也不叫，狠命的把皮箧在我面前一丢……这算是什么行为！……你便是封了王回来，也没有这样的行为的呀！……两夫妻暗地里通通信，商量商量，……你们好来谋杀我的。”

我听见了母亲的骂声，反而止住不哭了。听到“封了王回来”的这一句话，我觉得全身的血流都倒注了上来。在炎热的那盛暑的时候，我却同在寒冬的夜半似的手脚都发了抖。啊啊，那时候若没有你把我止住，我怕已经冒了大不孝的罪名，要永久的和我那年老的母亲诀别了。若那时候我和我母亲吵闹一场，那今年的祖母的死，我也是送不着的，我为了这事，也不得不重重的感谢你的呀！

那一天我的忽而从上海的回来，原是你也不知道，母亲也不知道的。后来母亲的气平了下去，你我的悲感也过去了的时候，我才知道我没有到家之先，母亲因为我久住上海不回家来的原因，在那里发脾气骂你。啊啊，你为了我的缘故，害骂害说的事情大约总也不止这一次了。也难怪你当我告诉你说我将于几日内动身到A地去的时候，哀哀的哭得不住的。你那柔顺的性质，是你一生吃苦的根源。同我的对于社会的虐待，丝毫没有反抗能力的性质，却是一样。啊啊！反抗反抗，我对于社会何尝不晓得反抗，你对于加到你身上来的虐待也何尝不晓得反抗，但是怯弱的我们，没有能力的我们，教我们从何处反抗起呢？

到了痛定之后，我看看你的形容，比前年患疟疾的时候更消瘦了。到了晚上，我捏到你的下腿，竟没有那一段肥突的脚肚，从脚后跟起，到脚弯膝止，完全是一条直线。啊啊！我知道了，我知道白天我对你说我要上A地去的时候你就流眼泪的原因了。

我已经决定带你同往A地，将催A地的学校里速汇二百元旅费来的快信寄出之后，你我还不敢将这计划告诉母亲，怕母亲不赞成我们。到了旅费汇到的那天晚上，你还是疑惑不决的说：

“万一外边去不能支持，仍要回家来的时候，如何是好呢！”

可怜你那被威权压服了的神经，竟好像是希腊的巫女，能预知今天的劫运似的。唉，我早知道有今天的一段悲剧，我当时就不该带你出来了。

我去年暑假郁郁的在家里和你住了几天，竟不料就会种下一个烦恼的种子的。等我们同到了A地，将房屋什器安顿好的时候，你的身体已经不是平常的身体了。吃几口饭，就要呕吐。每天只是懒懒的在床上躺着。头一个月我因为不知底细，曾经骂过你几次，到了三四个月上，你的身体一天一天的重起来，我的神经受了种种激刺，也一天一天的粗暴起来了。

第一因为学校里的课程干燥无味，我天天去上课就同上刑具被拷问一样，胸中只感着一种压迫。

第二因为我在杂志上发表了一篇旧作的文字，淘了许多无聊的闲气。更有些忌刻我的恶劣分子，就想以此来作我的葬歌，纷纷的攻击我起来。

第三我平时原是挥霍惯了的，一想到辞了教授的职后，就又不得不同六月间一样，尝那失业的苦味。况且现在又有了家室，又有了未来的儿女，万一再同那时候一样的失起业来，岂不要比曩时更苦。

我前面也已经提起过了：在社会上虽是一个懦弱的受难者的我，在家庭内却是一个凶恶的暴君。在社会上受的虐待，欺凌，侮辱，我都要一一回家来向你发泄的。可怜你自从去年十月以来，竟变了一只无罪的羔羊，日日在那里替社会赎罪，作了供我这无能的暴君的牺牲。我在外面受了气回来，不是说你做的菜不好吃，就骂你是害我吃苦的原因。我一想到了将来失业的时候的苦况，神经激动起来的时候每骂着说：

“你去死！你死了我方有出头的日子。我辛辛苦苦，是为什么人在这里作牛马的呀。要只有我一个人，我何处不可去，我何苦要在这死地方作苦工呢！只知道在家里坐食的你这行尸，你究竟是为了什么目的生存在这世上的呀？……”

你被我骂不过，就暗哭起来。我骂你一场之后，把胸中的悲愤发泄完了，大抵总立时痛责我自家，上前来爱抚你一番，并且每用了柔和的声气，细细的把我的发气的原因——社会对我的虐待——讲给你听。你听了反替我抱着不平，每又哀哀的为我痛哭，到后来，终究到了两人相持对泣而后已。像这样的情景，起初不过间几日一次的，到后来将放年假的时候，变了一日一次或一日数次了。

唉唉，这悲剧的出生，不知究竟是结婚的罪恶呢？还是社会的罪恶？若是为结婚错了的原因而起的，那这问题倒还容易解决，若因社会的组织不良，致使我不能得适当的职业，你不能过安乐的日子，因而生出这种家庭的悲剧的，那我们的社会就不得不根本的改革了。

在这样的忧患中间，我与你的悲哀的继承者，竟生了下来，没有足月的这小生命，看来也是一个神经质的薄命的相儿。你看他那哭时的额上的一条青筋，不是神经质的证据么？饥饿的时候，你喂乳若迟一点，他老要哭个不止，像这样的性格，便是将来吃苦的基础。唉唉，我既生到了世上，受这样的社会的煎熬，正在求生不可，求死不得的时候，又何苦多此一举，生这一块肉在人世呢？啊啊！矛盾，惭愧，我是解说不了的了。以后若有人动问，就请你答复罢。

悲剧的收场，是在一个月的前头。那时候你的神经已经昏乱了，大约已记不清楚，但我却牢牢记着的。那天晚上，正下弦的月亮刚从东边升起来的时候。

我自从辞去了教授职后，托哥哥在某银行里谋了一个位置。但不幸的时候，事运不巧，偏偏某银行为了政治上的问题，开不出来。我闲居A地，日日在家中喝酒，喝醉之后，便声声的骂你与刚出生的那小孩，说你与小孩是我的脚镣，我大约要为你们的缘故沉水而死的。我硬要你们回故乡去，你们却是不肯。那一晚我骂了一阵，已经是朦胧的想睡了。在半醒半睡中间，我从帐子里看出来，好像见你在与小孩讲话。

“……你要乖些……要乖些……小宝睡了罢……不要讨爸爸的厌……不要讨……娘去之后……要……要……乖些……”

讲了一阵，我好像看见你坐在洋灯影里揩眼泪，这是你的常态，我看得不耐烦了，所以就翻了一转身，面朝着了里床。我在背后觉得你在灯下哭了一忽，又站起来把我的帐子掀开了对我看了一回。我那时候只觉得好睡，所以没有同你讲话。以后我就睡着了。

我们街前的车夫，在我们门外乱打的时候，我才从被里跳了起来。我跌来碰去的走出门来的时候，已经是昏乱得不堪了。

我只见你的披散的头发，结成了一块，围在你的项上。正是下弦的月亮从东边升起来的时候，黄灰色的月光射在你的面上；你那本来是灰白的面色，反射出了一道冷光，你的眼睛好好的闭在那里，嘴唇还在微微的动着；你的湿透了的棉袄上，因为有几个扛你回来的车夫的黑影投射着，所以是一块黑一块青的。我把洋灯在地上一放，就抱着了你叫了几声，你的眼睛开了一开，马上就闭上了，眼角上却涌了两条眼泪出来。啊啊，我知道你那时候心里并不怨我的，我知道你并不怨我的，我看了你的眼泪，就能辨出你的心事来，但是我那能不哭，我那能不哭呢？我还怕什么？我还要维持什么体面？我就当了众人的面前哭出来了。那时候他们已经把你搬进了房。你床上睡着的小孩，听见了嘈杂的人声，也放大了喉咙啼泣了起来。大约是小孩的哭声传到了你的耳膜上了，你才张开眼来，含了许多眼泪对我看了一眼。我一边替你换湿衣裳，一边教你安睡，不要去管那小孩。却好间壁雇在那里的乳母，也听见了这杂噪声起了床，跑了过来，我知道你眷念小孩，所以就教乳母替我把小孩抱了过去。奶妈抱了小孩走过床上你的身边的时候，你又对她看了一眼。同时我却听见长江里的轮船放了一声开船的汽笛声。

在病院里看护你的十五天工夫，是我的心地最纯洁的日子。利己心很重的我，从来没有感觉到这样纯洁的爱情过。可怜你身体热到四十一度的时候，还要忽而从睡梦中坐起来问我：

“‘龙儿’，怎么样了？”

“你要上银行去了么？”

我从A地动身的时候，本来打算同你同回家去住的，像这样的社会上，谅来总也没有我的位置了。即使寻着了职业，像我这样愚笨的人，也是没有希望的。我们家里，虽则不是豪富，然而也可算得中产，养养你，养养我，养养我们的龙儿的几颗米是有的。你今年二十七，我今年二十八了。即使你我各有五十岁好活，以后还有几年？我也不想富贵功名了。若为一点毫无价值的浮名，几个不义的金钱，要把良心拿出来去换，要牺牲了他人作我的踏脚板，那也何苦哩。这本来是我从A地同你和龙儿动身时候的决心。不是动身的前几晚，我同你拿出了许多建筑的图案来看了么？我们两人不是把我们回家之后，预备到北城近郊的地里，由我们自家的手去造的小茅屋的样子画得好好的么？我们将走的前几天不是到A地的可记念的地方，与你我有关的地方都去逛了么？我在长江轮船上的时候，这决心还是坚固得很的。

我这决心的动摇，在我到上海的第二天。那天白天我同你照了照相，吃了午膳，不是去访问了一位初从日本回来的朋友么？我把我的计划告诉了他，他也不说可，不说否，但只指着他的几位小孩说：

“你看看我，我是怎么也不愿意逃避的。我的系累，岂不是比你更多么？”

啊啊！好胜的心思，比人一倍强盛的我，到了这兵残垓下的时候，同落水鸡似的逃回乡里去——这一出失意的还乡记，就是比我更怯弱的青年，也不愿意上台去演的呀！我回来之后，晚上一晚不曾睡着。你知道我胸中的愁郁，所以只是默默的不响，因为在这时候，你若说一句话，总难免不被我痛骂。这是我的老脾气，虽从你进病院之后直到那天还没有发过，但你那事件发生以前却是常发的。

像这样的状态，继续了三天。到了昨天晚上，你大约是看得我难受了，所以当我兀兀的坐在床上的时候，你就对我说：

“你不要急得这样，你就一个人住在上海罢。你但须送我上火车，我与龙儿是可以回去的，你可以不必同我们去。我想明天马上就搭午后的车回浙江去。”

本来今天晚上还有一处请我们夫妇吃饭的地方，但你因为怕我昨晚答应你将你和小孩先送回家的事情要变卦，所以你今天就急急的要走。我一边只觉得对你不起，一边心里不知怎么的又在恨你。所以我当你在那里捡东西的时候，眼睛里包着两泓清泪，只是默默的讲不出话来。直到送你上车之后，在车座里坐了一忽，等车快开了，我才讲了一句：

“今天天气倒还好。”

你知道我的意思，所以把头朝向了那面的车窗，好像在那里探看天气的样子，许久不回过头来。唉唉，你那时若把你那水汪汪的眼睛朝我看一看，我也许会同你马上就痛哭起来的。也许仍复把你留在上海，不使你一个人回去的。也许我就硬的陪你回浙江去的，至少我也许要陪你到杭州。但你终不回转头来，我也不再说第二句话，就站起来走下车了。我在月台上立了一忽，故意不对你的玻璃窗看。等车开的时候，我赶上了几步，却对你看了一眼，我见你的眼下左颊上有一条痕迹在那里发光。我眼见得车去远了，月台上的人都跑了出去，我一个人落得最后，慢慢的走出车站来。我不晓得是什么原因，心里只觉得是以后不能与你再见的样子，我心酸极了。啊啊！我这不祥之语，是多讲的。我在外边只希望你和龙儿的身体壮健，你和母亲的感情融洽。我是无论如何，不至投水自沉的，请你安心。你到家之后千万要写信来给我的哩！我不接到你平安到家的信，什么决心也不能下，我是在这里等你的信的。

一九二三年四月六日清明节午后

（原载一九二三年五月一日《创造季刊》第二卷第一号，据《达夫短篇小说集》上册）（选自《达夫全集·鸡肋集》）

钓台的春昼

因为近在咫尺，以为什么时候要去就可以去，我们对于本乡本土的名区胜景，反而往往没有机会去玩，或不容易下一个决心去玩的。正唯其是如此，我对于富春江上的严陵，二十年来，心里虽每在记着，但脚却没有向这一方面走过。一九三一，岁在辛未，暮春三月，春服未成，而中央党帝，似乎又想玩一个秦始皇所玩过的把戏了，我接到了警告，就仓皇离去了寓居。先在江浙附近的穷乡里，游息了几天，偶而看见了一家扫墓的行舟，乡愁一动，就定下了归计。绕了一个大弯，赶到故乡，却正好还在清明寒食的节前。和家人等去上了几处坟，与许久不曾见过面的亲戚朋友，来往热闹了几天，一种乡居的倦怠，忽而袭上心来了，于是乎我就决心上钓台访一访严子陵的幽居。

钓台去桐庐县城二十余里，桐庐去富阳县治九十里不足，自富阳溯江而上，坐小火轮三小时可达桐庐，再上则须坐帆船了。

我去的那一天，记得是阴晴欲雨的养花天，并且系坐晚班轮去的，船到桐庐，已经是灯火微明的黄昏时候了，不得已就只得在码头近边的一家旅馆的高楼上借了一宵宿。

桐庐县城，大约有三里路长，三千多烟灶，一二万居民，地在富春江西北岸，从前是皖浙交通的要道，现在杭江铁路一开，似乎没有一二十年前的繁华热闹了。尤其要使旅客感到萧条的，却是桐君山脚下的那一队花船的失去了踪影。说起桐君山，原是桐庐县的一个接近城市的灵山胜地，山虽不高，但因有仙，自然是灵了。以形势来论，这桐君山，也的确是可以产生出许多口音生硬，别具风韵的桐严嫂来的生龙活脉。地处在桐溪东岸，正当桐溪和富春江合流之所，依依一水，西岸便瞰视着桐庐县市的人家烟树。南面对江，便是十里长洲；唐诗人方干的故居，就在这十里桐洲九里花的花田深处。向西越过桐庐县城，更遥遥对着一排高低不定的青峦，这就是富春山的山子山孙了。东北面山下，是一片桑麻沃地，有一条长蛇似的官道，隐而复现，出没盘曲在桃花杨柳洋槐榆树的中间，绕过一支小岭，便是富阳县的境界，大约去程明道的墓地程坟，总也不过一二十里地的间隔，我的去拜谒桐君，瞻仰道观，就在那一天到桐庐的晚上，是淡云微月，正在作雨的时候。

鱼梁渡头，因为夜渡无人，渡船停在东岸的桐君山下。我从旅馆踱了出来，先在离轮埠不远的渡口停立了几分钟，后来向一位来渡口洗夜饭米的年轻少妇，弓身请问了一回，才得到了渡江的秘诀。她说：“你只须高喊两三声，船自会来的。”先谢了她教我的好意，然后以两手围成了播音的喇叭，“喂，喂，渡船请摇过来！”地纵声一喊，果然在半江的黑影当中，船身摇动了。渐摇渐近，五分钟后，我在渡口，却终于听出了咿呀柔橹的声音。时间似乎已经入了酉时的下刻，小市里的群动，这时候都已经静息，自从渡口的那位少妇，在微茫的夜色里，藏去了她那张白团团的面影之后，我独立在江边，不知不觉心里头却兀自感到了一种他乡日暮的悲哀。渡船到岸，船头上起了几声微微的水浪清音，又铜东的一响，我早已跳上了船，渡船也已经掉过头来了。坐在黑沉沉的舱里，我起先只在静听着柔橹划水的声音，然后却在黑影里看出了一星船家在吸着的长烟管头上的烟火，最后因为被沉默压迫不过，我只好开口说话了：“船家！你这样的渡我过去，该给你几个船钱？”我问。“随你先生把几个就是。”船家说话冗慢幽长，似乎已经带着些睡意了，我就向袋里摸出了两角钱来。“这两角钱，就算是我的渡船钱，请你候我一会，上去烧一次夜香，我是依旧要渡过江来的。”船家的回答，只是恩恩乌乌，幽幽同牛叫似的一种鼻音，然而从继这鼻音而起的两三声轻快的喀声听来，他却已经在感到满足了，因为我也知道，乡间的义渡，船钱最多也不过是两三枚铜子而已。

到了桐君山下，在山影和树影交掩着的崎岖道上，我上岸走不上几步，就被一块乱石绊倒，滑跌了一次。船家似乎也动了恻隐之心了，一句话也不发，跑将上来，他却突然交给了我一盒火柴。我于感谢了一番他的盛意之后，重整步武，再摸上山去，先是必须点一枝火柴走三五步路的，但到得半山，路既就了规律，而微云堆里的半规月色，也朦胧地现出一痕银线来了，所以手里还存着的半盒火柴，就被我藏入了袋里。路是从山的西北，盘曲而上，渐走渐高，半山一到，天也开朗了一点，桐庐县市上的灯火，也星星可数了。更纵目向江心望去，富春江两岸的船上和桐溪合流口停泊着的船尾船头，也看得出一点一点的火来。走过半山，桐君观里的晚祷钟鼓，似乎还没有息尽，耳朵里仿佛听见了几丝木鱼钲钹的残声。走上山顶，先在半途遇着了一道道观外围的女墙，这女墙的栅门，却已经掩上了。在栅门外徘徊了一刻，觉得已经到了此门而不进去，终于是不能满足我这一次暗夜冒险的好奇怪僻的。所以细想了几次，还是决心进去，非进去不可，轻轻用手往里面一推，栅门却呀的一声，早已退向了后方开开了，这门原来是虚掩在那里的。进了栅门，踏着为淡月所映照的石砌平路，向东向南的前走了五六十步，居然走到了道观的大门之外，这两扇朱红漆的大门，不消说是紧闭在那里的。到了此地，我却不想再破门进去了，因为这大门是朝南向着大江开的，门外头是一条一丈来宽的石砌步道，步道的一旁是道观的墙，一旁便是山坡，靠山坡的一面，并且还有一道二尺来高的石墙筑在那里，大约是代替栏杆，防人倾跌下山去的用意，石墙之上，铺的是二三尺宽的青石，在这似石栏又似石凳的墙上，尽可以坐卧游息，饱看桐江和对岸的风景，就是在这里坐它一晚，也很可以，我又何必去打开门来，惊起那些老道的噩梦呢？

空旷的天空里，流涨着的只是些灰白的云，云层缺处，原也看得出半角的天，和一点两点的星，但看起来最饶风趣的，却仍是欲藏还露，将见仍无的那半规月影。这时候江面上似乎起了风，云脚的迁移，更来得迅速了。而低头向江心一看，几多散乱着的船里的灯光，也忽阴忽灭地变换了一变换位置。

这道观大门外的景色，真神奇极了。我当十几年前，在放浪的游程里，曾向瓜州京口一带，消磨过不少的时日。那时觉得果然名不虚传的，确是甘露寺外的江山，而现在到了桐庐，昏夜上这桐君山来一看，又觉得这江山的秀而且静，风景的整而不散，却非那天下第一江山的北固山所可与比拟的了。真也难怪得严子陵，难怪得戴征士，倘使我若能在这样的地方结屋读书，以养天年，那还要什么的高官厚禄，还要什么的浮名虚誉哩？一个人在这桐君观前的石凳上，看看山，看看水，看看城中的灯火和天上的星云，更做做浩无边际的无聊的幻梦，我竟忘记了时刻，忘记了自身，直等到隔江的击柝声传来，向西一看，忽而觉得城中的灯影微茫地减了，才跑也似的走下了山来，渡江奔回了客舍。

第二日侵晨，觉得昨天在桐君观前做过的残梦正还没有续完的时候，窗外面忽而传来了一阵吹角的声音。好梦虽被打破，但因这同吹筚篥似的商音哀咽，却很含着些荒凉的古意，并且晓风残月，杨柳岸边，也正好候船待发，上严陵去；所以心里纵怀着了些儿怨恨，但脸上却只现出了一痕微笑，起来梳洗更衣，叫茶房去雇船去。雇好了一只双桨的渔舟，买就了些酒菜鱼米，就在旅馆前面的码头上上了船，轻轻向江心摇出去的时候，东方的云幕中间，已现出了几丝红韵，有八点多钟了，舟师急得厉害，只在埋怨旅馆的茶房，为什么昨晚不预先告诉，好早一点出发。因为此去就是七里滩头，无风七里，有风七十里，上钓台去玩一趟回来，路程虽则有限，但这几日风雨无常，说不定要走夜路，才回来得了的。

过了桐庐，江心狭窄，浅滩果然多起来了。路上遇着的来往的行舟，数目也是很少，因为早晨吹的角，就是往建德去的快班船的信号，快班船一开，来往于两埠之间的船就不十分多了。两岸全是青青的山，中间是一条清浅的水，有时候过一个沙洲，洲上的桃花菜花，还有许多不晓得名字的白色的花，正在喧闹着春暮，吸引着蜂蝶。我在船头上一口一口的喝着严东关的药酒，指东话西地问着船家，这是什么山？那是什么港？惊叹了半天，称颂了半天，人也觉得倦了，不晓得什么时候，身子却走上了一家水边的酒楼，在和数年不见的几位已经做了党官的朋友高谈阔论。谈论之余，还背诵了一首两三年前曾在同一的情形之下做成的歪诗：

不是尊前爱惜身，佯狂难免假成真，
曾因酒醉鞭名马，生怕情多累美人。
劫数东南天作孽，鸡鸣风雨海扬尘，
悲歌痛哭终何补，义士纷纷说帝秦。

直到盛筵将散，我酒也不想再喝了，和几位朋友闹得心里各自难堪，连对旁边坐着的两位陪酒的名花都不愿意开口。正在这上下不得的苦闷关头，船家却大声的叫了起来说：

“先生，罗芷过了，钓台就在前面，你醒醒吧，好上山去烧饭吃去。”

擦擦眼睛，整了一整衣服，抬起头来一看，四面的水光山色又忽而变了样子了。清清的一条浅水，比前又窄了几分，四围的山包得格外的紧了，仿佛是前无去路的样子。并且山容峻削，看去觉得格外的瘦格外的高。向天上地下四围看看，只寂寂的看不见一个人类。双桨的摇响，到此似乎也不敢放肆了，钩的一声过后，要好半天才来一个幽幽的回响，静，静，静，身边水上，山下岩头，只沉浸着太古的静，死灭的静，山峡里连飞鸟的影子也看不见半只。前面的所谓钓台山上，只看得见两大个石垒，一间歪斜的亭子，许多纵横芜杂的草木。山腰里的那座祠堂，也只露着些废垣残瓦，屋上面连炊烟都没有一丝半缕，像是好久好久没人住了的样子。并且天气又来得阴森，早晨曾经露一露脸过的太阳，这时候早已深藏在云堆里了，余下来的只是时有时无从侧面吹来的阴飕飕的半箭儿山风。船靠了山脚，跟着前面背着酒菜鱼米的船夫走上严先生祠堂去的时候，我心里真有点害怕，怕在这荒山里要遇见一个干枯苍老得同丝瓜筋似的严先生的鬼魂。

在祠堂西院的客厅里坐定，和严先生的不知第几代的裔孙谈了几句关于年岁水旱的话后，我的心跳也渐渐儿的镇静下去了，嘱托了他以煮饭烧菜的杂务，我和船家就从断碑乱石中间爬上了钓台。

东西两石垒，高各有二三百尺，离江面约两里来远，东西台相去，只有一二百步，但其间却夹着一条深谷。立在东台，可以看得出罗芷的人家，回头展望来路，风景似乎散漫一点，而一上谢氏的西台，向西望去，则幽谷里的清景，却绝对的不像是在人间了。我虽则没有到过瑞士，但到了西台，朝西一看，立时就想起了曾在照片上看见过的威廉退儿的祠堂。这四山的幽静，这江水的青蓝，简直同在画片上的珂罗版色彩，一色也没有两样，所不同的，就是在这儿的变化更多一点，周围的环境更芜杂不整齐一点而已，但这却是好处，这正是足以代表东方民族性的颓废荒凉的美。

从钓台下来，回到严先生的祠堂——记得这是洪杨以后严州知府戴槃重建的祠堂——西院里饱啖了一顿酒肉，我觉得有点酩酊微醉了。手拿着以火柴柄制成的牙签，走到东面供着严先生神像的龛前，向四面的破壁上一看，翠墨淋漓，题在那里的，竟多是些俗而不雅的过路高官的手笔。最后到了南面的一块白墙头上，在离屋檐不远的一角高处，却看到了我们的一位新近去世的同乡夏灵峰先生的四句似邵尧夫而又略带感慨的诗句。夏灵峰先生虽则只知崇古，不善处今，但是五十年来，像他那样的顽固自尊的亡清遗老，也的确是没有第二个人。比较起现在的那些官迷财迷的南满尚书和东洋宦婢来，他的经术言行，姑且不必去论它，就是以骨头来称称，我想也要比什么罗三郎郑太郎辈，重到好几百倍。慕贤的心一动，醺人的臭技自然是难熬了，堆起了几张桌椅，借得了一枝破笔，我也向高墙上在夏灵峰先生的脚后放上了一个陈屁，就是在船舱的梦里，也曾微吟过的那一首歪诗。

从墙头上跳将下来，又向龛前天井去走了一圈，觉得酒后的喉咙，有点渴痒了，所以就又走回到了西院，静坐着喝了两碗清茶。在这四大无声，只听见我自己的啾啾喝水的舌音冲击到那座破院的败壁上去的寂静中间，同惊雷似地一响，院后的竹园里却忽而飞出了一声闲长而又有节奏似的鸡啼的声来。同时在门外面歇着的船家，也走进了院门，高声的对我说：

“先生，我们回去罢，已经是吃点心的时候了，你不听见那只公鸡在后山啼么？我们回去罢！”

一九三二年八月在上海写

（选自《履痕处处》，上海复兴书局1936年版）

散文

故都的秋

秋天，无论在什么地方的秋天，总是好的；可是啊，北国的秋，却特别地来得清，来得静，来得悲凉。我的不远千里，要从杭州赶上青岛，更要从青岛赶上北平来的理由，也不过想饱尝一尝这“秋”，这故都的秋味。

江南，秋当然也是有的；但草木凋得慢，空气来得润，天的颜色显得淡，并且又时常多雨而少风；一个人夹在苏州上海杭州，或厦门香港广州的市民中间，浑浑沌沌地过去，只能感到一点点清凉，秋的味，秋的色，秋的意境与姿态，总看不饱，尝不透，赏玩不到十足。秋并不是名花，也并不是美酒，那一种半开，半醉的状态，在领略秋的过程上，是不合式的。

不逢北国之秋，已将近十余年了。在南方每年到了秋天，总要想起陶然亭的芦花，钓鱼台的柳影，西山的虫唱，玉泉的夜月，潭柘寺的钟声。在北平即使不出门去吧，就是在皇城人海之中，租人家一椽破屋来住着，早晨起来，泡一碗浓茶，向院子一坐，你也能看得到很高很高的碧绿的天色，听得到青天下驯鸽的飞声。从槐树叶底，朝东细数着一丝一丝漏下来的日光，或在破壁腰中，静对着像喇叭似的牵牛花（朝荣）的蓝朵，自然而然地也能够感觉到十分的秋意。说到了牵牛花，我以为以蓝色或白色者为佳，紫黑色次之，淡红色最下。最好，还要在牵牛花底，教长着几根疏疏落落的尖细且长的秋草，使作陪衬。

北国的槐树，也是一种能使人联想起秋来的点缀。像花而又不是花的那一种落蕊，早晨起来，会铺得满地。脚踏上去，声音也没有，气味也没有，只能感出一点点极微细极柔软的触觉。扫街的在树影下一阵扫后，灰土上留下来的一条条扫帚的丝纹，看起来既觉得细腻，又觉得清闲，潜意识下并且还觉得有点儿落寞，古人所说的梧桐一叶而天下知秋的遥想，大约也就在这些深沉的地方。

秋蝉的衰弱的残声，更是北国的特产；因为北平处处全长着树，屋子又低，所以无论在什么地方，都听得见它们的啼唱。在南方是非要上郊外或山上去才听得到的。这秋蝉的嘶叫，在北平可和蟋蟀耗子一样，简直像是家家户户都养在家里的家虫。

还有秋雨哩，北方的秋雨，也似乎比南方的下得奇，下得有味，下得更像样。

在灰沉沉的天底下，忽而来一阵凉风，便息列索落的下起雨来了。一层雨过，云渐渐地卷向了西去，天又青了，太阳又露出脸来了；穿着很厚的青布单衣或夹袄的都市闲人，咬着烟管，在雨后的斜桥影里，上桥头树底去一立，遇见熟人，便会用了缓慢悠闲的声调，微叹着互答着的说：

“唉，天可真凉了——”（这了字念得很高，拖得很长。）

“可不是么？一层秋雨一层凉啦！”

北方人念阵字，总老像是层字，平平仄仄起来，这念错的歧韵，倒来得正好。

北方的果树，到秋来，也是一种奇景。第一是枣子树；屋角，墙头，茅房边上，灶房门口，它都会一株株的长大起来。像橄榄又像鸽蛋似的这枣子颗儿，在小椭圆形的细叶中间，显出淡绿微黄的颜色的时候，正是秋的全盛时期；等枣树叶落，枣子红完，西北风就要起来了，北方便是尘沙灰土的世界，只有这枣子，柿子，葡萄，成熟到八九分的七八月之交，是北国的清秋的佳日，是一年之中最好也没有的Golden Days。

有些批评家说，中国的文人学士，尤其是诗人，都带着很浓厚的颓废色彩，所以中国的诗文里，颂赞秋的文字特别的多。但外国的诗人，又何尝不然？我虽则外国诗文念得不多，也不想开出账来，做一篇秋的诗歌散文钞，但你若去一翻英德法意等诗人的集子，或各国的诗文的Anthology来，总能够看到许多关于秋的歌颂与悲啼。各著名的大诗人的长篇田园诗或四季诗里，也总有关于秋的部分，写得最出色而最有味。足见有感觉的动物，有情趣的人类，对于秋，总是一样的能特别引起深沉，幽远，严厉，萧索的感触来的。不单是诗人，就是被关闭在牢狱里的囚犯，到了秋天，我想也一定会感到一种不能自已的深情；秋之于人，何尝有国别，更何尝有人种阶级的区别呢？不过在中国，文字里有一个“秋士”的成语，读本里又有着很普遍的欧阳子的《秋声》与苏东坡的《赤壁赋》等，就觉得中国的文人，与秋的关系特别深了。可是这秋的深味，尤其是中国的秋的深味，非要在北方，才感受得到底。

南国之秋，当然是也有它的特异的地方的，譬如廿四桥的明月，钱塘江的秋潮，普陀山的凉雾，荔枝湾的残荷等等，可是色彩不浓，回味不永。比起北国的秋来，正像是黄酒之与白干，稀饭之与馍馍，鲈鱼之与大蟹，黄犬之与骆驼。

秋天，这北国的秋天，若留得住的话，我愿意把寿命的三分之二折去，换得一个三分之一的零头。

一九三四年八月，在北平

（选自《闲书》，上海良友图书印刷有限公司1936年版）

苏州烟雨记

一

悠悠的碧落，一天一天的高远起来。清凉的早晚，觉得天寒袖薄，要缝件夹衣，更换单衫。楼头思妇，见了鹅黄的柳色，牵情望远，在绸衾的梦里，每欲奔赴玉门关外去。当这时候，我们若走出户外天空下去，老觉得好象有一件什么重大的物事，被我们忘了似的。可不是么？三伏的暑热，被我们忘掉了哟！

在都市的沉浊的空气中栖息的裸虫！在利欲的争场上吸血的战士！年年岁岁，不知四季的变迁，同鼹鼠似的埋伏在软红尘里的男男女女！你们想发见你们的灵性不想？你们有没有向上更新的念头？你们若欲上空旷的地方，去呼一口自由的空气，一则可以醒醒你们醉生梦死的头脑，二则可以看看那些就快凋谢的青枝绿叶，预藏一个来春再见之机，那么请你们跟了我来，Und ich，ich Schnuere Den Sack and wandere，我要去寻访伍子胥吹箫吃食之乡，展拜秦始皇求剑凿穿之墓，并想看看那有名的姑苏台苑哩！

“象以齿毙，膏用明煎”，为人切不可有所专好，因为一有了嗜癖，就不得不为所累。我闲居沪上，半年来既无职业，也无忙事，本来只须有几个买路钱，便是天南地北，也可以悠然独往的，然而实际上却是不然。因为自去年同几个同趣味的朋友，弄了几种我们所爱的文艺刊物出来之后，愚蠢的我们，就不得不天天服海儿克儿斯（Her cules）的苦役了，所以九月三日的早晨，决定和友人沈君，乘车上苏州去的时候，我还因有一篇文字没有交出之故，心里只在怦怦的跳动。

那一天（九月三日）也算是一天清秋的好天气。天上虽没有太阳，然而几块淡青的空处，和西洋女子的碧眼一般，在白云浮荡的中间，常在向我们地上的可怜虫密送秋波。不是雨天，不是晴日，若硬要把这一天的天气分出类来，我不管气象台的先生们笑我不笑我，姑且把它叫风云飞舞，阴晴交让的初秋的一日罢。

这一天的早晨，同乡的沈君，跑上我的寓所来说：

“今天我要上苏州去。”

我从我的屋顶下的房里，看看窗外的天空，听听市上的杂噪，忽而也起了一种怀慕远处之情（Sehusucht nach der Ferne）。九点四十分的时候，我和沈君就摇来摇去的站在三等车中，被机关车搬向苏州去了。

“仙侣同舟！”古人每当行旅的时候，老在心中窃望着这一种艳福。我想人既是动物，无论男女，欲念总不能除，而我既是男人，女人当然是爱的。这一回我和沈君匆促上车，初不料的车上的人是那样拥挤的，后来从后面走上了前面，忽在人丛中听出了一种清脆的笑声来。“明眸皓齿的你们这几位女青年，你们可是上苏州去的么？”我见了她们的那一种活泼的样子，真想开口问她们一声，但是三千年的道德观，和见人就生恐惧的我的自卑狂，只使我红了脸，默默的站在她们身边，不过暗暗的闻吸闻吸从她们发上身上口中蒸发出来的香气罢了。我把她们偷看了几眼，心里又长叹了一声：

“啊啊！容颜要美，年纪要轻，更要有钱！”

二

我们同车的几个“仙侣”，好象是什么女学校的学生。她们的活泼的样子——使恶魔讲起来就是轻佻——丰肥的肉体——使恶魔讲起来就是多淫——和烂熟的青春，都是神仙应有的条件，但是只有一件，只有一件事情，使我无论如何也不能把她们当作神仙的眷属看。非但如此，为这一件事情的原故，我简直不能把她们当作我的同胞看。这是什么呢，这便是她们故意想出风头而用的英文的谈话。假使我是不懂英文的人，那末从她们的绯红的嘴唇里滚出来的叽哩咕噜，正可以当作天女的灵言听了，倒能够对她们更加一层敬意。假使我是崇拜英文的人，那末听了她们的话，也可以感得几分亲热。但是我偏偏是一个程度与她们相仿的半通英文而又轻视英文的人，所以我的对她们的热意，被她们的谈话一吹几乎吹得冰冷了。世界上的人类，抱着功利主义，受利欲的催眠最深的，我想没有过于英美民族的了。但我们的这几位女同胞，不用《西厢》《牡丹亭》上的说白来表现她们的思想，不把《红楼梦》上言文一致的文字来代替她们的说话，偏偏要选了商人用的这一种有金钱臭味的英语来卖弄风情，是多么杀风景的事情啊！你们即使要用外国文，也应选择那神韵悠扬的法国语，或者更适当一点的就该用半清半俗，薄爱民语（La langue des Bohemiens），何以要用这卑俗英语呢？啊啊，当现在崇拜黄金的世界，也无怪某某女学等卒业出来的学生，不愿为正当的中国人的糟糠之室，而愿意自荐枕席于那些犹太种的英美的下流商人的。我的朋友有一次说，“我们中国亡了，倒没有什么可惜，我们中国的女性亡了，却是很可惜的。现在在洋场上作寓公的有钱有势的中国的人物，尤其是外交商界政界的人物，他们的妻女，差不多没有一个不失身于外国的下流流氓的，你看这事伤心不伤心哩！”我是两性问题上的一个国粹保存主义者，最不忍见我国的娇美的女同胞，被那些外国流氓去足践。我的在外国留学时代的游荡，也是本于这主义的一种复仇的心思。我现在若有黄金千万，还想去买些白奴来，供我们中国的黄包车夫苦力小工享乐啦！

唉唉！风吹水绉，干侬底事，她们在那里贱卖血肉，于我何尤。我且探头出去看车窗外的茂茂的原田，青青的草地，和清溪茅舍，丛林旷地罢！

“啊啊，那一道隐隐的飞帆，这大约是苏州河罢？”

我看了那一条深碧的长河，长河彼岸的粘天的短树，和河内的帆船，就叫着问我的同行者沈君，他还没有回答我之先，立在我背后的一位老先生却回答说：

“是的，那是苏州河，你看隐约的中间，不是有一条长堤看得见么！没有这一条堤，风势很大，是不便行舟的。”

我注目一看，果真在河中看出了一条隐约的长堤来。这时候，在东面车窗下坐着的旅客，都纷纷站起来望向窗外去。我把头朝转来一望，也看见了一个汪洋的湖面，起了无数的清波，在那里汹涌。天上黑云遮满了，所以湖面也只似用淡墨涂成的样子。湖的东岸，也有一排矮树，同凸出的雕刻似的，以阴沉灰黑的天空作了背景，在那里作苦闷之状。我不晓是什么理由，硬想把这一排沿湖的列树，断定是白杨之林。

三

车过了阳澄湖，同车的旅客，大家不向车的左右看而注意到车的前面去，我知道苏州就不远了。等苏州城内的一枝尖塔看得出来的时候，几位女学生，也停住了她们的黄金色的英语，说了几句中国话。

“苏州到了！”

“可惜我们不能下去！”

“But we will come in the winter.”

她们操的并不是柔媚的苏州音，大约是南京的学生罢？也许是上北京去的，但是我知道了她们不能同我一道下车，心里却起了一种微微的失望。

“女学生诸君，愿你们自重，愿你们能得着几位金龟佳婿，我要下车去了。”

心里这样的讲了几句，我等着车停之后，就顺着了下车的人流，也被他们推来推去的推下了车。

出了车站，马路上站了一忽，我只觉得许多穿长衫的人，路的两旁停着的黄包车，马车，车夫和驴马，都在灰色的空气里混战。跑来跑去的人的叫唤，一个钱两个钱的争执，萧条的道旁的杨柳，黄黄的马路，和在远处看得出来的一道长而且矮的土墙，便是我下车在苏州得着的最初的印象。

湿云低垂下来了。在上海动身时候看得见的几块青淡的天空也被灰色的层云埋没煞了。我仰起头来向天空一望，脸上早接受了两三点冰冷的雨点。

“危险危险，今天的一场冒险，怕要失败。”

我对在旁边站着的沈君这样讲了一句，就急忙招了几个马车夫来问他们的价钱。

我的脚踏苏州的土地，这原是第一次。沈君虽已来过一二回，但是那还是前清太平时节的故事，他的记忆也很模糊了。并且我这一回来，本来是随人热闹，偶尔发作的一种变态旅行，既无作用，又无目的的，所以马夫问我“上哪里去？”的时候，我想了半天，只回答了一句，“到苏州去！”究竟沈君是深于世故的人，看了我的不知所措的样子，就不慌不忙的问马车夫说：

“到府门去多少钱？”

好象是老熟的样子。马车夫倒也很公平，第一声只要了三块大洋。我们说太贵，他们就马上让了一块，我们又说太贵，他们又让了五角。我们又试了试说太贵，他们却不让了，所以就在一乘开口马车里坐了进去。

起初看不见的微雨，愈下愈大了，我和沈君坐在马车里，尽在野外的一条马路上横斜的前进。青色的草原，疏淡的树林，蜿蜒的城墙，浅浅的城河，变成这样，变成那样的在我们面前交换。醒人的凉风，休休的吹上我的微热的面上，和嗒嗒的马蹄声，在那里合奏交响乐。我一时忘记了秋雨，忘记了在上海剩下的未了的工作，并且忘记了半年来失业困穷的我，心里只想在马车上作独脚的跳舞，嘴里就不知不觉的念出了几句独脚跳舞歌来：

“秋在何处，秋在何处？
在蟋蟀的床边，在怨妇楼头的砧杵，
你若要寻秋，你只须去落寞的荒郊行旅，
刺骨的凉风，吹消残暑，
漫漫的田野，刚结成禾黍，
一番雨过，野路牛迹里贮着些儿浅渚，
悠悠的碧落，反映在这浅渚里容与，
月光下，树林里，萧萧落叶的声音，便是秋的私语。”

我把这几句词不象词，新诗不象新诗的东西唱了一回，又向四边看了一回，只见左右都是荒郊，前面只是一条没有尽头的长路，所以心里就害怕起来，怕马夫要把我们两个人搬到杳无人迹的地方去杀害。探头出去，大声的喝了一声：

“喂！你把我们拖上什么地方去？”

那狡猾的马夫，突然吃了一惊，噗的从那坐凳上跌下来，他的马一时也惊跳了一阵，幸而他虽跌倒在地下，他的马缰绳，还牢捏着不放，所以马没有跳跑。他一边爬起来，一边对我们说：

“先生！老实说，府门是送不到的，我只能送你们上洋关过去的密度桥上。从密度桥到府门，只有几步路。”

他说的是没有丈夫气的苏州话，我被他这几句柔软的话声一说，心已早放下了，并且看看他那五十来岁的面貌，也不象杀人犯的样子，所以点了一点头，就由他去了。

马车到了密度桥，我们就在微雨里走了下来，上沈君的友人寄寓在那里的葑门内的严衙前去。

四

进了封建时代的古城，经过了几条狭小的街巷，更越过了许多环桥，才寻到了沈君的友人施君的寓所。进了葑门以后，在那些清冷的街上，所得着的印象，我怎么也形容不出来，上海的市场，若说是二十世纪的市场，那么这苏州的一隅，只可以说是十八世纪的古都了。上海的杂乱和情形，若说是一个Busy Port，那么苏州只可以说是一个Sleepy Town了。总之阊门外的繁华，我未曾见到，专就我于这葑门里一隅的状况看来，我觉得苏州城，竟还是一个浪漫的古都，街上的石块，和人家的建筑，处处的环桥河水和狭小的街衢，没有一件不在那里夸示过去的中国民族的悠悠的态度。这一种美，若硬要用近代语来表现的时候，我想没有比“颓废美”的三字更适当的了。况且那时候天上又飞满了灰黑的湿云，秋雨又在微微的落下。

施君幸而还没有出去，我们一到他住的地方，他就迎了出来。沈君为我们介绍的时候，施君就慢慢的说：

“原来就是郁君么？难得难得，你做的那篇……，我已经拜读了，失意人谁能不同声一哭！”

原来施君是我们的同乡，我被他说得有些羞愧了，想把话头转一个方向，所以就问他说：

“施君，你没有事么？我们一同去吃饭罢。”

实际上我那时候，肚里也觉得非常饥饿了。

严衙前附近，都是钟鸣鼎食之家，所以找不出一家菜馆来。没有方法，我们只好进一家名锦帆榭的茶馆，托茶博士去为我们弄些酒菜来吃。因为那时候微雨未止，我们的肚里却响得厉害，想想饿着肚在微雨里奔跑，也不值得，所以就进了那家茶馆——一则也因为这家茶馆的名字不俗——打算坐它一二个钟头，再作第二步计划。

古语说得好，“有志者事竟成！”我们在锦帆榭的清淡的中厅桌上，喝喝酒，说说闲话，一天微雨，竟被我们的意志力，催阻住了。

初到一个名胜的地方，谁也同小孩子一样，不愿意悠悠的坐着的，我一见雨止，就促施君沈君，一同出了茶馆，打算上各处去逛去。从清冷修整狭小的卧龙街一直跑将下去，拐了一个弯，又走了几步，觉得街上的人和两旁的店，渐渐儿的多起来，繁盛起来，苏州城里最多的卖古书，旧货的店铺，一家一家的少了下去，卖近代的商品的店家，逐渐惹起我的注意来了。施君说：

“玄妙观就要到了，这就是观前街。”

到了玄妙观内，把四面的情形一看，我觉得玄妙观今日的繁华，与我空想中的境状大异。讲热闹赶不上上海午前的小菜场，讲怪异远不及上海城内的城隍庙，走尽了玄妙观的前后，在我脑里深深印入的印象，只有二个，一个是三五个女青年在观前街的一家箫琴铺里买箫，我站到她们身边去对她们呆看了许久，她们也回了我几眼。一个玄妙观门口的一家书馆里，有一位很年轻的学生在那里买我和我朋友共编的杂志。除这两个深刻的印象外，我只觉得玄妙观里的许多茶馆，是苏州人的风雅的趣味的表现。

早晨一早起来，就跑上茶馆去。在那里有天天遇见的熟脸。对于这些熟脸，有妻子的人，觉得比妻子还亲而不狎，没有妻子的人，当然可把茶馆当作家庭，把这些同类当作兄弟了。大热的时候，坐在茶馆里，身上发出来的一阵阵的汗水，可以以口中咽下去的一口口的茶去填补。茶馆内虽则不通空气，但也没有火热的太阳，并且张三李四的家庭内幕和东洋中国的国际闲谈，都可以消去逼人的盛暑。天冷的时候，坐在茶馆里，第一个好处，就是现成的热茶。除茶喝多了，小便的时候要起冷痉之外，吞下几碗刚滚的热茶到肚里，一时却能消渴消寒。贫苦一点的人，更可以藉此熬饥。若茶馆主人开通一点，请几位奇形怪状的说书者来说书，风雅的茶客的兴趣，当然更要增加。有几家茶馆里有几个茶客，听说从十几岁的时候坐起，坐到五六十岁死时候止，坐的老是同一个座位，天天上茶馆来一分也不迟，一分也不早，老是在同一个时间。非但如此，有几个人，他自家死的时候，还要把这一个座位写在遗嘱里，要他的儿子天天去坐他那一个遗座。近来百货店的组织法应用到茶业上，茶馆的前头，除香气烹人的“火烧”“锅贴”“包子”“烤山芋”之外，并且有酒有菜，足可使茶馆一天不出外而不感得什么缺憾。象上海的青莲阁，非但饮食俱全，并且人肉也在贱卖，中国的这样文明的茶馆，我想该是二十世纪的世界之光了。所以盲目的外国人，你们若要来调查中国的事情，你们只须上茶馆去调查就是，你们要想来管理中国，也须先去征得各茶馆里的茶客的同意，因为中国的国会所代表的，是中国人的劣根性无耻与贪婪，这些茶客所代表的倒是真真的民意哩！

五

出了玄妙观，我们又走了许多路，去逛遂园。遂园在苏州，同我在上海一样，有许多人还不晓得它的存在。从很狭很小的一个坍败的门口，曲曲折折走尽了几条小弄，我们才到了遂园的中心。苏州的建筑，以我这半日的经验讲来，进门的地方，都是狭窄芜废，走过几条曲巷，才有轩敞华丽的屋宇。我不知这一种方式，还是法国大革命前的民家一样，为避税而想出来的呢？还是为唤醒观者的观听起见，有修辞学上的欲扬先抑的笔法，使能得着一个对称的效力而想出来的？

遂园是一个中国式的庭园，有假山有池水有亭阁，有小桥也有几枝树木。不过各处的坍败的形迹和水上开残的荷花荷叶，同暗澹的天气合作一起，使我感到了一种秋意，使我看出了中国的将来和我自家的凋零的结果。啊！遂园吓遂园，我爱你这一种颓唐的情调！

在荷花池上的一个亭子里，喝了一碗茶，走出来的时候，我们在正厅上却遇着了许多穿轻绸绣缎的绅士淑女，静静的坐在那里喝茶咬瓜子，等说书者的到来。我在前面说过的中国人的悠悠的态度，和中国的亡国的悲壮美，在此地也能看得出来。啊啊，可怜我为人在客，否则我也挨到那些皮肤嫩白的太太小姐们的边上去静坐了。

出了遂园，我们因为时间不早，就劝施君回寓。我与沈君在狭长的街上飘流了一会，就决定到虎丘去。

（此稿执笔者因病中止）

原载一九二三年九月《中华新报·创造日》

北平的四季

对于一个已经化为异物的故人，追怀起来，总要先想到他或她的好处；随后再慢慢的想想，则觉得当时所感到的一切坏处，也会变作很可寻味的一些纪念，在回忆里开花。关于一个曾经住过的旧地，觉得此生再也不会第二次去长住了，身处入了远离的一角，向这方向的云天遥望一下，回想起来的，自然也同样地只是它的好处。

中国的大都会，我前半生住过的地方，原也不在少数；可是当一个人静下来回想起从前，上海的闹热，南京的辽阔，广州的乌烟瘴气，汉口武昌的杂乱无章，甚至于青岛的清幽，福州的秀丽，以及杭州的沉着，总归都还比不上北京——我住在那里的时候，当然还是北京——的典丽堂皇，幽闲清妙。

先说人的分子罢，在当时的北京——民国十一二年前后——上自军财阀政客名优起，中经学者名人，文士美女教育家，下而至于负贩拉车铺小摊的人，都可以谈谈，都有一艺之长，而无憎人之貌；就是由荐头店荐来的老妈子，除上炕者是当然以外，也总是衣冠楚楚，看起来不觉得会令人讨嫌。

其次说到北京物质的供给哩，又是山珍海错，洋广杂货，以及萝卜白菜等本地产品，无一不备，无一不好的地方。所以在北京住上两三年的人，每一遇到要走的时候，总只感到北京的空气太沉闷，灰沙太暗淡，生活太无变化；一鞭出走，出前门便觉胸舒，过芦沟方知天晓，仿佛一出都门，就上了新生活开始的坦道似的；但是一年半载，在北京以外的各地——除了在自己幼年的故乡以外——去一住，谁也会得重想起北京，再希望回去，隐隐地对北京害起剧烈的怀乡病来。这一种经验，原是住过北京的人，个个都有，而在我自己，却感觉得格外的浓，格外的切。最大的原因或许是为了我那长子之骨，现在也还埋在郊外广谊园的坟山，而几位极要好的知己，又是在那里同时毙命的受难者的一群。

北平的人事品物，原是无一不可爱的，就是大家觉得最要不得的北平的天候，和地理联合上一起，在我也觉得是中国各大都会中所寻不出几处来的好地。为叙述的便利起见，想分成四季来约略地说说。

北平自入旧历的十月之后，就是灰沙满地，寒风刺骨的节季了，所以北平的冬天，是一般人所最怕过的日子。但是要想认识一个地方的特异之处，我以为顶好是当这特异处表现得最圆满的时候去领略；故而夏天去热带，寒天去北极，是我一向所持的哲理。北平的冬天，冷虽则比南方要冷得多，但是北方的生活的伟大幽闲，也只有在冬季，使人感受得最彻底。

先说房屋的防寒装置罢，北方的住屋，并不同南方的摩登都市一样，用的是钢骨水泥，冷热气管；一般的北方人家，总只是矮矮的一所四合房，四面是很厚的泥墙；上面花厅内都有一张暖坑，一所回廊；廊子上是一带明窗，窗眼里糊着薄纸，薄纸内又装上风门，另外就没有什么了。在这样简陋的房屋之内，你只教把炉子一生，电灯一点，棉门帘一挂上，在屋里住着，却一辈子总是暖炖炖像是春三四月里的样子。尤其会得使你感觉到屋内的温软堪恋的，是屋外窗外面乌乌在叫啸的西北风。天色老是灰沉沉的，路上面也老是灰的围障，而从风尘灰土中下车，一踏进屋里，就觉得一团春气，包围在你的左右四周，使你马上就忘记了屋外的一切寒冬的苦楚。若是喜欢吃吃酒，烧烧羊肉锅的人，那冬天的北方生活，就更加不能够割舍；酒已经是御寒的妙药了，再加上以大蒜与羊肉酱油合煮的香味，简直可以使一室之内，涨满了白蒙蒙的水蒸温气。玻璃窗内，前半夜，会流下一条条的清汗，后半夜就变成了花色奇异的冰纹。

到了下雪的时候哩，景象当然又要一变。早晨从厚棉被里张开眼来，一室的清光，会使你的眼睛眩晕。在阳光照耀之下，雪也一粒一粒的放起光来了，蛰伏得很久的小鸟，在这时候会飞出来觅食振翎，谈天说地，吱吱的叫个不休。数日来的灰暗天空，愁云一扫，忽然变得澄清见底，翳障全无；于是年轻的北方住民，就可以营屋外的生活了，溜冰，做雪人，赶冰车雪车，就在这一种日子里最有劲儿。

我曾于这一种大雪时晴的傍晚，和几位朋友，跨上跛驴，出西直门上骆驼庄去过过一夜。北平郊外的一片大雪地，无数枯树林，以及西山隐隐现现的不少白峰头，和时时吹来的几阵雪样的西北风，所给与人的印象，实在是深刻，伟大，神秘到了不可以言语来形容。直到了十余年后的现在，我一想起当时的情景，还会得打一个寒颤而吐一口清气，如同在钓鱼台溪旁立着的一瞬间一样。

北国的冬宵，更是一个特别适合于看书，写信，追思过去，与作闲谈说废话的绝妙时间。记得当时我们兄弟三人，都住在北京，每到了冬天的晚上，总不远千里地走拢来聚在一道，会谈少年时候在故乡所遇所见的事事物物。小孩们上床去了，用人们也都去睡觉了，我们弟兄三个，还会得再加一次煤再加一次煤地长谈下去。有几宵因为屋外面风紧天寒之故，到了后半夜的一二点钟的时候，便不约而同地会说出索性坐坐到天亮的话来。像这一种可宝贵的记忆，像这一种最深沉的情调，本来也就是一生中不能够多享受几次的昙花佳境，可是若不是在北平的冬天的夜里，那趣味也一定不会得像如此的悠长。

总而言之，北平的冬季，是想赏识赏识北方异味者之唯一的机会；这一季里的好处，这一季里的琐事杂忆，若要详细地写起来，总也有一部《帝京景物略》那么大的书好做；我只记下了一点点自身的经历，就觉得过长了，下面只能再来略写一点春和夏以及秋季的感怀梦境，聊作我的对这日就沦亡的故国的哀歌。

春与秋，本来是在什么地方都属可爱的时节，但在北平，却与别的地方也有点儿两样。北国的春，来得较迟，所以时间也比较得短。西北风停后，积雪渐渐地消了，赶牲口的车夫身上，看不见那件光板老羊皮的大袄的时候，你就得预备着游春的服饰与金钱；因为春来也无信，春去也无踪，眼睛一眨，在北平市内，春光就会得同飞马似的溜过。屋内的炉子，刚拆去不久，说不定你就马上得去叫盖凉棚的才行。

而北方春天的最值得记忆的痕迹，是城厢内外的那一层新绿，同洪水似的新绿。北京城，本来就是一个只见树木不见屋顶的绿色的都会，一踏出九城的门户，四面的黄土坡上，更是杂树丛生的森林地了；在日光里颤抖着的嫩绿的波浪，油光光，亮晶晶，若是神经系统不十分健全的人，骤然间身入到这一个淡绿色的海洋涛浪里去一看，包管你要张不开眼，立不住脚，而昏厥过去。

北平市内外的新绿，琼岛春阴，西山挹翠诸景里的新绿，真是一幅何等奇伟的外光派的妙画！但是这画的框子，或者简直说这画的画布，现在却已经完全掌握在一只满长着黑毛的巨魔的手里了！北望中原，究竟要到那一日才能够重见得到天日呢？

从地势纬度上讲来，北方的夏天，当然要比南方的夏天来得凉爽。在北平城里过夏，实在是并没有上北戴河或西山去避暑的必要。一天到晚，最热的时候，只有中午到午后三四点钟的几个钟头，晚上太阳一下山，总没有一处不是凉阴阴要穿单衫才能过去的；半夜以后，更是非盖薄棉被不可了。而北平的天然冰的便宜耐久，又是夏天住过北平的人所忘不了的一件恩惠。

我在北平，曾经过过三个夏天；像什刹海，菱角沟，二闸等暑天游耍的地方，当然是都到过的；但是在三伏的当中，不问是白天或是晚上，你只教有一张藤榻，搬到院子里的葡萄架下或藤花阴处去躺着，吃吃冰茶雪藕，听听盲人的鼓词与树上的蝉鸣，也可以一点儿也感不到炎热与薰蒸。而夏天最热的时候，在北平顶多总不过九十四五度，这一种大热的天气，全夏顶多顶多又不过十日的样子。

在北平，春夏秋的三季，是连成一片；一年之中，仿佛只有一段寒冷的时期，和一段比较得温暖的时期相对立。由春到夏，是短短的一瞬间，自夏到秋，也只觉得是过了一次午睡，就有点儿凉冷起来了。因此，北方的秋季也特别的觉得长，而秋天的回味，也更觉得比别处来得浓厚。前两年，因去北戴河回来，我曾在北平过过一个秋，在那时候，已经写过一篇《故都的秋》，对这北平的秋季颂赞过了一道了，所以在这里不想再来重复；可是北平近郊的秋色，实在也正像是一册百读不厌的奇书，使你愈翻愈会感到兴趣。

秋高气爽，风日晴和的早晨，你且骑着一匹驴子，上西山八大处或玉泉山碧云寺去走走看；山上的红柿，远处的烟树人家，郊野里的芦苇黍稷，以及在驴背上驮着生果进城来卖的农户佃家，包管你看一个月也不会看厌。春秋两季，本来是到处好的，但是北方的秋空，看起来似乎更高一点，北方的空气，吸起来似乎更干燥健全一点。而那一种草木摇落，金风肃杀之感，在北方似乎也更觉得要严肃，凄凉，沉静得多。你若不信，你且去西山脚下，农民的家里或古寺的殿前，自阴历八月至十月下旬，去住它三个月看看。古人的“悲哉秋之为气”以及“胡笳互动，牧马悲鸣”的那一种哀感，在南方是不大感觉得到的，但在北平，尤其是在郊外，你真会得感至极而涕零，思千里兮命驾。所以我说，北平的秋，才是真正的秋；南方的秋天，不过是英国话里所说的Indian Summer或叫作小春天气而已。

统观北平的四季，每季每节，都有它的特别的好处；冬天是室内饮食奄息的时期，秋天是郊外走马调鹰的日子，春天好看新绿，夏天饱受清凉。至于各节各季，正当移换中的一段时间哩，又是别一种情趣，是一种两不相连，而又两都相合的中间风味，如雍和宫的打鬼，净业庵的放灯，丰台的看芍药，万牲园的寻梅花之类。

五六百年来文化所聚萃的北平，一年四季无一月不好的北平，我在遥忆，我也在深祝，祝她的平安进展，永久地为我们黄帝子孙所保有的旧都城！

一九三六年五月廿七日

（原载1936年7月1日《宇宙风》第20期）

还乡后记

风烟俱净，天山共色，从流飘荡，任意东西，自富阳至桐庐一百许里，奇山异水，天下独绝。水皆缥碧，千丈见底，游鱼细石，直视无碍，急湍甚箭，猛浪若奔，隔岸高山，皆生寒树，负势竟上，互相轩邈，争高直指，千百成群。泉水激石，泠泠作响，好鸟相鸣，嘤嘤成韵。蝉则千啭不穷，猿则百叫无绝，鸢飞戾天者，望峰息心，经纶世务者，窥谷忘反，横柯上蔽，在昼犹昏，疏条交映，有时见日。

吴均

一

“比在家庭的怀抱里觉得更好的地方，是什么地方？”像这样的地方，当然是没有的，法国的这一句古歌，实在是把人情世态道尽了。

当微雨潇潇之夜，你若身眠古驿，看看萧条的四壁，看看一点欲尽的寒灯，倘不想起家庭的人，这人便是没有心肠者，任它草堆也好，破窑也好，你儿时放摇篮的地方，便是你死后最好的葬身之所呀！我们在客中卧病的时候，每每要想及家乡，就是这事的明证。

我空拳只手的奔回家去。到了杭州，又把路费用尽，在赤日的底下，在车行的道上，我就不得不步行出城。缓步当车，说起来倒是好听，但是在二十世纪的堕落的文明里沉浸过的我，既贫贱而又多骄，最喜欢张张虚势，更何况平时是以享乐为主义的我，又哪里能够好好的安贫守分，和乡下人一样的蹀躞泥中呢！

这一天阴历的六月初三，天气倒好得很。但是炎炎的赤日，只能助长有钱有势的人的纳凉佳兴，与我这行路病者，却是丝毫无益的！我慢慢的出了凤山门，立在城河桥上，一边用了我那半旧的夏布长衫襟袖，揩拭汗水，一边回头来看看杭州的城市，与杭州城上盖着的青天和城墙界上的一排山岭，真有万千的感慨，横亘在胸中。预言者自古不为其故乡所容，我今朝却只能对了故里的丘山，来求最后的荫庇，五柳先生的心事，痛可知了。

啊啊！亲爱的诸君，请你们不要误会，我并非是以预言者自命的人，不过说我流离颠沛，却是与预言者的境遇相同，社会错把我作了天才待遇罢了。即使罗秀才能行破石飞鸡的奇迹，然而他的品格，岂不和飘泊在欧洲大陆，猖狂乞食的其泊西（gipsy）一样么？

我勉强走到了江干，腹中饥饿得很了。回故乡去的早班轮船，当然已经开出，等下午的快船出发，还有三个钟头。我在杂乱窄狭的南星桥市上飘流了一会儿，在靠江的一条冷清的夹道里找出了一家坍败的饭馆来。

饭店的房屋的骨格，同我的胸腔一样，肋骨已经一条一条的数得出来了。幸亏还有左侧的一根木椽，从邻家墙上，横着支住在那里，否则怕去秋的潮汛，早好把它拉入了江心，作伍子胥的烧饭柴火去了。店里的几张板凳桌子，都积满了灰尘油腻，好像是前世纪的遗物。账柜上坐着一个四十内外的女人，在那里做鞋子。灰色的店里，并没有什么生动的气象，只有在门口柱上贴着一张“安寓客商”的尘蒙的红纸，还有些微现世的感觉。我因为脚下的钱已快完，不能更向热闹的街心去寻辉煌的菜馆，所以就慢慢的踱了进去。

啊啊，物以类聚！你这短翼差池的饭馆，你若是二足的走兽，那我正好和你分庭抗礼结为兄弟哩。

二

假使天公下一阵微雨，把钱塘江两岸的风景，罩得烟雨模糊，把江边的泥路，浸得污浊难行，那么这时候江干的旅客，必要减去一半，那么我乘船归去，至少可以少遇见几个晓得我的身世的同乡；即使旅客不因之而减少，只教天上有暗淡的愁云濛着，阶前屋外有几点雨滴的声音，那么围绕在我周围的空气和自然的景物，总要比现在更带有些阴惨的色彩，总要比现在和我的心境更加相符。若希望再奢一点，我此刻更想有一具黑漆棺木在我的旁边。最好是秋风凉冷的九十月之交，叶落的林中，阴森的江上，不断地筛着渺濛的秋雨。我在凋残的芦苇里，雇了一叶扁舟，当日暮的时候，在送灵柩归去。小船除舟子而外，不要有第二个人。棺里卧着的，若不是和我寝处追随的一个年少妇人，至少也须是一个我的至亲骨肉。我在灰暗微明的黄昏江上，雨声淅沥的芦苇丛中，赤了足，张了油纸雨伞，提了一张灯笼，摸上船头上去焚化纸帛。

我坐在靠江的一张破桌子上，等那柜上的妇人下来替我炒蛋炒饭的时候，看看西兴对岸的青山绿树，看看江上的浩荡波光，又看看在江边沙渚的晴天赤日下来往的帆樯肩舆和舟子牛车。心里忽起了一种怨恨天帝的心思。我怨恨了一阵，痴想了一阵，就把我的心愿，原原本本的排演了出来。我一边在那里焚化纸帛，一边却对棺里的人说：

“Jeanne！我们要回去了，我们要开船了！怕有野鬼来麻烦，你就拿这一点纸帛送给他们罢！你可要饭吃？你可安稳？你可是伤心？你不要怕，我在这里，我什么地方也不去了，我只在你的边上……”

我幽幽的讲到最后的一句，咽喉就塞住了。我在座上拱了两手，把头伏了下去，两面颊上，只感着了一道热气。我重新把我所欲爱的女人，一个一个想了出来，见她们闭着口眼，冰冷的直卧在我的前头。我觉得隐忍不住了，竟任情的放了一声哭声。那个在炉灶上的妇人，以为我在催她的饭，她就同哄小孩子似的用了柔和的声气说：

“好了好了！就快好了，请再等一会儿！”

啊啊！我又想起来了，我又想起来了，年幼的时候，当我哭泣的时候，祖母母亲哄我的那一种声气！

“已故的老祖母，倚闾的老母亲！你们的不肖的儿孙，现在正落魄了在江干等回故里的船呀！”

我在自己制成的伤心的泪海里游泳了一会，那妇人捧了一碗汤，一碗炒饭，摆到了我的面前来。我仰起头来对她一看，她倒惊了一跳。对我呆看了一眼，她就去绞了一块手巾来递给我，叫我擦一擦面。我对了这半老妇人的殷勤，心里说不出的只在感谢。几日来因为睡眠不足，营养不良的缘故，已经是非常感觉衰弱，动着就要流泪的我，对她的这一种感谢，也变成了两行清泪，噗嗒的滴下了腮来，她看了这种情形，就问我说：

“客人，你可是遇见了坏人？”

我摇了摇头，勉强的对她笑了一笑，什么话也不能回答。她呆呆的立了一回，看我不能讲话，也就留了一句："饭不够吃，再好炒的。"安慰我的话，走向她的柜上去了。

三

我吃完了饭，付了她两角银角子，把找回来的八九个铜子，也送给了她，她却摇着头说："客人，你是赶船的么？船上要用钱的地方多得很哩，这几个铜子你收着用罢！"

我以为她怪我吝啬，只给她几个铜子的小账，所以又摸了两角银角子出来给她。她却睁大了眼睛对我说：

"咿咿！这算什么？这算什么？"

她硬不肯收，我才知道了她的真意，所以说：

"但是无论如何，我总要给你几个小账的。"

她又推了一会，才收了三个铜子说：

"小账已经有了。"

啊啊，我自回中国以来，遇见的都是些卑污贪暴的野心狼子，我万万想不到在浇薄的杭州城外，有这样的一个真诚的妇人的。妇人呀妇人，你的坍败的屋椽，你的凋零的店铺，大约就是你的真诚的结果，社会对你的报酬！啊啊，我真恨我没有黄金十万，为你建造一家华丽的酒楼。

"再会再会！"

"顺风顺风！船上要小心一点。"

"谢谢！"

我受妇人的怜惜，这可算是平生的第一次。

我出了饭馆，从太阳晒着的冷静的这条夹道，走上轮船公司的那条大街上去。大约是将近午饭的时候了，街上的行人，比曩时少了许多。我走到轮船公司门口，向窗里一看，见账房内有五六个男子围了桌子，赤了膊在那里说笑吃饭。卖票的窗前的屋里，在角头椅上，只坐着两个乡下人，在那里等候，从他们的衣服、态度上看来，他们必是临浦萧山一带的农民，也不知他们有什么心事，他们的眉毛却蹙得紧紧的。

我走近了他们，在他们旁边坐下之后，两人中间的一个看了我一眼，问我说：

"鲜散（先生）！到临浦严办（烟篷）几个脸（钱）？"

"我也不知道，大约是一二角角子罢。"

"喏（你）到啥地方起（去）咯？"

"我上富阳去的。"

"哎（我们）是为得打官司到杭州来咯。"

我并不问他，他却把这一回因为一个学堂里出身的先生告了他的状，不得不到杭州来的事情对我详细地诉说了：

"哎真勿要打官司啦！格煞（现在）田里已（又）忙，宁（人）也走勿开，真真苦煞哉啦！汉（那）个学堂里个（的）鲜散，心也脱凶哉，哎请啦宁刚（讲）过好两遍，情愿拿出八十块洋钿不（给）其（他），其（他）要哎百念块。喏（你）看，格煞五荒六月，教哎啥地方去变出一百念块洋钿来呢！"

他说着似乎是很伤心的样子。

"唉唉！你这老实的农民，我若有钱，我就给你一百二十块钱救你出险了。但是，

> Thou's met me in an evil hour;
> ……………………………………
> To spare thee now is past my power,
> ……………………………………"

我心里这样的一想，又重新起了一阵身世之悲。他看我默默

的不语，便也住了口，仍复沉入悲愁的境里去了。

四

我坐在轮船公司的那只角上，默默地与那农民相对，耳里断断续续的听了些在账房里吃饭的人的笑语，只觉得一阵一阵的哀心隐痛，绝似临盆的孕妇，要产产不出来的样子。

杭州城外，自闸口至南星，统江干一带，本是我旧游之地，我记得没有去国之先，在岸边花艇里，金尊檀板，也曾眠醉过几场。江上的明月，月下的青山，与越郡的鸡酒，佐酒的歌姬，当然依旧在那里助长人生的乐趣。但是我呢？我身上的变化呢？我的同干柴似的一双手里，只捏了三个两角的银角子，在这里等买船票！

过了一点多钟，轮船公司的那间屋里，挤满了旅人，我因为怕逢知我的同乡，只俯了首，默默的坐着不敢吐气。啊啊，窗外的被阳光晒着的长街，在街上手轻脚健快快活活来往的行人，请你们饶恕我的罪罢，这时候我心里真恨不得丢一个炸弹，与你们同归于尽呀。

跟了那两个农民，在窗口买了一张烟篷船票，我就走出公司，走上码头，走上跳板，走上驳船去。

原来钱塘江岸，浅滩颇多，码头下有一排很长的跳板，接在那里。我跟了众人，一步一步的从跳板上走到驳船里去的时候，却看见了一个我自家的影子，斜映在江水里，慢慢地在那里前进。等走到跳板尽处，将上驳船的时候，我心里忽而想起了一段我女人写给我的信上的话来：

> 我从来没有一个人单独出过门，那天晚上，我对你说的让我一个人回去的话，原是激于一时的意气而

发，我实不知道抱着一个六个月的孩子的妇人的单独旅行，是如何的苦法的。那天午后，你送我上车，车开之后，我抱了龙儿，看看车里坐着的男女，觉得都比我快乐。我又探头出来，遥向你住着的上海一望，只见了几家工厂，和屋上排列在那里的一列烟囱。我对龙儿看了一眼，就不知不觉的涌出了两滴眼泪。龙儿看了我这样子，也好像有知识似的对我呆住了。他跳也不跳了，笑也不笑了，默默的尽对我呆看。我看了这种样子，更觉得伤心难耐，就把我的颜面俯上他的脸去，紧紧地吻了他一回。他呆了一会，就在我的怀里睡着了。

火车行行前进，我看看车窗外的野景，忽而想起去年你带我出来的时候的景象。啊啊！去岁的初秋，你我一路出来上A地去的快乐的旅行，和这一回惨败了回来的情状一比，当时的感慨如何，大约是你所能推想得出的罢！

在江干的旅馆里过了一夜，第二天的早晨，我差茶房送了一个信给住在江干的我的母舅，他就来了。把我的行李送上轮船之后，买了票子，他又来陪我上船去。龙儿硬不要他抱，所以我只能抱着龙儿，跟在他后面，一步一步的走上那骇人的跳板去，等跳板走尽的时候，我想把龙儿交给母舅，纵身一跳，跳入钱塘江里去的。但是仔细一想，在昏夜的扬子江边还淹不死的我，在白日的这浅渚里，又哪里能达到我的目的？弄得半死不活，走回家去，反而要被人家笑话，还不如忍着罢。

我到家以后，这几天里，简直还没有取过饮食，所以也没有气力写信给你，请你谅我……

五

啊啊，贫贱夫妻百事哀！我的女人吓，我累你不少了。

我走上了驳船，在船篷下坐定之后，就把三个月前，在上海北站，送我女人回家的事情想了出来。忘记了我的周围坐着的同行者，忘记了在那里摇动的驳船，并且忘记了我自家的失意的情怀，我只见清瘦的我的女人抱了我们的营养不良的小孩在火车窗里，在对我流泪。火车随着蒸气机关在那里前进，她的眼泪洒满的苍白的脸儿，也和车轮合着了拍子，一隐一现的在那里窥探我。我对她点一点头，她也对我点一点头。我对她手招一招，教她等我一忽，她也对我手招一招。我想使尽我的死力，跳上火车去和她坐一块儿，但是心里又怕跳不上去，要跌下来。我迟疑了许久，看她在窗里的愁容，渐渐的远下去，淡下去了，才抱定了决心，站起来向前面伸出了一只手去。我攀着了一根铁干，听见了一声咚咚的冲击的声音，纵身向上一跳，觉得双脚踏在木板上了。忽有许多嘈杂的人声，逼上我的耳膜来，并且有几只强有力的手，突突的向我背后推打了几下。我回转头来一看，方知是驳船到了轮船身边，大家在争先的跳上轮船来，我刚才所攀着的铁干，并不是火车的回栏，我的两脚也并不是在火车中间，却踏在小轮船的舷上了。

我随了众人挤到后面的烟篷角上去占了一个位置，静坐了几分钟，把头脑休息了一下，方才从刚才的幻梦状态里醒了转来。

向窗外一望，我看见透明的淡蓝色的江水，在那里返射日光。更抬头起来，望到了对岸，我看见一条黄色的沙滩，一排苍翠的杂树，静静的躺在午后的阳光里吐气。

我弯了腰背孤伶仃的坐了一忽，轮船开了。在闸口停了一停，这一只同小孩子的玩具似的小轮船就仆独的奔向西去。两岸的树林沙渚，旋转了好几次，江岸的草舍，农夫，和偶然出现的鸡犬小孩，都好像是和平的神话里的材料，在那里等赫西奥特（hesiod）的吟咏似的。

经过了闻家堰，不多一忽，船就到了东江嘴，上临浦义桥的船客，是从此地换入更小的轮船，溯支江而去的。买票前和我坐在一起的那两个农民，被茶房拉来拉去的拉到了船边，将换入那只等在那里的小轮船去的时候，一个和我讲话过的人，忽而回转头来对我看了一眼，我也不知不觉的回了他一个目礼。啊啊！我真想跟了他们跳上那只小轮船去，因为一个钟头之后，我的轮船就要到富阳了，这回前去停船的第一个码头，就是富阳了，我有什么面目回家去见我的衰亲，见我的女人和小孩呢？

但是命运注定的最坏的事情，终究是避不掉的。轮船将近我故里的县城的时候，我的心脏的鼓动也和轮船的机器一样，仆独的响了起来。等船一靠岸，我就杂在众人堆里，披了一身使人眩晕的斜阳，俯着首走上岸来。上岸之后，我却走向和回家的路径方向相反的一个冷街上的土地庙去坐了两点多钟。等太阳下山，人家都在吃晚饭的时候，我方才乘了夜阴，走上我们家里的后门边去。我侧耳一听，听见大家都在庭前吃晚饭，偶尔传过来的一声我女人和母亲的说话的声音，使我按不住的想奔上前去，和她们去说一句话，但我终究忍住了。乘后门边没有一个人在，我就放大了胆，轻轻推开了门，不声不响的摸上楼上我的女人的房里去睡了。

晚上我的女人到房里来睡的时候，如何的惊惶，我和她如何的对泣，我们如何的又想了许多谋自尽的方法，我在此地不记下来了，因为怕人家说我是为欲引起大家的同情的缘故，故意的在夸张我自家的苦处。

一九二三年八月十九日

饮食男女在福州

福州的食品，向来就很为外省人所赏识：前十余年在北平，说起私家的厨子，我们总同声一致的赞成刘崧生先生和林宗孟先生家里的蔬菜的可口。当时宣武门外的忠信堂正在流行，而这忠信堂的主人，就系旧日刘家的厨子，曾经做过清室的御厨房的。上海的小有天以及现在早已歇业了的消闲别墅，在粤菜还没有征服上海之先，也曾盛行过一时。面食里的伊府面，听说还是汀州伊墨卿太守的创作；太守住扬州日久，与袁子才也时相往来，可惜他没有像随园老人那么的好事，留下一本食谱来，教给我们以烹调之法；否则，这一个福建萨伐朗（Savarin）的荣誉，也早就可以驰名海外了。

福建菜的所以会这样著名，而实际上却也实在是丰盛不过的原因，第一，当然是由于天然物产的富足。福建全省，东南并海，西北多山，所以山珍海味，一例的都贱如泥沙。听说沿海的居民，不必忧虑饥饿，大海潮回，只消上海滨去走走，就可以拾一篮海货来充作食品。又加以地气温暖，土质腴厚，森林蔬菜，随处都可以培植，随时都可以采撷。一年四季，笋类菜类，常是不断；野菜的味道，吃起来又比别处的来得鲜甜。福建既有了这样丰富的天产，再加上以在外省各地游宦营商者的数目的众多，作料采从本地，烹制学自外方，五味调和，百珍并列，于是乎闽菜之名，就宣传在饕餮家的口上了。清初周亮工著的《闽小纪》两卷，记述食品处独多，按理原也是应该的。

福州海味，在春三二月间，最流行而最肥美的，要算来自长乐的蚌肉，与海滨一带多有的蛎房。《闽小纪》里所说的西施舌，不知是否指蚌肉而言；色白而腴，味脆且鲜，以鸡汤煮得适宜，长圆的蚌肉，实在是色香味俱佳的神品。听说从前有一位海军当局者，老母病剧，颇思乡味；远在千里外，欲得一蚌肉，以解死前一刻的渴慕，部长纯孝，就以飞机运蚌肉至都。从这一件轶事看来，也可想见这蚌肉的风味了；我这一回赶上福州，正及蚌肉上市的时候，所以红烧白煮，吃尽了几百个蚌，总算也是此生的豪举，特笔记此，聊志口福。

蛎房并不是福州独有的特产，但福建的蛎房，却比江浙沿海一带所产的，特别的肥嫩清洁。正二三月间，沿路的摊头店里，到处都堆满着这淡蓝色的水包肉、价钱的廉，味道的鲜，比到东坡在岭南所贪食的蚝，当然只会得超过。可惜苏公不曾到闽海去谪居，否则，阳羡之田，可以不买，苏氏子孙，或将永寓在三山二塔之下，也说不定。福州人叫蛎房作“地衣”，略带“挨”字的尾声，写起字来，我想只有“蚳”字，可以当得。

在清初的时候，江瑶柱似乎还没有现在那么的通行，所以周亮工再三的称道，誉为逸品。在目下的福州，江瑶柱却并没有人提起了，鱼翅席上，缺少不得的，倒是一种类似宁波横脚蟹的蟳蟹，福州人叫作“新恩”，《闽小纪》里所说的虎蟳，大约就是此物。据福州人说，蟳肉最滋补，也最容易消化，所以产妇病人以及体弱的人，往往爱吃。但由对蟹类素无好感的我看来，却仍赞成周亮工之言，终觉得质粗味劣，远不及蚌与蛎房或香螺的来得干脆。

福州海味的种类，除上述的三种以外，原也很多很多；但是别地方也有，我们平常在上海也常常吃得到的东西，记下来也没有什么价值，所以不说。至于与海错相对的山珍哩，却更是可以干制，可以输出的东西，益发的没有记述的必要了，所以在这里只想说一说叫作肉燕的那一种奇异的包皮。

初到福州，打从大街小巷里走过，看见好些店家，都有一个大砧头摆在店中；一两位壮强的男子，拿了木锥，只在对着砧上的一大块猪肉，一下一下的死劲地敲。把猪肉这样的乱敲乱打，究竟算什么回事？我每次看见，总觉得奇怪；后来向福州的朋友一打听，才知道这就是制肉燕的原料了。所谓肉燕者，就是将猪肉打得粉烂，和入面粉，然后再制成皮子，如包馄饨的外皮一样，用以来包制菜蔬的东西。听说这物事在福建，也只是福州独有的特产。

福州食品的味道，大抵重糖；有几家真正福州馆子里烧出来的鸡鸭四件，简直是同蜜饯的罐头一样，不杂入一粒盐花。因此福州人的牙齿，十人九坏。有一次去看三赛乐的闽剧，看见台上演戏的人，个个都是满口金黄；回头更向左右的观众一看，妇女子的嘴里也大半镶着全副的金色牙齿。于是天黄黄，地黄黄，弄得我这一向就痛恨金牙齿的偏执狂者，几乎想放声大哭，以为福州人故意在和我捣乱。

将这些脱嫌糖重的食味除起，若论到酒，则福州的那一种土黄酒，也还勉强可以喝得。周亮工所记的玉带春、梨花白、蓝家酒、碧霞酒、莲须白、河清、双夹、西施红、状元红等，我都不曾喝过，所以不敢品评。只有会城各处在卖的鸡老（酪）酒，颜色却和绍酒一样的红似琥珀，味道略苦，喝多了觉得头痛。听说这是以一生鸡，悬之酒中，等鸡肉鸡骨都化了后，然后开坛饮用的酒，自然也是越陈越好。福州酒店外面，都写酒库两字，发卖叫发扛，也是新奇得很的名称。以红糟酿的甜酒，味道有点像上海的甜白酒，不过颜色桃红，当是西施红等名目出处的由来。莆田的荔枝酒，颜色深红带黑，味甘甜如西班牙的宝德红葡萄，虽则名贵，但我却终不喜欢。福州一般宴客，喝的总还是绍兴花雕，价钱极贵，斤量又不足，而酒味也淡似沪杭各地，我觉得建庄终究不及京庄。

福州的水果花木，终年不断；橙柑、福橘、佛手、荔枝、龙眼、甘蔗、香蕉，以及茉莉、兰花、橄榄等等，都是全国闻名的品物；好事者且各有谱谍之著，我在这里，自然可以不说。

闽茶半出武夷，就是不是武夷之产，也往往借这名山为号召。铁罗汉，铁观音的两种，为茶中柳下惠，非红非绿，略带赭色；酒醉之后，喝它三杯两盏，头脑倒真能清醒一下。其他若龙团玉乳，大约名目总也不少，我不恋茶娇，终是俗客，深恐品评失当，贻笑大方，在这里只好轻轻放过。

从《闽小纪》中的记载看来，番薯似乎还是福建人开始从南洋运来的代食品；其后因种植的便利，食味的甘美，就流传到内地去了；这植物传播到中国来的时代，只在三百年前，是明末清初的时候，因亮工所记如此，不晓得究竟是否确实。不过福建的米麦，向来就说不足，现在也须仰给于外省或台湾，但田稻倒又可以一年两植。而福州正式的酒席，大抵总不吃饭散场，因为菜太丰盛了，吃到后来，总已个个饱满，用不着再以饭颗来充腹之故。

饮食处的有名处所，城内为树春园、南轩、河上酒家、可然亭等。味和小吃，亦佳且廉；仓前的鸭面，南门兜的素菜与牛肉馆，鼓楼西的水饺子铺，都是各有长处的小吃处；久吃了自然不对，偶尔去一试，倒也别有风味。城外在南台的西菜馆，有嘉宾、西宴台、法大、西来，以及前临闽江，内设戏台的广聚楼等。洪山桥畔的义心楼，以吃形同比目鱼的贴沙鱼著名；仓前山的快乐林，以吃小盘西洋菜见称，这些当然又是菜馆中的别调。至如我所寄寓的青年会食堂，地方清洁宽广，中西菜也可以吃吃，只是不同耶稣的飨宴十二门徒一样，不许顾客醉饮葡萄酒浆，所以正式请客，大感不便。

此外则福建特有的温泉浴场，如汤门外的百合、福龙泉，飞机场的乐天泉等，也备有饮馔供客；浴客往往在这些浴场里，可以鬼混一天，不必出外去买酒买食，却也便利。从前听说更可以在个人池内男女同浴，则饮食男女，就不必分求，一举竟可以两得了。

要说福州的女子，先得说一说福建的人种。大约福建土著的最初老百姓，为南洋近边的海岛人种；所以面貌习俗，与日本的九州一带，有点相像。其后汉族南下，与这些土人杂婚，就成了无诸种族，系在春秋战国，吴越争霸之后。到得唐朝，大兵入境；相传当时曾杀尽了福建的男子，只留下女人，以配光身的兵士；故而直至现在，福州人还呼丈夫为“唐晡人”，晡者系日暮袭来的意思，同时女人的“诸娘仔”之名，也出来了。还有现在东门外北门外的许多工女农妇，头上仍带着三把银刀似的簪为发饰，俗称她们作三把刀，据说犹是当时的遗制。因为她们的父亲丈夫儿子，都被外来的征服者杀了；她们誓死不肯从敌，故而时时带着三把刀在身边，预备复仇。只今台湾的福建籍妓女，听说也是一样；亡国到了现在，也已经有好多年了，而她们却仍不肯与日本的嫖客同宿。若有人破此旧习，而与日本嫖客同宿一宵者，同人中就视作禽兽，耻不与伍，这又是多么悲壮的一幕惨剧！谁说犹唱后庭花处，商女都不知家国的兴亡哩！试看汉奸到处卖国，而妓女乃不肯辱身，其间相去，又岂只泾渭的不同？这一种古代的人种，与唐人杂婚之后，一部分不完全唐化，仍保留着他们固有的生活习惯，宗教仪式的，就是现在仍旧退居在北门外万山深处的畲民。此外的一族，以水上为家，明清以后，一向被视为贱民，不时受汉人的蹂躏的，相传其祖先系蒙古人，自元亡后，遂贩为蜑房，俗呼科蹄。科蹄实为曲蹄之别音，因他们常常曲膝盘坐在船舱之内，两脚弯曲，故有此称。串通倭寇，骚扰沿海一带的居民，古时在泉州叫作泉郎的，就是这一种人种的旁支。

因为福州人种的血统，有这种种的沿革，所以福建人的面貌，和一般中原的汉族，有点两样。大致广额深眼，鼻子与颧骨高突，两颊深陷成窝，下额部也稍稍尖凸向前。这一种面相，生在男人的身上，倒也并不觉得特别；但一生在女人的身上，高突部为嫩白的皮肉所调和，看起来却个个都是线条刻画分明，像是希腊古代的雕塑人形了。福州女人的另一特点，是在她们的皮色的细白。生长在深闺中的宦家小姐，不见天日，白腻原也应该；最奇怪的，却是那些住在城外的工农佣妇，也一例地有着那种嫩白微红，像刚施过脂粉似的皮肤。大约日夕灌溉的温泉浴是一种关系，吃的闽江江水，总也是一种关系。

我们从前没有居住过福建，心目中总只以为福建人种，是一种蛮族。后来到了那里，和他们的文化一接触，才晓得他们虽则开化得较迟，但进步得却很快；又因为东南是海港的关系，中西文化的交流，也比中原僻地为频繁，所以闽南的有些都市，简直繁华摩登得可以同上海来争甲乙。及至观察稍深，一移目到了福州的女性，更觉得她们的美的水准，比苏杭的女子要高好几倍；而装饰的入时，身体的康健，比到苏州的小型女子，又得高强数倍都不止。

“天生丽质难自弃”，表露欲，装饰欲，原是女性的特嗜；而福州女子所有的这一种显示本能，似乎比什么地方的人还要强一点。因而天晴气爽，或岁时伏腊，有迎神赛会的关头，南大街，仓前山一带，完全是美妇人披露的画廊。眼睛个个是灵敏深黑的，鼻梁个个是细长高突的，皮肤个个是柔嫩雪白的；此外还要加上以最摩登的衣饰，与来自巴黎纽约的化妆品的香雾与红霞，你说这幅福州晴天午后的全景，美丽不美丽？迷人不迷人？

亦惟因此之故，所以也影响到了社会，影响到了风俗。国民经济破产，是全国到处都一样的事实；而这些妇女子们，又大半是不生产的中流以下的阶段。衣食不足，礼义廉耻之凋伤，原是自然的结果，故而在福州住不上几月，就时时有暗娼流行的风说，传到耳边上来。都市集中人口以后，这实在也是一种不可避免而急待解决的社会大问题。

说及了娼妓，自然不得不说一说福州的官娼。从前邵武诗人张亨甫，曾著过一部《南浦秋波录》，是专记南台一带的烟花韵事的；现在世业凋零，景气全落，这些乐户人家，完全没有旧日的豪奢影子了。福州最上流的官娼，叫作白面处，是同上海的长三一样的款式。听几位久住福州的朋友说，白面处近来门可罗雀，早已掉在没落的深渊里了；其次还勉强在维持市面的，是以卖嘴不卖身为标榜的清唱堂，无论何人，只须化三元法币，就能进去听三出戏。就是这一时号称极盛的清唱堂，现在也一家一家的废了业，只剩了田墩的三五家人家。自此以下，则完全是惨无人道的下等娼妓，与野鸡款式的无名密贩了，数目之多，求售之切，到了骇人听闻的地步。至于城内的暗娼，包月妇，零售处之类，只听见公安维持者等变起过几次，报纸上见到过许多回，内容虽则无从调查，但演绎起来，旁证以社会的萧条，产业的不振，国步的艰难，与夫人口的过剩，总也不难举一反三，晓得她们的大概。

总之，福州的饮食男女，虽比别处稍觉得奢侈，而福州的社会状态，比别处也并不见得十分的堕落。说到两性的纵弛，人欲的横流，则与风土气候有关，次热带的境内，自然要比温带寒带为剧烈。而食品的丰富，女子一般姣美与健康，却是我们不曾到过福建的人所意想不到的发现。

一九三六年六月二日